中国古代文史经典读本

杜牧诗文 选评

吴在庆　撰

上海古籍出版社

图书在版编目(CIP)数据

杜牧诗文选评 / 吴在庆撰. —上海:上海古籍出版社,2018.6(2022.8重印)
(中国古代文史经典读本)
ISBN 978 - 7 - 5325 - 8834 - 3

Ⅰ.①杜… Ⅱ.①吴… Ⅲ.①杜牧(803-852)—唐诗—诗歌研究 Ⅳ.①I207.227.42

中国版本图书馆 CIP 数据核字(2018)第 095324 号

中国古代文史经典读本

杜牧诗文选评

吴在庆 撰

上海古籍出版社出版发行

(上海市闵行区号景路 159 弄 1—5 号 A 座 5F 邮政编码 201101)

(1)网址:www.guji.com.cn
(2)E—mail:gujil@ guji.com.cn
(3)易文网网址:www.ewen.co

常熟市人民印刷有限公司印刷

开本 787×1092 1/32 印张 11.625 插页 2 字数 155,000
2018 年 6 月第 1 版 2022 年 8 月第 4 次印刷
印数:8,221—9,320
ISBN 978 - 7 - 5325 - 8834 - 3

I·3276 定价:35.00 元

如发生质量问题,请与承印公司联系

出 版 说 明

上海古籍出版社成立六十多年来形成了出版普及读物的优良传统。二十世纪,本社及其前身中华书局上海编辑所策划、历时三十余年陆续出版的《中国古典文学作品选读》与《中国古典文学基本知识》两套丛书各八十种,在当时曾影响深远。不少品种印数达数十万甚至逾百万。不仅今天五六十岁的古典文学研究者回忆起他们的初学历程,会深情地称之为"温馨的乳汁";而且更多的其他行业的人们在涵养气度上,也得其熏陶。然而,人文科学的知识在发展更新,而一个时代又有一个时代的符号系统与表达、接受习惯,因此二十一世纪初,我社又为读者奉献了一套"新世纪文史哲经典读本",是为先前两套丛书在新世纪的继承与更新。

　　"新世纪文史哲经典读本"凝结了普及读物出版多方面的经验：名家撰作、深入浅出、知识性与可读性并重固然是其基本特点；而文化传统与现代特色的结合，更是她新的关注点。吸纳学界半个世纪以来新的研究成果，从中获得适应新时代读者欣赏习惯的浅切化与社会化的表达；反俗为雅，于易读易懂之中透现出一种高雅的情韵，是其标格所在。

　　"新世纪文史哲经典读本"在结构形式上又集前述两套丛书之长，或将作者与作品（或原著介绍与选篇解析）乳水交融地结合为一体，或按现在的知识框架与阅读习惯进行章节分类，也有的循原书结构撷取相应内容并作诠解，从而使全局与局部相映相辉，高屋建瓴与积沙成塔相互统一。

　　"新世纪文史哲经典读本"更是前述两套丛书的拓展与简约。其范围涵盖文学经典、历史经典与哲学经典，希望用最省净的篇幅，抉示中华文化的本质精神。

　　该套丛书问世以来，已在读者中享有良好的口碑。为了延伸其影响，本社于 2011 年特在其中选取十五种，请相关作者作了修订或增补,重新排版装帧,名之为"中国古代文史经典读本",以飨读者。出版之后,广受读者的好评,并于2015年被评为"首届向全国推荐中华优秀传统文化普及图书"。受此鼓舞,本社续从其中选取若干种予以改版推出,并得到国家有关部门的支持,多种获得2016年普及类古籍整理图书专项资助。希望改版后的这套书能继续为广大读者喜欢,为弘扬中华优秀传统文化作出贡献。

上海古籍出版社

2017年6月

目　　录

001 /　　　**出版说明**

001 /　　　**导言**

007 /　　　**一、及第前后与八年幕吏岁月（803—835）**

　　　　　阿房宫赋 / *011*

　　　　　过华清宫绝句三首（选二）/ *016*

　　　　　读韩杜集 / *019*

　　　　　同州澄城县户工仓尉厅壁记 / *021*

　　　　　窦列女传 / *025*

　　　　　感怀诗一首 / *030*

及第后寄长安故人 / 038

赠终南兰若僧 / 039

李贺集序 / 041

赠沈学士张歌人 / 045

罪言 / 046

战论并序 / 058

上知己文章启 / 064

扬州三首（选二）/ 067

赠别二首 / 070

073 /　　二、两任朝官与再寓扬、宣二州

（835—841）

张好好诗并序 / 077

洛阳长句二首 / 082

题敬爱寺楼 / 085

故洛阳城有感 / 086

兵部尚书席上作 / 088

唐故平卢军节度巡官陇西李府君墓志铭 / 090

金谷园 / 098

题扬州禅智寺 / 099

题禅院 / 100

遣怀 / 102

润州二首 / 103

杜秋娘诗 并序 / 107

念昔游三首（选一） / 118

题宣州开元寺 / 119

题宣州开元寺水阁阁下宛溪夹溪居人 / 121

南陵道中 / 123

题元处士高亭 / 125

宣州送裴坦判官往舒州时牧欲赴官归京 / 126

自宣州赴官入京路逢裴坦判官归宣州因
题赠 / 127

自宣城赴官上京 / 130

初春雨中舟次和州横江裴使君见迎李赵二
秀才同来因书四韵兼寄江南许浑先辈 / 132

和州绝句 / 134

题乌江亭 / 135

题横江馆 / 137

汉江 / 139

村行 / 140

怀钟陵旧游四首（选一） / 141

商山麻涧 / 143

题商山四皓庙一绝 / 144

李甘诗 / 146

李给事二首（选一）/ 150

入商山 / 153

155 /　　　**三、徙转黄池睦三州**（842—848）

题安州浮云寺楼寄湖州张郎中 / 159

上李中丞书 / 161

郡斋独酌 / 164

早雁 / 169

自遣 / 171

雪中书怀 / 173

独酌 / 175

黄州竹径 / 177

村舍燕 / 177

上池州李使君书 / 179

初冬夜饮 / 185

江上偶见绝句 / 186

赤壁 / 187

齐安郡后池绝句 / 188

齐安郡中偶题二首 / 189

云梦泽 / 191

齐安郡晚秋 / 192

题齐安城楼 / 194

兰溪 / 195

题木兰庙 / 196

河湟 / 197

题桃花夫人庙 / 199

池州送孟迟先辈 / 201

闻庆州赵纵使君与党项战中箭身死长句 / 207

酬张祜处士见寄长句四韵 / 208

九日齐山登高 / 211

登池州九峰楼寄张祜 / 213

忆齐安郡 / 215

春申君 / 216

题魏文贞 / 217

上李太尉论江贼书 / 219

池州春送前进士蒯希逸 / 227

春末题池州弄水亭 / 228

新定途中 / 230

泊秦淮 / 231

江南春绝句 / 233

山行 / 235

寄扬州韩绰判官 / 236

郑瓘协律 / 238

杭州新造南亭子记 / 240

正初奉酬歙州刺史邢群 / 247

初春有感寄歙州邢员外 / 249

睦州四韵 / 251

朱坡绝句三首 / 252

忆游朱坡四韵 / 255

上吏部高尚书状 / 257

与汴州从事书 / 260

除官归京睦州雨霁 / 263

秋晚早发新定 / 265

汴河怀古 / 267

269 /

四、一麾出守与终官中书舍人（849—853）

中丞业深韬略志在功名再奉长句一篇兼有咨

劝 / 273

今皇帝陛下一诏征兵不日功集河湟诸郡次第归降臣获睹圣功辄献歌咏 / 275

许七侍御弃官东归潇洒江南颇闻自适高秋企望题诗寄赠十韵 / 277

李侍郎于阳羡里富有泉石牧亦于阳羡粗有薄产叙旧述怀因献长句四韵 / 280

长安杂题长句六首 / 282

长安秋望 / 292

长安晴望 / 293

杏园 / 295

上宰相求湖州第一启 / 296

上宰相求湖州第二启 / 301

街西长句 / 310

过勤政楼 / 311

怀吴中冯秀才 / 313

将赴吴兴登乐游原一绝 / 315

登乐游原 / 317

将赴湖州留题庭菊 / 318

折菊 / 319

新转南曹未叙朝散初秋暑退出守吴兴书此篇以自见志 / 320

题白蘋洲 / 326

湖南正初招李郢秀才 / 328

入茶山下题水口草市绝句 / 330

茶山下作 / 332

沈下贤 / 334

和严恽秀才落花 / 336

八月十二日得替后移居霅溪馆因题长句
四韵 / 337

途中一绝 / 339

柳长句 / 341

梅 / 344

上盐铁裴侍郎书 / 346

华清宫三十韵 / 350

秋晚与沈十七舍人期游樊川不至 / 357

宫词二首（选一）/ 359

导　　言

人们喜欢用艳丽的秋花来比喻晚唐诗歌，而有"小李杜"之称的李商隐和杜牧的诗歌，便是其中两朵最耀眼夺目的奇葩。

杜牧（803—853），字牧之，京兆万年（今陕西西安）人。这位出身高门世族、长于京城富贵之门的豪贵公子，年幼时正赶上他这一家族最为显赫鼎盛的时期。其祖杜佑是一位朝中元老，曾任宰相，而家族中不少人也都做过官，当时的情形正如杜牧诗所自耀的那样："我家公相家，剑佩尝丁当。旧第开朱门，长安城中央。"然而元和七年（812），杜佑去世，之后杜牧之父杜从郁病卒，杜牧一家就忽地中落，而度过了一段较暗淡的岁月。唐文宗大和二年（828），杜牧登进士第，复中制科，从此踏上仕途。他曾有过前后在洪州、宣州、扬州等地为幕府吏十年经历,也有过为监察御史,为病弟而弃官,复迁转于江湖与朝中的岁月。会昌二年(842)春,他由比部员外郎出守黄州,后复转池、睦二州刺史。大中二年(848)后又内擢司勋员外郎,转吏部员外郎,乞守湖州。大中五年(851)秋,内任考功郎中、知制诰。翌年十二月(853年1月)即终于中书舍人任,享年五十。

杜牧虽是一位豪族出身的公子,但他并非仅是传说故事中纵情声色、风流倜傥的文士,而是颇富政治思想,心怀匡世济民理想抱负的慷慨之士。他从小即承继杜佑的经世致用之学,于"治乱兴亡之迹,财赋兵甲之事,地形之险易远近,古人之长短得失"(《樊川文集·上李中丞书》)颇有研究,并关注现实政治社会问题,尤注重藩镇与边防,以此而谈兵论政,"不为龊龊小谨,敢论列大事,指陈病利尤切至"(《新唐书·杜牧传》)。然而他生逢晚唐,当时朝中矛盾重重,斗争激烈。不仅有把持朝政的宦官与正直朝官的矛盾,还有错综复杂的牛李党争互相倾轧。这些不仅祸害着唐王朝,而且影响了不少朝臣文士的政治命运,甚至于生命。在这一时代背景中,杜牧不仅难于施展其政治才能,实现理想抱负,而且仕途也受到影响。他心中颇有被人排挤远弃的浓厚阴影,因此困踬不振,怏怏不平,至中晚年,思想上难免消极颓丧,致有壮志难酬、才人落魄之慨。

然而,仕途的不畅,政治理想抱负难于实现的郁愤,却有助于诗人在创作上获得杰出的成就。正因为他有高远的理想抱负,有着理想抱负不能实现、仕途亦不顺畅的遭遇,有着关注社会问题、为寻求解决而奔走呼号的热情,这就为他的诗文创作奠定了丰厚充实的基础,使它们不仅富有思想性,内容丰富,而且格调风貌也由此而得到保证与提高。杜牧是一位诗歌、散文、辞赋兼擅的作家,无论哪种文学形式,他都创作出内容与形式并美,极富艺术魅力与价值的作品,如《阿房宫赋》、《杜秋娘诗》、《张好好诗》、《过华清宫绝句三首》、《江南春绝句》、《九日齐山登高》、《赤壁》、《泊秦淮》、《扬州三首》以及《罪言》、《同州澄城县户工仓尉厅壁记》、《李贺集序》等。他的诗歌创作成就尤为突出,无论是古诗、律诗与绝句,都有名篇佳句脍炙人口,深受时人和后代的喜爱。其诗风格时而俊爽峭健,时而雄姿英发,时而又委婉含蓄,在清丽多变中自具独特的艺术魅力。其中律绝体尤为出色,能于拗折峭健之中,具有风华流美之致,既气势豪宕而又情韵缠绵,诚如徐献忠所评:"牧之诗含思悲凄,流情感慨,抑扬顿挫之节,尤其所长,以时风委靡,独持拗峭。"(《唐音癸签》卷八引)前人对其诗评价很高,翁方纲《石洲诗话》说:"樊川真色真韵,殆欲吞吐中、晚千万篇。"又说:"小杜之才,自王右丞后未见其比,其笔力回斡处,亦与王龙标、李东川相视而笑。少陵无人谪仙死,竟不意又见此人。只如'今日鬓丝禅榻畔,茶烟轻飏落花风'、'自说江湖不归事,阻风中酒过年年',直自开、宝以后百余年无人能道。而五代、南北宋以后,亦更不能道矣。此真悟彻汉魏六朝之底蕴者也。"即此可见杜牧诗所取得的成就,以及他在中国古代诗歌史上的地位。

杜牧有《樊川文集》二十卷,宋人又辑有《樊川外集》和《樊川别集》。前者为其甥裴延翰所编,可信;后两集则有他人诗误入。《樊川文集》有今人陈允吉点校本(上海古籍出版社 1978 年出版)。本编杜牧诗文,即选自该书,个别字句有参考清冯集梧《樊川诗集注》一书者。

本书从杜牧的诗文中,精选出一些最具代表性的篇目加以注释评述。全书按杜牧的生平与创作情况分为四大部分,每部分前均有简要的介绍说明。所选每首诗则加简注与讲评,以便读者阅读鉴赏。本书所收杜牧诗文的编年,除另作说明外,一般按照缪钺《杜牧年谱》所系。另外,冯集梧《樊川诗集注》,今人缪钺《杜牧诗选》,朱碧莲、王淑均《杜牧诗文选注》,本书亦有参考取资之处,在此说明并致谢忱。

吴在庆

2001 年 3 月 10 日于

厦门大学海滨东区寓所

一、及第前后与八年幕吏岁月(803—835)

　　杜牧在大和二年(828)登进士第、中制科后,曾有过八年的幕吏经历,当时他已是一个胸怀壮志、颇有名声的作家了。

　　在此之前,诗人曾经历了儿时家族的鼎盛与荣华。祖父杜佑是显赫一时、名高望重的宰相和宪宗朝的元老。生活在长安的朱门高第中,不仅使杜牧儿时能拥有荣华富贵,而且也使他颇受儒家思想文化的熏陶,他不无自耀地说:"第中无一物,万卷书满堂。家集二百编,上下驰皇王。"(《冬至日寄小侄阿宜诗》)不过,世事沧桑,随着祖父和父亲的相继去世,杜牧的家境在他少年时便中落而颇为艰难困顿了。他在《上宰相求湖州第二启》中,曾回忆这一经历:"某幼孤贫……八年中,凡十徙其居,奴婢寒饿,衰老者死,少壮者当面逃去……长兄以驴游丐于亲旧,某与弟颐食野蒿藿,寒无夜烛,默所记者,凡三周岁。"这一自叙,虽有夸张之处,但还是能反映出他在有过一段荣华富贵生活后而陷入艰苦生活的情形。

然而否极泰来,大和二年(828)在杜牧的生平中是颇为得意的一年。这一年春,他进士及第,随后又顺利地登贤良方正能直言极谏科,并授官弘文馆校书郎、试左武卫兵曹参军,可谓春风得意,一举成名。这年十月,尚书右丞沈传师拜江西观察使,他选了不少颇有才能的文士做幕僚,杜牧有幸也在其中,从而作为江西团练巡官、试大理评事,开始了他的幕吏生活。大和四年(830)九月,诗人又随沈传师移幕宣歙,直至大和七年(833),沈传师入京官吏部侍郎,诗人方于秋日应淮南节度使牛僧孺之辟,赴扬州为淮南节度推官、监察御史里行,后转掌书记。直至大和九年(835)春离任,结束了这八年的幕吏生活。

　　由于诗人出身于儒学世家，又受其祖杜佑的熏陶，因此从小即承继了杜佑《通典》的经世致用之学，特别致力于历代的"治乱兴亡之迹，财赋兵甲之事，地形之险易远近，古人之长短得失"（《上李中丞书》）的研究。因此他不仅满腹经纶，而且又胸怀经邦济世的高远志向，充满了忧国忧民之心。在他未及第入仕前，他即把眼光投向历史，投向社会现实，指摘历史与现实的弊病，关注着民生疾苦和社会弊端，从而使自己的人生道路和文学创作，从一开始即和社会现实与民生紧紧地结合在一起。他今存最早的作品《阿房宫赋》，不仅表现了作为一个文学家的才气，使他获得了声誉，而且这一脍炙人口之作，乃是因"宝历大起宫室，广声色"（《上知己文章启》）而作的；同年的《上昭义刘司徒书》，也是因"诸侯或恃功不识古道，以至于反侧叛乱"（同上）才上书刘悟的。大和元年（827），诗人二十五岁尚未及第时，即有《感怀诗》和《同州澄城县户工仓尉厅壁记》这两篇感时而作的重要作品。前一篇诗乃因朝廷讨伐叛镇李同捷，诗人感慨安史叛乱以来藩镇割据之祸而赋。诗末诗人感叹:"关西贱男子,誓肉房杯羹。请数系房事,谁其为我听?"后文则直接反映人民遭受朝廷禁司小吏盘剥豪取之苦。入仕后,诗人对于历代的治乱兴亡、财赋兵甲之事更为关注,一连作有《罪言》、《战论》、《守论》、《原十六卫》等谈兵论政的针砭历史与时弊的文章。从这一系列诗文可以看到,这一时期的杜牧,已成长为胸怀壮志、颇富政治远见与卓识,又热心于经邦济世,敢于关注历史与现实,慷慨激昂的热血青年作家。他的创作实际上正是沿着"文章合为时而著,歌诗合为事而作"的道路进行的。这也正是他崇尚与师学李白、杜甫、韩愈、柳宗元等人诗文的必然结果。

当然,年轻的诗人也有喜好风华、倜傥风流的一面。这大致是他出身于豪贵之门,又沿习沾染了他那一时代进士们的风华放荡、喜好声色的风气所形成的。长年的幕吏生涯,使他壮志难酬,内心苦闷。因此他这一时期也多有秦楼楚馆之游,尤其是在扬州。这正如吴锡麒《杜樊川集注序》所说:"惟是留云梦里,中酒花前。凭街子而说生平,对樽蒲而论心事。绿叶成阴之慨,青楼薄幸之名。

壮志飘萧，才人落魄。此又写深情之帖，莫喻缠绵；读《小雅》之篇，难名悱恻也已。"因此，他在《扬州三首》中，既有批判隋炀帝的"荒淫罪"之句，也有"骏马宜闲出，千金好暗游。喧阗醉年少，半脱紫茸裘"的自我写照。而后来所作的《润州二首》，也深情地回忆起昔日"青苔寺里无马迹，绿水桥边多酒楼"的冶游情景；离别扬州时，也有记叙与反省这一段生活的《赠别二首》和《遣怀》之作。

这一时期杜牧的创作在赋、古诗和古文上尤为突出。这不仅表现在思想内容上，而且风格也有特色，在艺术上也取得了很高的成就。其古文的纵横奥衍、感慨激昂、条分缕析、笔锋犀利，颇为人所称道；而《阿房宫赋》自唐以来即脍炙人口，传诵至今。其古诗创作所取得的成就，在今后又有长足的发展；律诗、绝句的创作逐渐增多，并成为以后诗歌创作的主要形式。

阿 房 宫 赋①

六王毕②，四海一。蜀山兀③，阿房出。覆

压三百余里,隔离天日。骊山北构而西折④,直走咸阳⑤。二川溶溶⑥,流入宫墙。五步一楼,十步一阁。廊腰缦回,檐牙高啄⑦。各抱地势,钩心斗角⑧。盘盘焉,囷囷焉⑨,蜂房水涡,矗不知乎几千万落。长桥卧波,未云何龙?复道行空,不霁何虹?高低冥迷,不知东西。歌台暖响,春光融融;舞殿冷袖,风雨凄凄。一日之内,一宫之间,而气候不齐。

妃嫔媵嫱⑩,王子皇孙,辞楼下殿,辇来于秦,朝歌夜弦,为秦宫人。明星荧荧,开妆镜也;绿云扰扰,梳晓鬟也;渭流涨腻⑪,弃脂水也;烟斜雾横,焚椒兰也;雷霆乍惊,宫车过也,辘辘远听,杳不知其所之也。一肌一容,尽态极妍,缦立远视,而望幸焉。有不见者,三十六年。

燕、赵之收藏⑫,韩、魏之经营,齐、楚之精英,几世几年,摽掠其人,倚叠如山。一旦不能有,输来其间。鼎铛玉石⑬,金块珠砾⑭,弃掷逦迤,秦人视之,亦不甚惜。嗟乎!一人之心,千万人之心也。秦爱纷奢,人亦念其家。奈何取之尽锱铢⑮,用之如泥沙?使负栋之柱,多于南亩之农夫;架梁之椽,多于机上之工女;钉头磷磷,多于在庾之粟粒;瓦缝参差,多于周身之帛缕;直栏横槛,多于九土之城郭;管弦呕哑,多于市人之言语。使天下之人,不敢言而敢怒,独夫之心⑯,日益骄固。戍卒叫⑰,函谷举⑱,楚人一炬⑲,可怜焦土。

灭六国者,六国也,非秦也。族秦者,秦也,非天下也。嗟乎!使六国各爱其人,则足以拒秦。使秦复爱六国之人,则递三世可至万世而为君⑳,谁得而族灭也?秦人不暇自哀,而后人哀之;后人哀之而不鉴之,亦使后人而复哀后人也。

① 阿房宫：故址在今陕西西安西南。秦始皇三十五年(前212)建,后为项羽焚毁。

② 六王：此指战国时赵、韩、魏、齐、楚、燕六国国君。

③ 蜀山：泛指蜀地一带山脉。

④ 骊山：在今陕西临潼东南。

⑤ 咸阳：故址在今陕西长安东渭城故城。战国时秦孝公建都于此。

⑥ 二川：指渭水和樊川。

⑦ 高啄：此形容檐牙高耸,像鸟仰首啄物。

⑧ 钩心斗角：心,宫殿中心。角,屋檐角。此句指楼阁与宫室中心互相钩连,檐牙屋角互相凑合,结构错综精密。

⑨ 囷囷：曲折回旋的样子。

⑩ 妃嫔媵嫱：指六国的后妃宫人。媵,古诸侯女儿出嫁时随嫁或陪嫁的人。后称妾为媵。嫱,古代宫廷女官。

⑪ 渭：渭水。

⑫ 收藏：指收藏的珍宝。

⑬ 鼎铛玉石：将宝鼎当作平常的平底锅,把美玉看作石头。

⑭ 金块珠砾：把金子当作土块,将珍珠视如石子。

⑮ 锱、铢：均为古代重量单位,皆极微小。

⑯ 独夫：众叛亲离的统治者，此指秦始皇。

⑰ 戍卒叫：指秦末陈胜、吴广起义。

⑱ 函谷举：函谷关被攻占。公元前207年，刘邦攻克武关，秦王子婴投降，军入咸阳，并占领函谷关。

⑲ 楚人一炬：指项羽焚烧秦宫室，火三月不灭，阿房宫也被烧毁。

⑳ 三世：指秦统一中国后只传秦始皇、秦二世和秦王子婴三世。

　　名篇《阿房宫赋》是现今可考见的杜牧最早的作品。其《上知己文章启》说："宝历大起宫室，广声色，故作《阿房宫赋》。"据此，知此赋乃作于宝历元年（825），杜牧时年二十三。此赋在当时即脍炙人口，广为流播。据《唐摭言》所载，当时太学博士吴武陵即见到"太学生十数辈，扬眉抵掌，读一卷文书，就而观之，乃进士杜牧《阿房宫赋》"。吴武陵亦颇称赏此赋，力荐给礼部侍郎崔郾。大和二年（828），杜牧遂因此赋而登进士第。

　　此赋颇值得注意的是杜牧关注现实，有所为而作的创作态度。据史载,唐敬宗即位后游幸无常,昵比群小,穷奢极欲,大造宫室。此赋即针对此而借秦始皇建造阿房宫事以讥讽劝诫。文末"族秦者,秦也,非天下也……"这一议论,即点明了此赋的主旨,也即作者的创作意图。这一关注现实、有所为而作的创作态度,表明杜牧年轻时即胸怀大志,注意总结历代治乱兴亡的经验教训,并用以针砭现实,这为他以后的诗文创作奠定了坚实的思想基础。

此赋在艺术上善于描写刻画形容,将阿房宫建构之宏伟壮丽,秦宫室之奢侈豪华描绘得淋漓尽致;又融描绘、叙述与精警的议论为一炉,形象精彩,极具艺术感染力。

过华清宫绝句三首①（选二）

其　一

长安回望绣成堆②,山顶千门次第开。
一骑红尘妃子笑③,无人知是荔枝来。

① 华清宫:在今陕西临潼城南骊山上。天宝间,唐玄宗、杨贵妃常到此避暑游玩。

② 绣成堆:骊山上有东、西绣岭,唐开元、天宝时山岭上花木茂盛,远望如锦绣成堆。

③ 一骑句:李肇《唐国史补》载:"杨妃生于蜀,好食荔枝,南海所生,尤胜蜀者,故每岁飞驰以进。"《天宝遗事》也有记载。

《过华清宫绝句三首》作年难考,因这一时期杜牧有《阿房宫赋》之作,其地及作意相近,故编于此。

唐玄宗、杨贵妃于华清宫游乐事,传闻颇广。《天宝遗事》载:"明皇岁幸华清宫,五宅车骑皆从,家别为队,队各一色,开合若万花照耀,谷成锦绣。唐史:天宝间涪州贡荔枝,到长安香色不变,贵妃乃喜。州县以邮传疾走,七日七夜至京,以称人意,人马僵毙,死望于道,百姓苦之。……杨贵妃生于蜀,好嗜之,以南海荔枝胜蜀,故每岁飞驰以进。"本诗即据这一史实,突出杨贵妃好食荔枝,见有远方送荔枝至而笑这一细节,巧寓讥讽

之意。其中三、四两句最精警。为使贵妃一笑,玄宗竟
不惜派人千里传送荔枝,风尘仆仆,死望于道,其荒谬腐
败可知。后来苏轼《荔枝叹》所谓"宫中美人一破颜,惊
尘溅血流千载",即受此诗影响。

其 二

新丰绿树起黄埃①,数骑渔阳探使回②。

《霓裳》一曲千峰上③,舞破中原始下来④。

① 新丰:古县名,故址在今陕西临潼东北。

② 数骑句:原注:"帝使中使辅璆琳探禄山反否,璆琳受禄山
  金,言禄山不反。"渔阳:郡名,唐蓟州治所,即今河北蓟县
  一带。探使:指辅璆琳等探看安禄山的使者。

③《霓裳》:即《霓裳羽衣曲》,相传为杨贵妃所制。

④ 始下来:指唐玄宗、杨贵妃在安禄山叛军攻破潼关、逼近长
  安时,才从骊山上逃下来,避幸西蜀。

  此诗因唐玄宗溺于安乐,宠信安禄山,并导致其叛

乱的史实而发。据《新唐书·安禄山传》:"皇太子及宰相屡言禄山反,帝不信。"天宝十四载(755),"国忠谋授禄山同中书门下平章事,召还朝。制未下,帝使中官辅璆琳赐大柑,因察非常。禄山厚赂之,还言无它,帝遂不召"。而安禄山反叛时,唐玄宗、杨贵妃仍然在华清宫游乐。此诗即咏这一史实,体现了这一时期诗人关注历史、勇于批判的创作态度。

此诗的讥讽之意在于:一、以"渔阳探使回"寓指唐玄宗听信探使谎言而不加体察,表现其昏庸不明;二、用"霓裳"两句讥刺唐玄宗耽于安乐、不恤国事,导致安禄山叛乱,中原沦陷。其中"霓裳一曲"与"舞破中原","千峰上"与"始下来"两两对照反衬,各成因果,虽出语含蓄,但寓意自明,很有讥刺批判的深度。

读 韩 杜 集[①]

杜诗韩集愁来读,似倩麻姑痒处抓[②]。

天外凤凰谁得髓,无人解合续弦胶[③]。

① 韩杜集：指唐代作家韩愈和杜甫的诗文集。

② 麻姑：传说中的女仙，其手爪形如鸟爪。据《神仙传》载，麻姑曾至蔡经家，蔡经设想如果背脊发痒，能得到她的手爪来抓，应当是很舒服的。

③ 天外二句：据《十洲记》载，西海之中的凤麟洲上有凤麟数万，煮凤喙和麟角合煎作胶，名续弦胶，可以续已断之弦。

　　杜甫、韩愈在晚唐已有很高的声誉，尤其是有"史诗"之称的杜甫诗歌，当时已为关注现实的文士所推崇，而韩愈的散文也在中唐产生了广泛的影响。杜牧对两人均十分敬仰，他在《冬至日寄小侄阿宜诗》中即谓"李杜泛浩浩，韩柳摩苍苍"。他的诗文也受到杜韩的影响。此诗似为其早年读两人文集之作，故以仙人麻姑抓发痒的背脊，来形容读杜、韩文集时的舒服痛快。尤可注意的是后两句，以无人能合煎凤喙和麟角之胶以续断弦为喻，感慨杜甫、韩愈诗文的优良传统未能得到很好的继承发扬，显示了诗人对当时颓靡文风的不满，以及以继承发扬杜韩诗文优良传统为己任的远大志向。

这也是这一时期杜牧胸怀壮志,既关注历史与现实,又注意继承优良文化传统的生动反映。

同州澄城县户工仓尉厅壁记①

县之所重,其举秀贡贤也。今之自外诸侯之儒者②,旷不能升一人,况尉乎③?次乃户税而已。《史记·河渠书》曰:"自徵引洛水至商颜下④,凿井深者四十余丈。"即此地也。徵者俗讹为"澄"耳。其地西北山环之,县境笼其趾⑤,沙石相礴,岁雨如注,他皆淫滟不测⑥,徵之土适润,苗则大获。天或旬而不雨,民则蒿然⑦,四望失矣。是以年多薄,复绝丝麻蓝果之饶⑧,固无豪族富室,大抵民户高下相埒。然岁入官赋,未尝期表鞭一人。因征其来由,耆老咸曰:"西四十里即畿郊也⑨,至如禁司东西军⑩,禽坊龙厩⑪,彩工梓匠,善声巧手之徒,第番上下⑫,互来进取,挟公为首,缘以一括十。民之晨炊夜春,岁时不敢尝,悉以仰奉,父伏子走,尚不能当其意,往往击辱而去。长吏固不敢援⑬,复况其养秩安禄者邪? 加以御女官多⑭,盘冗其间,递相占附比,急热如手足,自丞相、御史咸不能与之角逐,县令固无有为也。非豪吏真工联纽相姻戚者,率率解去⑮,是以县赋益通。徵民幸脱此苦者,盖以西有通洄巨壑,叉牙交吞,小山峭径,驰鞍马、张机罿者,不便于此,是以绝迹不到。兼之土田枯卤,树植不茂,无秀润气象,咸恶之而不家焉。民所以安活输赋者,殆由此,傥使徵亦中其苦,则墟矣,尚安敢比之于他邑乎。"

嗟乎! 国家设法禁,百官持而行之,有尺寸害民者,率有尺寸之刑。今此咸堕地不起,反使民以山之涧壑自为防限,可不悲哉! 使民恃险而不恃法,则划土者宜乎墙山堑河而自守

矣[16],燕、赵之盗,复何可多怪乎? 书其西壁,俟
得言者览焉。

① 同州: 唐代州名,州治在今陕西大荔,辖今合阳、韩城、澄
　　城、白水等地。澄城县: 汉名徵县。因徵与澄同声,后人遂
　　误作澄。户工仓尉厅: 掌管一县户籍、工役、租税等事务的
　　官署。壁记: 此指为户工仓尉厅壁所写的文章。

② 外诸侯: 指任职于地方的高级官员。

③ 尉: 县尉,唐时掌管一县刑罚、军事等事务的官员。

④ 洛水: 即洛河。源出陕西洛南西北部,东入河南,到巩县的
　　洛口流入黄河。商颜: 原注:"商颜,山名。"在今陕西大
　　荔北。

⑤ 笼其趾: 笼,包括。趾,指山脚。

⑥ 淫滟: 水满漾溢的样子。

⑦ 蒿然: 消耗貌。

⑧ 蓝果: 蓝草果实。蓝草叶可制为染料。

⑨ 畿: 京畿,京城所辖之地。

⑩ 禁司东西军: 指禁军,皇帝的亲兵。唐制,禁兵分属南北
　　衙,属南衙者为诸卫兵,属北衙者为禁军。北衙有左右羽

林军、左右神策等四军。

⑪ 禽坊龙厩：唐时豢养专供皇帝玩乐的禽马等动物的坊舍厩场。龙,此指马。

⑫ 第番：轮番。

⑬ 长吏：此指上文畿郊的地方长官。

⑭ 御女：宫内侍女。

⑮ 率率：相随相继的意思。

⑯ 划土者：指占据一方的将帅或官吏。墙山堑河：以山峦为城墙,以河流为城堑。堑同堑,护城河。

此文是杜牧大和元年（827）春出游同州澄城县,访问其地风俗,观察地理环境,了解民生疾苦,感而题户工仓尉厅壁之作。

澄城县地理环境恶劣,时常因雨水不调而或旱或涝,物产不丰,造成民生贫乏,但奇怪的是"岁入官赋,未尝期表鞭一人"。文章先从这一令人生惑的社会现象出发,巧妙地引出当地父老的解说,即：京畿因交通方便,反使禁司、五坊小儿之徒轮番索刮敛取,因此民不聊生,而澄城县因有"通涧巨壑,又牙交吞"的不便,盘剥巧取者不便前来,所以能免受其苦。这一鲜明的对比本身已很能说明问题,而末段的感叹之语,自然更有力地阐述了本文的主旨。最后作者又以小见大地得出"使民恃险而不恃法,则划土者宜乎墙山堑河而自守矣,燕、赵之盗,复何可多怪乎"的精辟结论,以此来警戒当政者。从本文可见,作者年轻时忧国忧民、关注民生疾苦的精神已颇为强烈。

窦列女传①

列女姓窦氏,小字桂娘。父良,建中初为汴州户曹掾②。桂娘美颜色,读书甚有文。李希烈破汴州③,使甲士至良门,取桂娘以去。将出门,顾其父曰:"慎无戚,必能灭贼,使大人取富贵于天子。"桂娘既以才色在希烈侧,复能巧曲取信,凡希烈之密,虽妻子不知者,悉皆得闻。希烈归蔡州④,桂娘谓希烈曰:"忠而勇,一军莫如陈先奇⑤。其妻窦氏，先奇宠且信之，愿得相往来，以姊妹叙齿⑥，因徐说之，使坚先奇之心。"希烈然之，桂娘因以姊事先奇妻。尝间曰："为贼凶残不道，迟晚必败，姊宜早图遗种之地。"先奇妻然之。

兴元元年四月⑦，希烈暴死，其子不发丧，欲尽诛老将校，以卑少者代之。计未决，有献含桃者，桂娘白希烈子，请分遗先奇妻，且以示无事于外。因为蜡帛书，曰："前日已死，殡在后堂，欲诛大臣，须自为计。"以朱染帛丸，如含桃。先奇发丸见之，言于薛育，育曰："两日希烈称疾，但怪乐曲杂发，尽夜不绝，此乃有谋未定，示暇于外，事不疑矣。"明日，先奇、薛育各以所部噪于牙门⑧，请见希烈，希烈子迫出拜曰："愿去伪号，一如李纳⑨。"先奇曰："尔父勃逆，天子有命。"因斩希烈及妻子，函七首以献，暴其尸于市。后两月，吴少诚杀先奇⑩，知桂娘谋,因亦杀之。

请试论之：希烈负桂娘者,但劫之耳,希烈僭而桂娘妃,复宠信之,于女子心,始终希烈可也。此诚知所去所就,逆顺轻重之理明也。能得希烈,权也;姊先奇妻,智也;终能灭贼,不顾其私,烈也。六尺男子,有禄位者,当希烈叛,与之上下者众矣,岂才力不足邪? 盖义理苟至,虽一女子可以有成。

大和元年,予客游涔阳[11],路出荆州松滋县[12],摄令王淇为某言桂娘事[13]。淇年十一岁能念《五经》,举童子及第[14],时年七十五,尚可日记千言。当建中乱[15],希烈与李纳、田悦、朱泚、朱滔等僭诏书檄,争战胜败,地名人名,悉能说之,听说如一日前。言窦良出于王氏,实淇之堂姑子也。

---

① 列女：同烈女。旧指重义轻生、有节操的妇女。

② 建中：唐德宗年号（780—783）。汴州：今河南开封。户
曹：掌管籍账、婚姻、田宅、杂徭、道路等事的州府官吏。
掾：副官佐贰吏的通称。

③ 李希烈：唐辽西人，德宗建中初为淮西节度淮宁军、检校礼
部尚书。不久，加检校右仆射、同平章事。后背叛朝廷，交
通河北诸叛帅，僭称王。建中四年（783）十二月，攻占汴
州，自称帝。

④ 蔡州：今河南汝南。

⑤ 陈先奇：李希烈部将。《旧唐书·李希烈传》作陈仙奇，并
记其"起于行间，性忠果。自希烈死，朝廷授淮西节度，颇
竭诚节。未几，为别将吴少诚所杀，赠太子太保"。

⑥ 叙齿：按照年龄大小定长幼次序。

⑦ 兴元：唐德宗年号（784）。

⑧ 牙门：军帐前立大旗表示营门。《国语·齐语》韦昭注：
"军门立旌为门，若今牙门矣。"

⑨ 李纳：淄青镇叛帅李正己之子。正己病死，李纳请袭父位，
朝廷不许，遂叛，称齐王。兴元初，德宗下诏罪己，纳复归
顺朝廷。

⑩ 吴少诚：李希烈宠将。《资治通鉴》贞元二年（786）七月记

"淮西兵马使吴少诚杀陈仙奇,自为留后。少诚素狡险,为李希烈所宠任,故为之报仇"。

⑪ 涔阳:唐澧州,今湖南澧县。

⑫ 荆州松滋县:属今湖北。

⑬ 摄令:代理县令。

⑭ 童子:即唐代科举考试中的童子科。凡十岁以下,能通一经,及《孝经》《论语》,每卷诵文十通者,予官。通七者,与出身,谓之童子科。

⑮ 建中乱:指唐德宗建中时李希烈、朱泚、朱滔等人反叛朝廷。

大和元年(827)杜牧出游涔阳,路过松滋县,根据县令王淇所述桂娘事,感而作此。

文中记叙了桂娘为李希烈所强取、忍辱以才色巧智义灭李希烈一门的经过,不仅褒奖桂娘为烈女,更重要的是通过对桂娘"终能灭贼,不顾其私,烈也"的称扬,指出"六尺男子,有禄位者,当希烈叛,与之上下者众矣,岂才力不足邪? 盖义理苟至,虽一女子可以有成"

这一事实,从而寄寓了对那些顾其私,不顾义理,而屈从李希烈等人的朝廷官吏的愤慨蔑视之情。

杜牧本年又有《燕将录》之作,此后又撰写了《张保皋郑年传》。这三篇传记,都显示了作者关注历史人物,以史为鉴的态度,也体现了诗人传记散文创作的成就。

感怀诗一首①

高文会隋季②,提剑徇天意。扶持万代人,步骤三皇地③。圣云继之神,神仍用文治。德泽酌生灵,沉酣薰骨髓。旄头骑箕尾④,风尘蓟门起⑤。胡兵杀汉兵,尸满咸阳市⑥。宣皇走豪杰⑦,谈笑开中否⑧。蟠联两河间⑨,烬萌终不弭。号为精兵处,齐蔡燕赵魏⑩。合环千里疆,争为一家事。逆子嫁虏孙,西邻聘东里。急热同手足,唱和如宫徵。法制自作为,礼文

争僭拟。压阶螭斗角[11]，画屋龙交尾。署纸日
替名[12]，分财赏称赐。刳隍献万寻[13]，缭垣叠千
雉[14]。誓将付屏孙，血绝然方已。九庙仗神
灵[15]，四海为输委。如何七十年[16]，汗赩含羞
耻？韩彭不再生[17]，英卫皆为鬼[18]。凶门爪牙
辈，穰穰如儿戏。累圣但日吁，阃外将谁寄？
屯田数十万，堤防常慴慑。急征赴军须，厚赋
资凶器[19]。因隳画一法[20]，且逐随时利。流品
极蒙龙[21]，网罗渐离弛[22]。夷狄日开张，黎元愈
憔悴。邈矣远太平，萧然尽烦费。至于贞元
末[23]，风流恣绮靡。艰极泰循来，元和圣天
子[24]。元和圣天子，英明汤武上[25]。茅茨覆宫
殿[26]，封章绽帷帐[27]。伍旅拔雄儿，梦卜庸真
相[28]。勃云走轰霆，河南一平荡[29]。继于长庆
初[30]，燕赵终舁襁[31]。携妻负子来，北阙争顿
颡。故老抚儿孙，尔生今有望。茹鲠喉尚隘，
负重力未壮。坐幄无奇兵，吞舟漏疏网[32]。骨

添蓟垣沙㉝,血涨溥沱浪㉞。只云徒有征,安能问无状。一日五诸侯㉟,奔亡如鸟往。取之难梯天,失之易反掌。苍然太行路㊱,翦翦还榛莽㊲。关西贱男子㊳,誓肉虏杯羹。请数系虏事,谁其为我听。荡荡乾坤大,瞳瞳日月明。叱起文武业,可以豁洪溟。安得封域内,长有扈苗征㊴。七十里百里㊵,彼亦何尝争㊶。往往念所至,得醉愁苏醒。韬舌辱壮心,叫阍无助声。聊书《感怀》韵,焚之遗贾生㊷。

① 此诗题下原注:"时沧州用兵。"沧州(今河北沧县)时为横海节度使治所。敬宗宝历二年(826)三月,横海节度使李全略死,其子李同捷擅领留后,重赂邻道,以求承继。大和元年(827)五月,朝廷调李同捷为兖海节度使,李不受命。八月,朝廷下诏讨伐,至大和三年(829)四月,方攻下沧州,斩李同捷。

② 高文:高,指唐高祖李渊;文,即文皇帝李世民。

③ 步骤:步,缓行;骤,疾走。引申为缓急、快慢。《后汉书·

曹褒传》:"三五步骤。"注引《孝经钩命诀》曰:"三皇步,五帝骤,三王驰。"此指治理天下,如三皇般缓急适度。三皇:传说中的远古部落酋长,其名所传不一。一般指伏羲、神农、黄帝。

④ 旄头:星名,二十八宿中的昴七星。箕、尾:均是二十八宿的星名。其分野与燕地对应。此句意谓安禄山在幽燕一带叛乱。

⑤ 蓟门:亦称蓟丘,在今北京德胜门外。此指幽燕。

⑥ 咸阳:咸阳本为秦都,在今陕西咸阳东北二十里,渭水之北。此用以指代唐京都长安。

⑦ 宣皇:即唐肃宗,因死后谥"文明武德大圣大宣孝皇帝"而称。

⑧ 开中否:指唐肃宗平定安史叛乱,两京收复,把唐朝中衰局面转变过来。否为《周易》卦名。否塞不通之意。

⑨ 蟠联:盘踞联结。两河:指黄河南、北地区。此句指原安史军中的降将如李宝臣、李怀仙、薛嵩、田承嗣等人仍然盘踞勾结在黄河地区。

⑩ 齐蔡燕赵魏:五个藩镇。齐,即淄青节度,治所青州(今山东益都);蔡,即彰义节度,治所蔡州(今河南汝南);燕,即

卢龙节度,治所幽州(今北京);赵,即成德节度,治所镇州(今河北正定);魏,指魏博节度,治所魏州(今河北大名)。

⑪ 压阶句:指叛镇僭拟天子制度,殿阶以螭头装饰。

⑫ 署纸:指官吏在公文后签署姓名。替:废。此句指藩镇不在公文上署名,而僭拟皇帝下诏时不署名,只用玺。

⑬ 刳隍:挖掘城池。歘:欲。

⑭ 缭垣:围城墙。此句指藩镇所筑城墙又高又大,超过了古代诸侯的制度。

⑮ 九庙:此指唐皇帝的祖先之庙,天子太庙有九室,故称。

⑯ 七十年:指安史叛乱至诗人作此诗时,其间凡七十三年,此取其整数而言。

⑰ 韩彭:指西汉著名开国将领韩信和彭越。

⑱ 英卫:指唐初著名将领英国公李勣、卫国公李靖。

⑲ 凶器:古人以为兵为凶器。

⑳ 画一法:指所定的统一制度。《史记·曹相国世家》载西汉初期,宰相萧何制定各种制度,后曹参任相又遵守成规,其时百姓歌云:"萧何为法,颟若画一。曹参代之,守而勿失。载其清净,民以宁一。"

㉑ 蒙龙:杂乱貌。

㉒ 网罗：比喻法制。

㉓ 贞元：唐德宗年号(785—805)。

㉔ 元和：唐宪宗年号(806—820)。

㉕ 汤、武：指商汤、周武王，古代圣明的君主。

㉖ 茅茨句：语本《韩非子·五蠹》："尧之王天下也，茅茨不剪。"此处用以颂扬唐宪宗之节俭。

㉗ 封章：百官进呈皇帝的奏书的封套。《汉书·东方朔传》载，汉文帝"集上书囊以为殿帷"。此句亦颂扬唐宪宗之俭朴。

㉘ 梦卜句：《史记·殷本纪》记武丁夜梦得圣人，于是获得了傅说，举以为相。《史记·齐太公世家》载："西伯将出猎，卜之，曰：'……所获霸王之辅。'于是周西伯猎，果遇太公于渭之阳……载与俱归，立为师。"此句谓唐宪宗能任用如杜黄裳、武元衡、裴度等贤相。

㉙ 河南句：指唐宪宗于元和十二年(817)平定淮西吴元济，十四年(819)平定淄青镇李师道。后宣武镇韩弘亦归顺朝廷，黄河以南地区均归顺中央。

㉚ 长庆：唐穆宗年号(821—824)。

㉛ 燕：指卢龙军。赵：指成德军。元和十五年(820)十月，

"成德军观察支使王承元以镇、赵、深、冀四州归于有司"。长庆元年二月,"刘总以卢龙军八州归于有司"(《新唐书·穆宗纪》)。异襁:指人民把婴孩包在包袱中,背在背上,准备来归顺朝廷。

㉜ 吞舟:语本《史记·酷吏列传》:"网漏于吞舟之鱼。"此处用吞舟之鱼比喻当时归顺而后又纷起叛乱的诸藩镇将帅。

㉝ 骨添句:指长庆元年(821)七月"幽州卢龙军都知兵马使朱克融,囚其节度张弘靖以反"(《新唐书·穆宗纪》),又纵兵掠易州,寇蔚、定二州等事。

㉞ 血涨句:指长庆元年七月,成德军大将王廷凑杀其节度使田弘正以反叛之事。滹沱:河名,源出山西繁峙大戏山,东南流经河北正定。成德军治所镇州在今正定,故云。

㉟ 五诸侯:指魏博、横海、昭义、河东、义武五节度使。长庆元年八月十四日,五节度使带兵讨伐王庭凑。

㊱ 太行:指太行山。

㊲ 翦翦:浅狭貌。此句指太行山以东的河北三镇幽州、镇州、魏州先后叛乱,致使太行山路榛莽杂生,道路阻塞。

㊳ 关西:函谷关以西。贱男子:大和元年,杜牧尚未及第入仕,故自称贱男子。

㊴ 扈苗：有扈和有苗，皆为古代叛乱的部落首领。夏禹曾征
有苗，夏启征有扈。

㊵ 七十里百里：传说商汤以七十里，周文王以百里地而统一
天下。

㊶ 彼亦句：谓汤、文王皆以文德使人归服，何尝凭武力相争。

㊷ 贾生：指西汉贾谊。贾谊曾在汉文帝时上书论政，虽颇得
文帝赏识，但却遭到权臣贬抑，终郁郁不得志。

《感怀诗》是现存可考定年代的杜牧最早的一篇五
言长篇古诗。诗人有感于当时讨伐叛镇横海李同捷事，
在诗中先追述安史乱后藩镇跋扈，边防空虚，夷狄入侵，
百姓因急征厚敛而生计凋敝的史实，又历述宪宗、穆宗
两朝的种种弊病与祸乱史实，抒发了深沉的感慨，表现
了诗人关注历史与现实的强烈忧国情怀和政治抱负。
尤为感人的是诗末诗人抒发豪情壮志的一段，写得慷慨
激昂。全诗风格劲健，有如其甥裴延翰《樊川文集序》
所评："高骋复厉，旁绍曲摭，絜简浑圆，劲出横贯，涤濯
滓穢，支立欹倚。"这一风格在其会昌年间所作《雪中书

怀》、《郡斋独酌》等诗中仍有体现,可谓影响深远。

及第后寄长安故人①

东都放榜未花开②,三十三人走马回③。
秦地少年多酿酒④,已将春色入关来⑤。

① 此诗见于《樊川外集》。

② 东都:唐代以洛阳为东都。唐文宗大和二年(828)春的科
举考试在此举行。

③ 三十三人:指这一年进士科登第共三十三人。

④ 秦地:指今陕西一带。此代指唐京城长安。酿酒:一作
"办酒"。

⑤ 春色:既指春光,又指通过吏部关试的喜讯。唐时进士及
第后,必须过吏部关试,方取得入仕资格。关:同时指关试
和函谷关。

《唐摭言》卷三《慈恩寺题名游赏赋咏杂记》条载

"大和二年(828),崔郾侍郎东都放榜,西都过堂,杜牧有诗"云云。所作诗即此篇,故此诗乃大和二年杜牧登进士科后,从洛阳将回长安时所作。

杜牧登进士第时年方二十六岁,又是一举中第,可谓少年得意,故诗中洋溢着喜悦得意的气氛。这一喜庆气氛,不仅体现在新登科进士三十三人的"春风得意马蹄疾"中;也洋溢在后两句诗里:"多酿酒"、"将春色",即活脱脱地流露出诗人这一抑制不住的欢悦快意之情,及对前途的充分自信。

赠终南兰若僧①

家在城南杜曲旁②,两枝仙桂一时芳③。
禅师都不知名姓,始觉空门意味长④。

① 此诗见于《樊川外集》,然始载于唐人孟棨《本事诗》中。《樊川外集》和《本事诗》中此诗文字略有不同,今依《本事诗》所载。终南:山名,在长安(今陕西西安)以南。兰若:

梵语"阿兰若"的省称,即寺庙。

② 城南:指长安城南。杜曲:地名,在长安南,当时韦、杜两
大望族聚居于此,时有"城南韦杜,去天尺五"之语。

③ 两枝句:指大和二年(828),杜牧先进士及第,后又登贤良
方正、能直言极谏科。

④ 空门:即佛门。佛教以空为入道之门,故称。

孟棨《本事诗》载此诗本事,谓"杜舍人牧,弱冠成
名。当年制策登科,名震京邑。尝与一二同年城南游
览,至文公寺,有禅僧拥褐独坐,与之语,其玄言妙旨咸
出意表。问杜姓字,具以对之。又云:'修何业?'旁人
以累捷夸之,顾而笑曰:'皆不知也。'杜叹讶,因题诗
曰……"可见此诗即作于大和二年(828)杜牧及第登科
后游长安城南文公寺时。

此诗关键之处在于以世人所欣羡的名门望族、登科
及第的显荣,与禅家对此的毫不知晓,毫不在意相比对
举,从而让醉心于名利者犹如被当头泼了一桶冷水,顿
时警醒过来,并由此意会佛门对人生诸态的洞彻省悟。

李贺集序①

大和五年十月中②,半夜时,舍外有疾呼传
缄书者。某曰:"必有异。"亟取火来,及发之,
果集贤学士沈公子明书一通③,曰:"吾亡友李
贺,元和中义爱甚厚④,日夕相与起居饮食。贺
且死,尝授我平生所著歌诗,离为四编,凡千
首。数年来东西南北,良为已失去。今夕醉
解,不复得寐,即阅理箧帙,忽得贺诗前所授我
者。思理往事,凡与贺话言嬉游,一处所,一物
候,一日夕,一觞一饭,显显焉无有志弃者,不
觉出涕。贺复无家室子弟得以给养恤问,常恨
想其人、咏其言止矣。子厚于我,与我为贺集
序,尽道其所来由,亦少解我意。"某其夕不果
以书道不可,明日就公谢,且曰:"世为贺才绝
出前。"让。居数日,某深惟公曰:"公于诗为深
妙奇博,且复尽知贺之得失短长。今实叙贺不

让,必不能当君意,如何?"复就谢,极道所不敢叙贺,公曰:"子固若是,是当慢我。"某因不敢辞,勉为贺叙,然其甚惭。

皇诸孙贺⑤,字长吉,元和中韩吏部亦颇道其歌诗⑥。云烟绵联,不足为其态也;水之迢迢,不足为其情也;春之盎盎,不足为其和也;秋之明洁,不足为其格也;风樯阵马,不足为其勇也;瓦棺篆鼎,不足为其古也;时花美女,不足为其色也;荒国陊殿,梗莽丘垄,不足为其恨怨悲愁也;鲸呿鳌掷,牛鬼蛇神,不足为其虚荒诞幻也。盖《骚》之苗裔,理虽不及,辞或过之。《骚》有感怨刺怼,言及君臣理乱,时有以激发人意。乃贺所为,无得有是! 贺能探寻前事,所以深叹恨今古未尝经道者,如《金铜仙人辞汉歌》⑦、《补梁庾肩吾宫体谣》⑧,求取情状,离绝远去笔墨畦径间,亦殊不能知之。贺生二十七年死矣,世皆曰:"使贺且未死,少加以理,奴仆命《骚》可也。"

贺死后凡十某年,京兆杜某为其序⑨。

① 李贺(790—816):字长吉,福昌(今河南宜阳)人。以诗歌
　著名,曾有《李贺集》五卷。

② 大和五年(831):大和,唐文宗年号(827—835)。

③ 集贤学士:唐代开元中有集贤殿,设集贤学士,官阶五品以
　上。沈公子明:即沈述师,字子明,著名史学家、书法家沈
　传师之弟,李贺生前好友。

④ 元和:唐宪宗年号(806—820)。

⑤ 皇诸孙:李贺为唐宗室郑孝王亮后裔,但至其父时已没落。

⑥ 韩吏部:即韩愈,曾任吏部侍郎。《新唐书·李贺传》:
　"(贺)七岁能辞章。韩愈、皇甫湜始闻未信,过其家,使贺
　赋诗,援笔辄就,如素构,自目曰《高轩过》。二人大惊,自
　是有名。"唐张固《幽闲鼓吹》亦记:"贺以歌诗谒韩吏部。
　吏部时为国子博士分司,送客归,极困。门人呈卷,解带旋
　读之。首章《雁门太守行》曰:'黑云压城城欲摧,甲光向日
　金鳞开。'却援带,命邀之。"

⑦ 《金铜仙人辞汉歌》:李贺著名诗篇之一,描写汉武帝所铸
　铜人被魏明帝从长安拆迁时的悲凉情态。

⑧《补梁庾肩吾宫体谣》：李贺诗篇之一，今存李贺集，题为《还自会稽歌》。庾肩吾，字慎之，梁朝著名诗人，宫体诗代表作家。

⑨ 京兆：即唐长安。杜牧为京兆万年（今陕西西安）人，故用以自称。

　　本文乃大和五年（831）杜牧应沈述师之邀而作。文中评论李贺诗歌一段最为精彩。他采用种种形象的比喻，来形容李贺诗歌的"态"、"情"、"和"、"格"、"勇"、"古"、"色"、"恨怨悲愁"、"虚荒诞幻"等种种特色，使人们直觉、形象地感受到李贺诗的艺术特色和感人的魅力。这比之一般的泛泛议论不仅更为精彩，而且表述得更为形象具体。尚可注意的是杜牧虽指出李贺诗学自《楚辞》，乃"《骚》之苗裔"，但也一针见血地指出李贺诗"辞或过之"，而"理"却不及，也即是在"感怨刺怼，言及君臣理乱，时有以激发人意"上，贺诗较欠缺。这一批评表明了杜牧为文既重辞，更重"理"，即思想情感的充实。这一主张正和他此后在《答庄充书》中提出的"凡为文以意为主,气为辅,以辞彩章句为之兵卫,未有主强盛而辅不飘逸者,兵卫不华赫而庄整者"的主张相一致。

赠沈学士张歌人[①]

拖袖事当年,郎教唱客前。断时轻裂玉,收处远缲烟。孤直缅云定[②],光明滴水圆。泥情迟急管,流恨咽长弦。吴苑春风起[③],河桥酒旆悬。凭君更一醉,家在杜陵边[④]。

① 沈学士:指集贤学士沈述师,字子明。张歌人:即张好好,歌妓。杜牧《张好好诗序》谓"好好年十三,始以善歌来乐籍中",后又从江西幕随沈传师移宣城幕。大和六年(832),"为沈著作述师以双鬟纳之"。知诗作于大和六年。

② 缅云定:《列子·汤问》:秦青"抚节悲歌,声振林木,响遏行云。"此句即暗用此典故。缅,通"亘",连接、贯通。

③ 吴苑:即古长洲苑,在今江苏吴县太湖北。

④ 杜陵：本名杜原，又名乐游园。秦置杜县，汉宣帝在此筑
陵，故名杜陵。地在今陕西西安东南。

　　杜牧大和六年作此诗时，在沈传师宣州幕为团练巡
官，试大理评事，时年三十岁。其时，沈传师弟沈述师亦
来幕府，并纳幕中歌妓张好好，故诗人有诗赠之。
　　张好好善歌，故赠诗即以各种比喻来描绘张好好歌
声的宛转圆润美妙，以及歌者的情态和听者的感受，以
此赞颂好好。诗中对好好歌声的描写形象贴切，意象情
态极为优美，能让人从中获得美的享受。诗人对张好好
的赞美，实际上也包含着他对作为歌妓的张好好的同
情。读此诗，宜与其《张好好诗》并读，这样更可见诗人
的这一态度。

罪　　言

　　国家大事，牧不当官，言之实有罪，故作《罪言》。
　　生人常病兵，兵祖于山东①，胤于天下，不

得山东,兵不可死。山东之地,禹画九土②,曰
冀州野③。舜以其分太大,离为幽州④,为并
州⑤,程其水土,与河南等⑥,常重十一二。故
其人沉鸷多材力,重许可,能辛苦。自魏、晋已
下,胤浮羡淫⑦,工机纤杂,意态百出,俗益荡
弊,人益脆弱。唯山东敦五种⑧,本兵矢,他不
能荡而自若也。复产健马,下者日驰二百里,
所以兵常当天下。冀州,以其恃强不循理,冀
其必破弱,虽已破,冀其复强大也。并州,力不
足以并吞也。幽州,幽阴惨杀也。故圣人因其
风俗,以为之名。

黄帝时⑨,蚩尤为兵阶⑩,自后帝王,多居
其地,岂尚其俗都之邪?自周劣齐霸,不一世,
晋大,常佣役诸侯。至秦萃锐三晋⑪,经六世乃
能得韩⑫,遂折天下脊,复得赵,因拾取诸国。
秦末韩信联齐有之⑬,故蒯通知汉、楚轻重在
信⑭。光武始于上谷⑮,成于鄗⑯。魏武举官

渡⑰，三分天下有其二。晋乱胡作，至宋武号为
英雄⑱，得蜀得关中⑲，尽得河南地，十分天下
有八，然不能使一人渡河以窥胡。至于高齐荒
荡⑳，宇文取得㉑，隋文因以灭陈㉒，五百年间，
天下乃一家。隋文非宋武敌也，是宋不得山
东，隋得山东，故隋为王，宋为霸。由此言之，
山东，王者不得，不可为王；霸者不得，不可为
霸；猾贼得之，是以致天下不安。

国家天宝末㉓，燕盗徐起㉔，出入成皋、函、
潼间㉕，若涉无人地，郭、李辈常以兵五十万㉖，
不能过邺㉗。自尔一百余城，天下力尽，不得尺
寸，人望之若回鹘、吐蕃㉘，义无有敢窥者。国
家因之畎河修障戍，塞其街蹊，齐、鲁、梁、蔡㉙，
被其风流，因亦为寇。以里拓表，以表撑里，混
涵回转㉚，颠倒横斜，未尝五年间不战，生人日
顿委，四夷日猖炽，天子因之幸陕、幸汉中㉛，焦
焦然七十余年矣。呜呼！运遭孝武㉜，浣衣一

肉㉝,不畋不乐,自卑冗中拔取将相㉞,凡十三年,乃能尽得河南、山西地㉟,洗削更革,罔不顺适,唯山东不服㊱,亦再攻之,皆不利以返。岂天使生人未至于帖泰耶?岂其人谋未至耶?何其艰哉,何其艰哉!

今日天子圣明,超出古昔,志于平理。若欲悉使生人无事,其要在于去兵,不得山东,兵不可去,是兵杀人无有已也。今者上策莫如自治。何者?当贞元时㊲,山东有燕、赵、魏叛㊳,河南有齐、蔡叛㊴,梁、徐、陈、汝、白马津、盟津、襄、邓、安、黄、寿春皆戍厚兵㊵,凡此十余所,才足自护治所,实不辍一人以他使,遂使我力解势弛,熟视不轨者,无可奈何。阶此蜀亦叛㊶,吴亦叛㊷,其他未叛者,皆迎时上下,不可保信。自元和初至今二十九年间㊸,得蜀得吴,得蔡得齐,凡收郡县二百余城,所未能得,唯山东百城耳。土地人户,财物甲兵,校之往年,岂不绰绰乎？亦足自以为治也。法令制度，品式条章，果自治乎？贤才奸恶，搜选置舍，果自治乎？障戍镇守，干戈车马，果自治乎？井闾阡陌，仓廪财赋，果自治乎？如不果自治，是助虏为虐，环土三千里，植根七十年，复有天下阴为之助，则安可以取。故曰，上策莫如自治。

中策莫如取魏[44]。魏于山东最重，于河南亦最重。何者？魏在山东，以其能遮赵也，既不可越魏以取赵，固不可越赵以取燕，是燕、赵常取重于魏，魏常操燕、赵之性命也。故魏在山东最重。黎阳距白马津三十里[45]，新乡距盟津一百五十里[46]，陴垒相望，朝驾暮战，是二津虏能溃一，则驰入成皋不数日间，故魏于河南间亦最重。今者愿以近事明之。元和中，纂天下兵，诛蔡诛齐，顿之五年，无山东忧者，以能得魏也[47]。昨日诛沧[48]，顿之三年，无山东忧者，亦以能得魏也[49]。长庆初诛赵[50]，一日五诸侯兵四出溃解㊿,以失魏也㊿。昨日诛赵,罢如长庆时,亦以失魏也㊿。故河南、山东之轻重,常悬在魏,明白可知也。非魏强大能致如此,地形使然也。故曰取魏为中策。

最下策为浪战,不计地势,不审攻守是也。兵多粟多,驱人使战者,便于守;兵少粟少,人不驱自战者,便于战。故我常失于战,虏常困于守。山东之人,叛且三五世矣,今之后生所见,言语举止,无非叛也,以为事理正当如此,沉酣入骨髓,无以为非者。指示顺向,诋侵族裔,语曰叛去,酋酋起矣㊿。至于有围急食尽,馂尸以战,以此为俗,岂可与决一胜一负哉。自十余年来,凡三收赵㊿,食尽且下。尧山败㊿,赵复振;下博败㊿,赵复振;馆陶败㊿,赵复振。故曰,不计地势,不审攻守,为浪战,最下策也。

① 山东：指崤山和函谷关以东地区。

② 禹画九土：夏禹治洪水时，将天下分为九州。九土，指九州，即冀、豫、雍、扬、兖、徐、梁、青、荆九州。

③ 冀州：古代九州之一。包括今山西全省，河北西北部、河南北部、辽宁西部。汉以后其地日小，一般包括今河北、河南北部。

④ 幽州：古州名。地在今河北北部和辽宁一带。

⑤ 并州：古州名。其地包括今河北保定、正定、山西太原、大同等地。

⑥ 河南：山东、河南两省的黄河以南地区。

⑦ 胤：嗣，后代。此处作承继解。

⑧ 五种：五种谷物，即黍、稷、菽、麦、稻。

⑨ 黄帝：我国远古中原各族的祖先，姓公孙，居轩辕之丘，故号轩辕氏。又居姬水，因改姓姬。国于有熊，故亦称有熊氏。

⑩ 蚩尤句：此句下原注："阪泉在今妫川县。"《史记·五帝本纪》：黄帝"与炎帝战于阪泉之野，三战，然后得其志。蚩尤作乱，不用帝命，于是黄帝乃征师诸侯，与蚩尤战于涿鹿之野，遂禽杀蚩尤"。蚩尤，远古时九黎的君主。

⑪ 三晋:春秋末晋为魏、赵、韩三家卿大夫所分,故称三晋。

⑫ 六世:指秦之孝公、惠文王、武王、昭王、孝文王、庄襄王。
韩:春秋时韩国,在今山西东南角和河南中部。

⑬ 韩信:汉初助刘邦取得天下的大将,后因谋反被杀。

⑭ 蒯通句:《史记·淮阴侯列传》:"齐人蒯通知天下权在韩信,欲为奇策而感动之,以相人说韩信曰:'……当今两主之命悬于足下,足下为汉则汉胜,与楚则楚胜。……莫若两利而俱存之,参分天下,鼎足而居。'"蒯通,汉初著名谋士。信,韩信。

⑮ 光武:指东汉光武帝刘秀。上谷:郡名。汉时郡治在沮阳,即今河北怀来东南。

⑯ 鄗:古县名,在今河北柏乡北。《后汉书·光武帝纪》:"上谷太守耿况遣其将寇恂将突骑来助击王朗……诸将议上尊号,行至鄗,群臣因得奏。……六月己未,即皇帝位,建元为建武,改鄗为高邑。"此即以上二句所谓。

⑰ 魏武:即曹操,汉献帝时封魏王,后其子丕称帝后,追尊为武帝。 官渡:地名。在今河南中牟东北,以临古官渡水而得名。东汉末建安五年(200),曹操破袁绍军于此。

⑱ 宋武:南朝宋武帝刘裕。

⑲ 关中：指函谷关以西，相当今陕西一带。

⑳ 高齐：指北朝高洋所建之齐国。北齐诸帝皆淫乱残暴。

㉑ 宇文句：指北周武帝宇文邕灭北齐。

㉒ 隋文：指隋文帝杨坚。杨坚于公元五八九年灭陈。

㉓ 天宝：唐玄宗年号（742—756）。

㉔ 燕盗：谓安禄山、史思明。安禄山于天宝十四载（755）叛乱，自称大燕皇帝。

㉕ 成皋：在今河南荥阳汜水镇西。春秋郑时名虎牢，后改名。函：函谷关。潼：潼关，在今陕西潼关县北。

㉖ 郭、李：指唐玄宗时著名将领郭子仪和李光弼，曾平定安史叛乱。

㉗ 邺：在今河南安阳，乃安史乱军的重要据点。

㉘ 回鹘：即北方少数民族回纥。吐蕃：唐时藏族的地方政权，在今西藏，系出西羌。

㉙ 齐、鲁、梁、蔡：齐鲁，指淄青镇，治所青州（今山东益都）。梁，指宣武镇，治所汴州（今河南开封）。蔡，指淮西镇，治所蔡州（今河南汝南）。

㉚ 混灦回转：连续不断、回环往复的样子。

㉛ 幸陕：指唐代宗于广德元年（763）避吐蕃之乱逃至陕州

(治所在今河南陕县西南)。幸汉中:指唐德宗于兴元元

年(784),因避李怀光叛乱而逃至汉中(今属陕西)。

㉜ 孝武:指唐宪宗,其谥号为"圣神章武孝皇帝"。

㉝ 浣衣:洗衣。此指宪宗生活俭朴,衣不厌旧。

㉞ 自卑冗句:指元和元年(806)正月,宪宗因宰相杜黄裳之

荐,提拔高崇文为左神策行营节度使,率军讨伐反叛的西

川节度使刘辟。"时宿将名位素重者甚众,皆自谓当征蜀

之选;及诏用崇文,皆大惊"(《资治通鉴》卷237)。

㉟ 山西:太行山以西地区。

㊱ 唯山东不服:唐宪宗曾于元和十一年(816)和十二年

(817)两次讨伐成德镇王承宗,均无功而返,只好下诏恢复

王承宗官爵。

㊲ 贞元:唐德宗年号(785—805)。

㊳ 燕、赵、魏叛:指幽州卢龙节度使朱滔、成德观察使王武俊、

魏博节度使田悦反叛事。

㊴ 齐、蔡叛:指淄青镇的李正己、淮宁(即淮西,治所蔡州)节

度使李希烈反叛事。

㊵ 梁:梁州,治所今河南开封。徐:徐州,治所在今江苏徐

州。陈:陈州,治所在今河南淮阳。汝:汝州,治所在今河

南临汝。白马津：古津渡名。在今河南滑县东北。盟津：古地名，即孟津。旧址在河南孟津县东。襄：襄州，治所在今湖北襄阳。邓：邓州，治所在今河南邓州。安：安州，治所在今湖北安陆。黄：黄州，治所在今湖北黄冈。寿春：寿州治所，在今安徽寿县。

㊶ 蜀亦叛：指西川节度使刘辟之叛。

㊷ 吴亦叛：指镇海节度使李锜之叛。

㊸ 元和：唐宪宗年号（806—820）。

㊹ 魏：魏博镇，治所在魏州（今河北大名东北）。

㊺ 黎阳：在今河南浚县。

㊻ 新乡：县名，今属河南。此句下原注："黎阳、新乡并属卫州。"

㊼ 得魏：原注："田弘正来降。"

㊽ 诛沧：指横海节度副使李同捷之叛被平定。

㊾ 得魏：原注："史宪诚来降。"

㊿ 诛赵：指讨伐作乱的成德都知兵马使王廷凑。

(51) 五诸侯兵：指长庆元年（821）讨伐王廷凑的魏博、横海、昭义、河东、义武诸镇军。

(52) 失魏：原注："田布死。"

㊳ 失魏：原注："李听败。"

㊴ 酋酋：急也。

㊵ 三收赵：赵，指承德军。宪宗元和十一年(816)讨王承宗；穆宗长庆元年(821)和文宗大和三年(829)两次讨伐王廷凑。

㊶ 尧山败：原注："郗尚书。"郗尚书即郗士美。据《资治通鉴》卷239载：元和十二年(817)三月，"郗士美败于柏乡，拔营而归，士卒死者千余人"。尧山，县名。在河北邢台东北。汉时曾置为柏人县。

㊷ 下博：原注："杜叔良。"杜叔良为横海节度使，长庆元年讨王廷凑，十二月大败于博野，失亡七千余人。

㊸ 馆陶败：原注："李听。"据《资治通鉴》卷244载，李听大和三年(829)讨王廷凑，"自贝州还军馆陶，迁延未进……秋七月，(何)进滔出兵击李听；听不为备，大败"。馆陶，县名，今属河北。

　　本文约大和八年(834)杜牧在淮南节度使幕府为掌书记时，有感于"往年吊伐之道，未甚得所"而作。文章历述自古以来的多次战役，指出山东在用兵上的重要战略地位,又精辟而具体地分析了自治、取魏、浪战的上、中、下三种策略。从中可见诗人确如他在《上李中丞书》中所说的"于治乱兴亡之迹,财赋兵甲之事,地形之险易远近,古人之长短得失"颇有研究,也显示了这一时期诗人关注现实,怀着强烈的报国愿望。其约同时所作的《原十六卫》以及稍前的《战论》、《守论》诸文,亦均纵论历代政治、军事及其制度的得失利弊,颇多精辟见解。清刘熙载《艺概·文概》评此文云:"杜牧之识见自是一时之杰。观所作《罪言》,谓'上策莫如自治','中策莫如取魏','最下策为浪战'又两进策于李文饶,皆案切时势,见利害于未然。以文论之,亦可谓不浪战者矣。"其文善于议论,条分缕析,指陈时弊,颇有战国策士文风概。

战 论 并序①

兵非脆也,谷非殚也,而战必挫北,是曰不循其道也,故作《战论》焉。

河北视天下②,犹珠玑也③;天下视河北,

犹四支也。珠玑苟无，岂不活身；四支苟去，吾
不知其为人。何以言之？夫河北者，俗俭风
浑，淫巧不生，朴毅坚强，果于战耕。名城坚
垒，巅崿相贯④；高山大河，盘互交锁。加以土
息健马，便于驰敌，是以出则胜，处则饶，不窥
天下之产，自可封殖，亦犹大农之家，不待珠玑
然后以为富也。天下无河北则不可，河北既
虏，则精甲锐卒利刀良弓健马无有也。卒然夷
狄惊四边，摩封疆，出表里，吾何以御之？是天
下一支兵去矣。河东、盟津、滑台、大梁、彭城、
东平⑤，尽宿厚兵，以塞虏冲，是六郡之师，严饰
护疆，不可他使，是天下二支兵去矣。六郡之
师，厥数三亿，低首仰给，横拱不为，则沿淮已
北⑥，循河之南⑦，东尽海，西叩洛⑧，经数千里，
赤地尽取，才能应费，是天下三支财去矣。咸
阳西北⑨，戎夷大屯，嚇呼膻臊，彻于帝居⑩，周
秦单师⑪，不能排辟，于是尽铲吴、越、荆楚之

饶⑫,以啖兵戍,是天下四支财去矣。乃使吾用度不周,征徭不常,无以膏齐民,无以接四夷。礼乐刑政,不暇修治;品式条章,不能备具。是天下四支尽解,头腹兀然而已。焉有人解四支,其自以能久为安乎?

今者诚能治其五败,则一战可定,四支可生。夫天下无事之时,殿寄大臣,偷处荣逸,为家治具,战士离落,兵甲钝弊,车马刓弱,而未尝为之简帖整饰,天下杂然盗发,则疾驱疾战。此宿败之师也,何为而不北乎! 是不搜练之过者,其败一也。夫百人荷戈,仰食县官,则挟千夫之名,大将小裨,操其余赢,以虏壮为幸,以师老为娱,是执兵者常少,糜食者常多,筑垒未干,公囊已虚。此不责实科食之过,其败二也。夫战辄小胜,则张皇其功,奔走献状,以邀上赏,或一日再赐,一月累封,凯还未歌,书品已崇。爵命极矣,田宫广矣,金缯溢矣,子孙官矣,焉肯搜奇外死,勤于我矣。此赏厚之过,其败三也。夫多丧兵士,颠翻大都,则跳身而来,刺邦而去,回视刀锯,菜色甚安,一岁未更,旋已立于坛墠之上矣。此轻罚之过,其败四也。夫大将将兵,柄不得专,恩臣诘责,第来挥之,至如堂然将阵,殷然将鼓,一则曰必为偃月[13],一则曰必为鱼丽,三军万夫,环旋翔佯,慌骇之间,虏骑乘之,遂取吾之鼓旗。此不专任责成之过,其败五也。

元和时,天子急太平,严约以律下,常团兵数十万以诛蔡[14],天下干耗,四岁然后能取,此盖五败不去也。长庆初,盗据子孙[15],悉来走命,是内地无事,天子宽禁厚恩,与人休息。未几而燕、赵甚乱[16],引师起将,五败益甚,登坛注意之臣,死窜且不暇,复焉能加威于反虏哉。今者诚欲调持干戈,洒扫垢汗,以为万世安,而乃踵前非,踵前非是不可为也。

古之政有不善,士传言,庶人谤。发是论者,亦且将书于谤木,传于士大夫,非偶言而已。

① 此文约作于大和八年(834),时杜牧在扬州牛僧孺淮南节度使幕为掌书记。此文《资治通鉴》卷244大和七年(833)曾节引。

② 河北:指河北道,治所在魏州(今河北大名东北)。辖境相当于今北京、天津、河北、辽宁大部,河南、山东古黄河以北地区。

③ 犹珠玑:《资治通鉴》胡三省注:"言河北不资天下所产以为富。"

④ 巚嶭:高峻貌。

⑤ 河东:唐方镇名,指太原军,治所在太原(今山西太原西南晋源镇)。盟津:指河阳军,治所在河阳(今河南孟州西南)。滑台:指义成军,治所在滑州(今河南滑县东滑县城)。大梁:指宣武军,治所在汴州(今河南开封)。彭城:指武宁军,治所在徐州(今属江苏)。东平:指天平军,治所在山东东平东。

⑥ 淮：淮河。源出河南桐柏山，东经安徽、江苏，入洪泽湖。

⑦ 河：指黄河。

⑧ 洛：洛河。

⑨ 咸阳：古都邑名。在今陕西咸阳东北二十里。

⑩ 帝居：指京都长安。

⑪ 周秦：代指唐朝。

⑫ 吴越、荆楚：吴越，古代江浙一带称吴越。荆楚，古楚国。

⑬ 偃月：《资治通鉴》胡三省注："偃月、鱼丽，皆阵名。偃月阵，中军偃居其中，张两角向前。"《左传》："为鱼丽之阵，先偏后伍，伍承弥缝。"

⑭ 蔡：指蔡州，此代指淮西镇。元和九年（814）十月后，唐宪宗曾派兵讨伐淮西镇。

⑮ 盗据子孙句：指穆宗长庆时，朝廷讨伐燕、赵，两地藩镇首领来归顺朝廷。

⑯ 燕、赵甚乱：指长庆时幽州朱克融、镇州王廷凑复反叛之事。

杜牧对历朝政治、军事等治乱大事素极关心，颇有研究，故在本文中分析河北在国家中的犹如四肢的重要地位与作用。又进一步指出当时军政上存在的五种导致失败的严重弊病，提出"诚能治其五败，则一战可定，四支可生"。这一分析论述颇能针砭时弊，表现出诗人在政治军事上的卓越才识。文章最后的一段话，乃借古以讽今，实际上表明了诗人作此文的讽戒目的，从中亦可见诗人关注国家大事，以除弊兴利挽救国家颓败之势的强烈的政治责任感。杜牧在《上周相公书》中认为"伏以大儒在位，而未有不知兵者，未有不能制兵而能止暴乱者，未有暴乱不止而能活生人、定国家者"。此文与这一时期撰写的《罪言》、《守论》、《原十六卫》等文一样，都是诗人实践自己这种主张的明证。

上知己文章启①

某启。某少小好为文章，伏以侍郎文师也②，是敢谨贡七篇，以为视听之污。伏以元和功德③，凡人尽当歌咏纪叙之，故作《燕将录》。往年吊伐之道未甚得所，故作《罪言》。自艰难来始，卒伍佣役辈，多据兵为天子诸侯，故作《原十六卫》。诸侯或恃功不识古道，以至于反侧叛乱，故作《与刘司徒书》④。处士之名，即古之巢、由、伊、吕辈⑤，近者往往自名之，故作《送薛处士序》。宝历大起宫室⑥，广声色，故作《阿房宫赋》。有庐终南山下⑦，尝有耕田著书志，故作《望故园赋》。虽未能深窥古人，得与揖让笑言，亦或的的分其状貌矣。自四年来，在大君子门下⑧，恭承指顾，约束于政理簿书间，永不执卷。上都有旧第⑨，唯书万卷，终南山下有旧庐，颇有水树，当以耒耜笔砚归其间。齿发甚壮，间冀有成立，他日捧持，一游门下，为拜谒之先，或希一奖。今者所献，但有轻黩尊严之罪，亦何所取。伏希少假诛责，生死幸甚。谨启。

① 知己：指沈传师。杜牧自大和二年（828）十月即为沈传师

辟为江西团练巡官,后又随沈传师转宣州幕府,凡六年,颇
受赏识,故杜牧视沈为知己。本文作于大和八年(834),杜
牧时在牛僧孺淮南节度使幕中。

② 侍郎:谓沈传师,其时沈传师在朝任吏部侍郎。

③ 元和:唐宪宗年号(806—820)。

④ 刘司徒:指昭义节度使刘悟。曾授官"检校司徒",故称。

⑤ 巢:巢父,唐尧时隐士,筑巢树上而居,故称。由:许由,上
古隐于箕山的高士。相传尧曾想让天下给他,不受。伊:
伊尹,商汤臣,名挚,曾为汤妻陪嫁奴隶,后佐汤伐夏桀,被
尊为阿衡(宰相)。吕:吕尚,亦称姜太公。曾钓于渭滨,
后为周文王所重,立为师,并辅周武王灭纣王。

⑥ 宝历:唐敬宗年号(825—827)。

⑦ 庐:指杜家在终南山下的樊川别墅。终南山:又名南山,
秦岭山峰之一,在陕西西安市南。

⑧ 大君子:指沈传师。

⑨ 上都:京都,指唐长安。

唐人有以文干谒显贵与文学名人的习尚,本文即是
干谒之文。其时杜牧已入仕,但在幕府,不甚得志。而

沈传师任吏部侍郎,又是牧之知己,故杜牧上文以冀他日"或希一奖",而得有所"成立"。

本文最重要的是杜牧自叙他作《燕将录》、《罪言》诸文的缘起一段。从中可知杜牧为文乃是有所为而作,并注重文章的现实功用。以此亦可体察他的文学创作主张,实际上是与白居易的"文章合为时而著,歌诗合为事而作"的主张相仿佛的。

杜牧尚有《献诗启》,唯难考作年。此启曾叙其作诗标的:"某苦心为诗,本求高绝,不务奇丽,不涉习俗,不今不古,处于中间。"所谓"奇丽",当针对其时靡丽诗风而言;而"习俗"则或指白居易一派的浅切通俗诗风。他苦心作诗,追求高绝,故其诗虽不无涉及艳情之作,然标格较高,非一般淫艳之作可比。

扬州三首(选二)^①

其 一

炀帝雷塘土^②,迷藏有旧楼^③。谁家唱水调④? 明月满扬州。骏马宜闲出,千金好暗游。喧阗醉年少,半脱紫茸裘。

① 扬州:今属江苏。唐时淮南节度使驻所。大和八年（834）杜牧在淮南节度使牛僧孺幕任掌书记时作此诗。

② 炀帝:隋炀帝杨广,隋朝末代皇帝。雷塘:在扬州城北平冈上。隋炀帝原葬于城西北吴公台,唐初改葬于此。

③ 迷藏:即迷楼,是隋炀帝游乐之所。《南部烟花记》:"迷楼经岁而成,幽房曲室,互相连属。帝喜曰:'使真仙游其中,亦当自迷也。'"

④ 水调:曲调名。原注:"炀帝凿汴渠成,自造水调。"冯集梧《樊川诗集注》:"《乐苑》:水调,商调曲。旧说:隋炀帝幸江都所制。曲成奏之,王令言闻而谓其弟子曰:'但有去声,而无回韵,帝不返矣!'后竟如其言。"

此诗为《扬州三首》之一,乃杜牧歌咏扬州名作。诗从隋炀帝迷恋艳游扬州唱起。从诗人对待隋炀帝的总体态度上看,虽不无微含讽意,但此处却由回忆隋炀帝游扬州,终葬于雷塘,而起到赞颂扬州风光绮丽、景物繁华的作用。杜牧在扬州时三十余岁,正是青春年富之时。他又生性风流倜傥,故多冶游之举。此诗"骏马宜闲出"以下四句,虽意在描绘冶游扬州之乐,以此表赞扬州的美好,但却也是诗人在扬州行迹的自我写照。

其　二

街垂千步柳,霞映两重城[1]。天碧台阁丽,风凉歌管清。纤腰间长袖,玉佩杂繁缨。柂轴诚为壮[2],豪华不可名。自是荒淫罪[3],何妨作帝京。

[1] 两重城:指扬州城的外廓和内城。

[2] 柂轴:南朝宋鲍照《芜城赋》有"柂以漕渠,轴以昆岗"句,描写广陵(即扬州)的地理形势。此处即暗用鲍照句意。柂,引、沟通。

[3] 荒淫罪:此指隋炀帝之荒淫佚乐。

　　此诗原为《扬州三首》之三,着重描述扬州的景色秀丽,城市富庶,风物美好。但最富思想价值的是末二句。隋炀帝游扬州,曾有长居于此之意,故李商隐《隋宫》云:"紫泉宫殿锁烟霞,欲取芜城作帝家。"《隋书·五行志》上亦载:大业十一年(615),"帝因幸江都……是年盗贼蜂起,道路隔绝,帝惧,遂无还心。……由是筑宫丹阳,将居焉。功未就,而帝被杀。"诗人认为,扬州虽是个繁华、景色宜人的地方,也无妨建都于此。隋炀帝的被杀,并非其迷恋扬州之故,而是由于他耽于淫乐,荒淫无道。这一看法颇富史识,也体现了这一时期诗人富有强烈的批判精神。

赠 别 二 首

其 一

娉娉袅袅十三余①,豆蔻梢头二月初②。

春风十里扬州路,卷上珠帘总不如。

① 十三余:指所赠别的女子十三岁多。

② 豆蔻:植物名,多年生常绿草本。有各品种。南人取其中红豆蔻花尚未大开者,名含胎花。

　　杜牧自大和七年(833)自宣州为牛僧孺聘为淮南节度使幕掌书记至扬州后,多冶游秦楼楚馆,并与歌妓交游。此诗为他大和九年(835)将离扬州赴京任监察御史时赠歌妓之作。

　　第一首从几个角度描绘赞颂所赠别歌妓的美好。她不仅年轻,而且体态轻盈,婀娜多姿。她的容貌又美如二月初梢头含苞待放的豆蔻花,俏丽动人。末二句则风趣地将她与扬州城中的小家碧玉对比,说那些女孩都没有她美丽。或有以此批评诗人轻薄者,实际上并非如此。诗人妙笔蕴藉,自不应将他作轻薄恶少看。

其　二

多情却似总无情,唯觉樽前笑不成。

蜡烛有心还惜别,替人垂泪到天明。

这首诗描绘离别时的情态颇为真切。其妙处在于比喻的巧妙贴切。黄叔灿《唐诗笺注》评此诗云："曰'却似',曰'唯觉',形容妙矣。下却借蜡烛托寄,曰'有心',曰'替人',更妙。"宋人张戒《岁寒堂诗话》则批评此诗"浅露",谓"杜牧之云:'多情却是总无情,唯觉樽前笑不成。'意非不佳,然而词意浅露,略无余蕴。只知道得人心中事,而不知道尽则又浅露也"。这一批评仅抓住前两句而言,而从全诗整体来看却并非如此。前两句虽少蕴藉,但正与后两句蕴藉含蓄的比喻相辅相成,各得其宜,故不当以"浅露"责之。

二、两任朝官与再寓扬、宣二州（835—841）

杜牧于大和九年（835）离开扬州至长安任监察御史，从此结束了他前后八年的幕吏生涯，开始了两任朝官与再寓扬、宣二州的时期。从 33 岁至 39 岁，本是人生建功立业的最佳阶段。然而对杜牧来说，政治上无出路、思想情绪苦闷低沉，生活迁转流寓不定，是这一时期的特点。

诗人到长安时，正是震惊朝野的"甘露之变"发生的前夕。当时朝中宦官飞扬跋扈，挟制着皇帝，而为唐文宗所宠信的李训、郑注等也专擅朝政。朝中矛盾重重，宦官与权臣互相倾轧，时时都有爆发一场恶斗的可能。杜牧的好友李甘、李中敏都刚直敢言，嫉恶如仇，颇有气节，他们皆仕于朝，对宦官仇士良和李训、郑注均极为厌恶。这年七月，李甘因反对郑注任宰相，声言要当廷撕毁诏书，被贬封州司马，旋即死于贬中。杜牧遂移疾洛阳，为监察御史分司，以示不与宦官权臣同流合污。朝政的黑暗与险恶，已使诗人思想上颇为苦闷，而其弟杜颉所患严重眼疾，又使诗人不得不于开成二年(837)春告假百日，迎眼医石生同赴扬州，为其治病。因假超百日，依例去官。秋末，又应宣歙观察使崔郸之辟，携弟往宣州，任团练判官、殿中侍御史内供奉。直至开成四年(839)春，诗人方又离开宣州，经浔阳赴京任左补阙、史馆修撰。诗人这次已是第二次留寓扬州、宣州了。因朝中黑暗，自己已弃朝职，又有病弟及家中生活的拖累，杜牧心情抑郁，情绪低落。他曾在《大雨行》中对比了两次游宣州的不同心情，说"大和六年亦如此，我时壮气神洋洋"；而"今来阛茸鬓已白，奇游壮观唯深藏。景物不尽人自老，谁知前事堪悲伤"。回朝后，杜牧迁膳部、比部员外郎。但开成五年(840)冬，又因弟眼疾加重，杜牧乞假赴浔阳，打算与病弟一起西归。

至次年七月,弟留蕲州依堂兄杜慥,杜牧这才又回到京城。

这一时期尽管诗人有意疏离由宦官权臣把持的朝廷,在政治上较少积极作为,但他对黑暗血腥的朝政仍有揭露与批判,对李甘、李中敏等刚直而遭迫害的士人又予以同情与赞颂,《李甘诗》《李给事二首》等即是这样的作品。值得一提的是诗人两首脍炙人口、每为评家述及的《张好好诗》《杜秋娘诗》,均作于这一时期。这两首长篇古诗,并非某些人所说"风情不浅"的艳情之作,而是借不幸的女子"以叹贵贱盛衰之倚伏"(贺贻孙《诗筏》),其中不仅有"女子固不定,士林亦难期"的身世命运之叹,而且也含有诗人对不幸妇女的深切同情。不可讳言,诗人虽也有涉及艳情的诗句,但一般来说其格调比较高雅,而并非纤艳淫靡之篇。因为淫靡之篇是诗人所反对的,这在他同期所作的《李府君墓志铭》中,即有明白的表示。他借李戡之口,指责元、白某些诗"纤艳不逞"、"淫言媟语",其实也正说出了自己的看法。

杜牧在这一时期中到过的地方较多,因此题咏与写景之作较前为多。留下了不少颇具艺术魅力、又具个人特色的名章佳什,其中尤以律绝诗更为突出,如《润州二首》、《洛阳长句二首》、《题宣州开元寺水阁阁下宛溪夹溪居人》、《汉江》、《途中作》、《题元处士高亭》、《题乌江亭》等。他的律诗清丽俊爽,风华流美,又拗折峭健,各具风韵。绝句则多蕴藉婉转,题咏及咏史之篇又好异于人,喜用翻案法。最著名的如《题乌江亭》诗的"江东子弟多才俊,卷土重来未可知",《题商山四皓庙一绝》诗的"南军不袒左边袖,四老安刘是灭刘"等,都从历史事实的反面着眼,提出自己的看法。这样虽不免有出奇立异之处,但却如吴旦生所评,乃"在死中求活","跌入一层,正意益醒"。这一手法在此后他的咏史之作中仍可见到。一般说来,杜牧这时期的绝句较突出的有两种类型:一种是蕴藉婉转、轻倩秀逸,如《题禅院》的"今日鬓丝禅榻畔,茶烟轻飏落花风",《题元处士高亭》的"何人教我吹长笛,与倚春风弄月明";另一种则是以议论见长,这多表现在咏史、题咏诗中,如《题横江馆》的"至竟江山谁是主？苔矶空属钓鱼郎"，《和州绝句》的"历阳前事知何实，高位纷纷见陷人"等。

概而言之，这一时期诗人多次出入朝中、流寓各地，在政治上少有建树，且思想情绪较低沉，并萌生了"江湖酒伴如相问，终老烟波不计程"（《自宣州赴官入京路逢裴坦判官归宣州因题赠》）的隐逸念头，但在诗歌创作中诗人却取得了更突出的成绩，艺术上更为成熟而形成了自己独特的风格。随着会昌二年(842)的到来，诗人又离开朝廷，外任黄州刺史。这标志着他这一时期的终结，他的政治生活和文学创作又出现了新的变化。

张 好 好 诗 并序①

牧大和三年，佐故吏部沈公江西幕②。好好年十三，始以善歌来乐籍中。后一岁，公移镇宣城③，复置好好于宣城籍中。后二岁，为沈著作述师以双鬟纳之④。后二岁，于洛阳东城重睹好好，感旧伤怀，故题诗赠之。

君为豫章姝⑤，十三才有余。翠苕凤生尾⑥，丹叶莲含跗⑦。高阁倚天半⑧，章江联碧虚⑨。此地试君唱，特使华筵铺。主公顾四座⑩，始讶来踟蹰。吴娃起引赞⑪，低徊映长裾。双鬟可高下，才过青罗襦。盼盼乍垂袖，一声雏凤呼。繁弦迸关纽，塞管裂圆芦。众音不能逐，袅袅穿云衢。主公再三叹，谓言天下殊。赠之天马锦，副以水犀梳。龙沙看秋浪⑫，明月游东湖⑬。自此每相见，三日已为疏。玉质随月满，艳态逐春舒。绛唇渐轻巧，云步转虚徐⑭。旌旆忽东下⑮，笙歌随舳舻。霜凋谢楼树⑯，沙暖句溪蒲⑰。身外任尘土，樽前极欢娱。飘然集仙客⑱，讽赋欺相如⑲。聘之碧瑶珮，载以紫云车⑳。洞闭水声远，月高蟾影孤。尔来未几岁，散尽高阳徒㉑。洛城重相见，婷婷为当垆㉒。怪我苦何事，少年垂白须？朋游今在否，落拓更能无？门馆恸哭后㉓，水云秋景

初。斜日挂衰柳,凉风生座隅。洒尽满衿泪,
短歌聊一书。

① 张好好:歌妓名。此诗作于大和九年(835)秋杜牧任监察
御史,分司洛阳时,序中纪年似有误。

② 故吏部沈公:即吏部侍郎沈传师。沈传师任此职在大和七
年(833)四月,其卒在大和九年四月,故称"故吏部"。江西
幕:即江西观察使幕,驻所在今江西南昌。

③ 移镇宣城:沈传师于大和四年(830)九月迁宣歙观察使,驻
地为宣城(故址在今安徽宣城东)。

④ 著作:官名,有著作郎、著作佐郎等职。沈述师:未详。

⑤ 豫章:郡名,唐时为洪州,治所在今江西南昌。

⑥ 苗:草初生貌,此为长出。

⑦ 跗:花萼基部。

⑧ 高阁:指滕王阁,在今江西南昌,乃唐高祖子李元婴为洪州
刺史时所建。元婴封滕王,故名。

⑨ 章江:此指赣江,由章水和贡水合流而成,流经南昌。

⑩ 主公:指江西观察使沈传师。

⑪ 吴娃:吴地美女,此指张好好。

⑫ 龙沙：沙洲名，在南昌城北。沙甚洁白，高峻而陁，有龙形，连亘五里。

⑬ 东湖：在南昌城东，湖水与赣江连通。

⑭ 云步：形容步态轻盈飘逸。虚徐：舒缓闲雅状。

⑮ 旌斾句：指大和四年（830）九月，沈传师率部乘船沿江东下，由江西观察使调任宣歙观察使。

⑯ 谢楼：即南齐宣城太守谢朓所建的谢朓楼，楼在宣城城北。

⑰ 句溪：一名东溪，流经宣城城外。

⑱ 集仙客：指沈述师。原注："著作尝任集贤校理。"集贤殿原名集仙殿，开元十三年（725）改名。校理，官名。

⑲ 相如：即汉代著名辞赋家司马相如。

⑳ 紫云车：仙人所乘之车。《博物志》："西王母乘紫云车而至。"

㉑ 高阳徒：酒徒。《史记·郦生列传》记郦食其"瞋目案剑，叱使者曰：'走！复入言沛公，吾高阳酒徒也，非儒人也。'"后即以高阳酒徒称酒徒。

㉒ 当垆：指开酒店卖酒。此暗用卓文君典。《史记·司马相如列传》："相如与俱之临邛，尽卖其车骑，买一酒舍酤酒，而令文君当垆。"

㉓ 门馆句：谓沈传师已死。此处暗用《晋书·谢安传》典："羊昙者，太山人，知名士也，为安所爱重。安薨后，辍乐弥年，行不由西州路。尝因石头大醉，扶路唱乐，不觉至州门。左右白曰：'此西州门。'昙悲感不已，以马策扣扉，诵曹子建诗曰：'生存华屋处，零落归山丘。'恸哭而去。"

本篇记叙了歌妓张好好因貌美善歌，为沈传师所礼重，并被沈述师纳为妾，后又遭弃而卖酒洛城的遭遇，表露了诗人对张好好的深切同情。更值得提出的是诗人由张好好的不幸遭遇，伤人复伤己，感慨自己的"落拓"而"少年垂白须"。并由此对沈传师之卒深致怀念伤悼之情。有人将此诗看作艳情诗，并以此而讥杜牧。此实皮相之见。诗中尽管不无描绘张好好体态风貌艳美之句，但尚属雅正优美，并无猥亵淫艳之意。这一诗篇，正体现了诗人"苦心为诗，本求高绝"的艺术追求。诗人曾以行书自书此诗，《宣和书谱》评其"气格雄健，与其文章相表里"，可见诗人亦颇重此作。

洛阳长句二首^①

其 一

　　草色人心相与闲,是非名利有无间。桥横
落照虹堪画,树锁千门鸟自还。芝盖不来云杳
杳^②,仙舟何处水潺潺^③? 君王谦让泥金事^④,
苍翠空高万岁山^⑤。

① 长句:即七言律诗。此诗作于开成元年(836),时诗人在洛
　　阳为监察御史分司。

② 芝盖:车盖。本为仙家之车,乃指缑氏山仙人王乔事。《列
　　仙传》:"王子乔,周灵王太子晋也。好吹笙,作凤鸣。浮丘
　　公接上嵩山,三十余年,仙去。"此处或指帝王之车。洛阳
　　为唐朝东都,初唐时武则天曾都于此。杜牧时,则无帝王
　　都东京之事。

③ 仙舟:用东汉时李膺、郭泰故事。《后汉书·郭泰传》载:
　　郭泰"博通坟籍,善谈论,美音制,乃游于洛阳。始见河南
　　尹李膺,膺大奇之,遂相友善,于是名震京师。后归乡里,

　　衣冠诸儒送至河上,车数千两。林宗(郭泰字)唯与李膺同舟而济,众宾望之,以为神仙焉。"

④ 泥金事:指帝王封禅之事。泥金,金屑,金末。

⑤ 万岁山:即嵩山,亦称嵩高山,在河南登封北。

　　杜牧大和九年(835)秋,愤于李训、郑注的专权,遂移疾,至东都洛阳任监察御史分司。分司官原本闲散,加以其时他目睹朝中政治黑暗,无所作为,故心情抑郁懒散,生发"是非名利有无间"之意。因此连他眼中所见景色,也染上了闲散的色彩。而作者又回首洛阳往事,此处不仅曾有帝都之盛,而且有李膺等名士云集。然而曾几何时,这一切均烟消云散,好景不在,这更使诗人兴起"是非名利有无间"的强烈感慨。

　　全诗主旨在首二句,后六句均以洛阳景物人事渲染烘托这一主旨。颇有含蓄深沉、意在言外的特色。

其　二

　　天汉东穿白玉京①,日华浮动翠光生。桥

边游女珮环委,波底上阳金碧明^②。月锁名园孤鹤唳^③,川酣秋梦凿龙声^④。连昌绣岭行宫在^⑤,玉辇何时父老迎?

① 天汉:本指银河,此谓洛水。白玉京:传说中天帝住所,此指东都洛阳。

② 上阳:洛阳有上阳宫。唐高宗时建,武则天曾居此。

③ 名园:指洛阳的嘉猷、会节、恭安、溪园等隋唐间官园。

④ 凿龙声:大禹凿开龙门的声音。《汉书·沟洫志》:"昔大禹治水,山陵当路者毁之,故凿龙门,辟伊阙。"龙门亦即伊阙。

⑤ 连昌:连昌宫,故址在今河南宜阳,唐高宗显庆三年(658)建。绣岭:唐宫名,故址在今河南陕县,与连昌宫建于同年。

此诗描写洛阳故都景物,亦寓感时伤往之意。尤着意处在于后半首。前半首写景物依旧,用以衬托后半首的人事全非。李格非《洛阳名园记》载:"洛阳园池有嘉猷、会节、恭安、溪园等,皆隋唐官园。"而如今名园荒废,人迹罕至,故以"月锁名园孤鹤唳"极状人事之非。龙门乃大禹所凿,诗人着此一笔而谓之"梦",盖伤贤君盛世之不再,只能于梦中想象。唐自天宝后至杜牧时,帝王不复驾幸东都,故对此诗以及第一首末两句的理解,前人所见不同。方回以为"有望幸之意",然较皮相;陆贻典所说当较可信,即第一首"落句妙,盖伤久不见天宝承平时事也。通首皆是此意。虚谷以为'有望幸之意',失之迂矣"(均见《瀛奎律髓汇评》)。第二首末两句虽以祈盼句出之,实际上亦乃伤承平行幸之不再,蕴含深切的伤时之意。

题 敬 爱 寺 楼①

暮景千山雪,春寒百尺楼。

独登还独下,谁会我悠悠。

① 敬爱寺:寺名,在洛阳。《唐会要》:"东京敬爱寺怀仁坊。

显庆二年(657),孝敬在春宫为高宗、武太后立之,以敬爱寺为名。”

开成元年(836),杜牧三十四岁时游洛阳敬爱寺作此诗。

诗中“暮景”、“春寒”两句,景中可见诗人有感于前程茫茫的孤苦郁闷心绪。这正是当时朝中政治黑暗,宵小把权,正直之士遭排挤迫害在诗人心中投下的阴影。诗人素怀壮志,具有“平生五色线,愿补舜衣裳”(《郡斋独酌》)的抱负,然而此时因朝政黑暗,不得已移疾分司洛阳,壮志未酬,这种愁绪,有谁又能予以体察! 故此诗末二句,显承陈子昂《登幽州台歌》“前不见古人,后不见来者,念天地之悠悠,独怆然而涕下”之意。全诗俯仰苍茫,蕴含深厚,感慨系之。

故洛阳城有感①

一片宫墙当道危,行人为汝去迟迟。竿圭

苑里秋风后②，平乐馆前斜日时③。锢党岂能留汉鼎④，清谈空解识胡儿⑤。千烧万战坤灵死⑥，惨惨终年鸟雀悲。

① 故洛阳城：即东汉、魏、晋都城，在今洛阳。东北白马寺东。本周公营雒邑所建成周城，战国时称雒阳，三国魏改为洛阳。

② 筚圭苑：古宫苑名，东汉灵帝时所建。有东西二苑，皆在洛阳宣平门外。

③ 平乐馆：宫殿名，在洛阳城西。

④ 锢党：指东汉李膺、陈蕃、郭泰等众多名士反对宦官专政，后被囚禁、谋杀、流放，史称"党锢之祸"。汉鼎：指汉代政权。鼎，古代帝王传国之宝，政权的象征。

⑤ 清谈句：用晋王衍识石勒将为天下患之典。《晋书·王衍传》："(衍)出补元城令，终日清谈，而县务亦理。"《晋书·石勒载记》："勒行贩洛阳，倚啸上东门，王衍见而异之，顾谓左右曰：'向者胡雏，吾观其声视有奇志，恐将为天下之患。'"

⑥ 千烧万战：冯集梧注："固通指东汉以后之洛阳言之，而实

有感于安史之再破东都也。"坤灵：地神。

此诗作于开成元年（836），乃见故洛阳城而有感于洛阳史事与现实而作。钱谦益、何焯《唐诗鼓吹评注》卷六评述说："此经洛阳，怀汉、晋兴废之事而作也。首言过此见宫墙之危而不忍去，盖恨之亡也夫。其所以然者，以灵帝造筚圭、平乐以游佚，又听信谗言，兴钩党之祸以害贤良耳。至晋则尚清谈，虽王衍先识胡儿之患，亦何补于败亡哉！噫！洛阳用武之地，屡经兵火之变，坤灵亦灭，惟见长年鸟雀之悲耳，能不过故城而有感乎？"

兵部尚书席上作①

华堂今日绮筵开，谁唤分司御史来②？
忽发狂言惊满座，两行红粉一时回③。

① 兵部尚书：可能即是李听。兵部尚书，官名。本诗最早见

于晚唐孟棨的《本事诗》，此即据以选入，《樊川别集》所录个别文字有所不同。

② 分司御史：诗人自谓。其时杜牧任监察御史，分司东都。

③ 红粉：指歌妓。

此诗约作于开成元年（836）。《本事诗·高逸》云："杜为御史，分务洛阳时，李司徒罢镇闲居，声伎豪华，为当时第一。洛中名士，咸谒见之。李乃大开筵席，当时朝客高流，无不臻赴。以杜持宪，不敢邀置。杜遣座客达意，愿与斯会。李不得已，驰书。方对花独酌，亦已酣畅，闻命遽来。时会中已饮酒，女奴百余人，皆绝艺殊色。杜独坐南行，瞪目注视，引满三卮，问李云：'闻有紫云者，孰是？'李指示之。杜凝睇良久，曰：'名不虚得，宜以见惠。'李俯而笑，诸妓亦皆回首破颜。杜又自饮三爵，朗吟而起曰：（诗略）。意气闲逸，旁若无人。"据此记载及此诗，颇可见杜牧纵逸清狂的性格。

唐故平卢军节度巡官
陇西李府君墓志铭①

大和元年举进士及第②，乡贡上都③，有司试于东都④，在二都群进士中，往往有言前十五年有进士李飞自江西来⑤，貌古文高。始就礼部试赋，吏大呼其姓名，熟视符验⑥，然后入。飞曰："如是选贤耶？即求贡，如是自以为贤耶？"因袖手不出，明日径返江东⑦。某曰："诚有是人，吾辈不可得与为伍矣。"后二年，事故吏部沈公于钟陵、宣城为幕吏⑧，两府凡五年间，同舍生兰陵萧寘、京兆韩乂、博陵崔寿⑨，每品量人之等第，必曰："有道有学有文，如李处士戡者寡矣，是卑进士不举尝名飞者。"某益恨未面其人，且喜其人之在世也。

大和九年⑩，为监察御史，分司东都⑪，今谏议大夫李中敏⑫、左拾遗韦楚老⑬、前监察御史卢简求咸言于某曰⑭:"御史法当检谨,子少年,设有与游,宜得长厚有学识者,因访求得失,资以为官,洛下莫若李处士戡。"某谢曰:"素所恨未见者。"即日造其庐,遂旦夕往来。开成元年春二月,平卢军节度使王公彦威闻君名⑮,挈卑辞于简,副以币马,请为节度巡官。明年春,平卢府改,西归病于路,卒于洛阳友人王广思恭里第⑯,享年若干。

君讳戡,字定臣,七代祖勃海王奉慈⑰;祖杠,衢州盈川令⑱;父葽,婺州浦阳尉⑲。浦阳晚无子,夫人吴兴沈氏梦一人状甚伟⑳,捧一婴儿曰:"予为孔丘,以是与尔。"及期而生君,因名曰天授。君幼孤,旁无群从可以附托㉑,年十余岁即好学,寒雪拾薪自炙,夜无然膏,默念所记。年三十,尽明《六经》书,解决微隐,苏融雪释,郑玄至于孔颖达辈凡所为疏注㉒,皆能短长其得失。一举进士,耻不肯试,归晋陵阳羡里㉓,得山水居之,始开百家书,缘饰事业。每有小功丧㉔,讫制不食肉饮酒,语言行止,皆有法度。阳羡民有斗诤不决,不之官人,必以诣君。

所著文数百篇,外于仁义,一不关笔。尝曰:"诗者可以歌,可以流于竹,鼓于丝,妇人小儿,皆欲讽诵,国俗薄厚,扇之于诗,如风之疾速。尝痛自元和已来有元、白诗者㉕,纤艳不逞,非庄士雅人,多为其所破坏。流于民间,疏于屏壁,子父女母,交口教授,淫言媟语,冬寒夏热,入人肌骨,不可除去。吾无位,不得用法以治之。"欲使后代知有发愤者,因集国朝已来类于古诗得若干首,编为三卷,目为《唐诗》,为序以导其志。

居江南,秀人张知实、萧寘、韩乂、崔寿、宋邢、杨发、王广㉖,皆趋君交之,后皆得进士第:有名声官职,君尚为布衣,然于君不敢稍怠。

君在洛中困甚,河阳节度使萧洪移镇鄜州[27],谏议大夫萧俶以君言于洪,洪素敬谏议,即欲谒君以请,君曰:"人间哗言洪盗籍外戚,一窥其面能易吾死,尚且不忍死,况为其党乎?"居数月,洪果败。

娶弘农杨氏女[28],早卒。子二人,长曰审之;次曰鼎郎,始五岁。以某年月,权葬于常州义兴县某乡里[29]。某于君为晚交,得君最厚,因为之铭曰:

命如烟云,道比宫宅。烟云飘扬,莫知往来。为道不至,无以偃息。有道有命,偶然相值。命不在我,不屑亦贵。岂可指此,与彼为市。呜呼定臣,曰德孔修,曰学必圣。饬我兢兢,一不言命。可传其心,以教后生。呜呼哀哉!

① 平卢军:唐方镇名。唐玄宗开元五年(717),于营州设置平

卢军使,七年升为平卢军节度使。安史之乱后,改领淄青齐棣登莱六州,均在今山东东部。节度巡官:唐幕府中属官名称,位居判官、推官之次。　陇西:古郡名,治所在狄道(今甘肃临洮南)。

② 大和:唐文宗年号(827—835)。

③ 上都:指唐京都长安。

④ 东都:洛阳,唐时为东都。

⑤ 江西:江南西道,治所在洪州(今江西南昌)。

⑥ 符验:符合应验。

⑦ 江东:江南东道,治所吴郡(今江苏苏州)。

⑧ 吏部沈公:指吏部侍郎沈传师。钟陵:即今江西南昌。宣城:今属安徽。

⑨ 兰陵:故地唐时在今山东苍山西南。京兆:唐京兆府,治所即长安。博陵:故城在今河北蠡县南。

⑩ 大和九年:即835年。

⑪ 分司:指分司官。唐代以洛阳为东都,分设在那里的中央官员称分司。

⑫ 谏议大夫:官名。唐时有左、右谏议大夫,分属门下省、中书省。李中敏:字藏之,陇西人。与杜牧、李甘相善,为谏

议大夫约在唐文宗开成时。

⑬ 左拾遗：官名，有左、右拾遗。掌贡奉讽谏，纠正帝王过失。
韦楚老：字寿朋，长庆四年（824）登进士第，有诗名。其任
拾遗约在大和末、开成初。

⑭ 卢简求：字子臧，河中蒲人。长庆元年（821）登进士第，善
辞翰。

⑮ 王彦威：字子美，太原人。博学善文，尤通《三礼》。

⑯ 思恭里：唐洛阳街坊名。

⑰ 勃海：郡名。汉高帝时（前202）分巨鹿、济北郡置，以地滨
勃海得名。

⑱ 衢州：治所在信安（今浙江衢县）。盈川：古县名。故地在
今浙江。令：县令。

⑲ 婺州：唐时州治所在今浙江金华。浦阳：县名。地在今浙
江，以在浦阳江北而名。

⑳ 吴兴：治所在乌程（今浙江吴兴南）。唐天宝、至德时，曾改
湖州为吴兴郡。

㉑ 群从：许多堂兄弟。从，堂兄弟。

㉒ 郑玄：东汉高密（今山东高密西南）人，字康成。著名经学
家。曾注多种经书。　孔颖达：唐冀州衡水（今河北衡水

西)人,字冲远(亦作仲达)。通经学,尤明《左传》、《尚书》、《易》、《毛诗》、《礼记》。曾与颜师古等受诏撰定《五经正义》。

㉓ 晋陵:治所在今江苏常州。阳羡:故城在今江苏宜兴南。

㉔ 小功:古代丧服名。五服之一,用较粗的熟布制成。服期五个月。

㉕ 元、白诗:指唐诗人元稹、白居易之诗。此主要指两人的艳情之作。

㉖ 韩乂:曾登进士第,大和中在江西、宣歙幕为幕吏,又佐福建幕。府罢,闲居常州,后任拾遗。杨发:字至之,同州冯翊(今陕西大荔)人。大和四年(830)登进士第,任校书郎。大中三年(849)累官左司郎中,大中十二年(859)任岭南节度使。后贬婺州刺史,卒。

㉗ 河阳:古县名,治所在今河南孟州西。唐建中时置河阳三城节度使于此。鄜州:此指鄜坊丹延节度观察处置使府。鄜州,唐州名,地即今陕西富县。

㉘ 弘农:郡名,治所在今河南灵宝北。

㉙ 常州:治所在晋陵(今江苏常州)。

本文约作于开成二年(837),时杜牧三十五岁。

此文最易引起争议的是记载李戡关于元、白诗所说的"纤艳不逞,非庄士雅人,多为其所破坏……"一段话。这段评语虽出李戡之口,但也可看作是杜牧的意见。历代论者对这段话多持不同意见,有不同的理解。有的把所谓"元、白诗"指实为讽谕诗,而据以反驳元、白诗非所谓的纤艳不逞,如钱大昕《十驾斋养新录·文人勿相轻》云:"元、白讽谕诗,意存谠直,岂皆淫媟之词。"有的反唇相讥杜牧诗乃纤艳不逞之尤者,如叶梦得《避暑录话》说:"观牧诗纤艳淫媟,乃正其所言而不自知也。"实际上,此处所说的"元、白诗",是指那些"流于民间,疏于屏壁"的艳体之作,故下有"淫言媟语"之责。从这段批评元、白诗的话中,亦可见杜牧的论诗主张,亦即注重诗歌的"仁义"内容,注重诗歌体现"国俗薄厚"、影响人心的作用;亦可见他反对"纤艳不逞"、"淫言媟语",而追求诗歌的高格调。

金　谷　园[①]

繁华事散逐香尘，流水无情草自春[②]。

日暮东风怨啼鸟，落花犹似堕楼人[③]。

① 此诗选自《樊川别集》。金谷园：晋石崇所筑之园，在今河
　 南洛阳西北。金谷，地名，也称金谷涧。

② 流水：此指金谷水，因源出太白原，东南流经金谷，故称。

③ 堕楼人：指西晋石崇的宠妾绿珠。《晋书·石崇传》记"崇
　 有妓曰绿珠，美而艳，善吹笛。孙秀使人求之"，而崇不从。
　 后孙秀矫诏收捕石崇，"崇谓绿珠曰：'我今为尔得罪。'绿
　 珠泣曰：'当效死于君前。'因自堕于楼下而死。"

　　开成元年、二年间，杜牧分司洛阳，金谷园在洛阳，
此诗或作于此时。

　　金谷园为晋石崇所筑别墅，故诗人题咏这一历史遗
迹，必然会联想起石崇、绿珠故事，使诗歌具有咏史的意
味。因此，充斥诗中的是一种伤悼凄迷的情景。首句由

"繁华事"而散,又"逐香尘"而去,伤悼往昔之情已笼罩全篇;以下三句,即承此分层渲染。故《诗境浅说续编》说:"前三句景中有情,皆含凭吊苍凉之思。四句以花喻人,以'落花'喻'堕楼人',伤春感昔,即物兴怀,是人是花,合成一凄迷之境。"尤可称道的是,末句比喻精切,情韵婉然,自有"意外神妙,悠然不尽"(《唐人万首绝句选评》)之韵。

题扬州禅智寺[①]

雨过一蝉噪,飘萧松桂秋。青苔满阶砌,白鸟故迟留。暮霭生深树,斜阳下小楼。谁知竹西路[②],歌吹是扬州。

① 禅智寺:在扬州城东,寺前有桥,跨旧官河。
② 竹西路:在扬州禅智寺前官河北岸。

开成二年(837),杜牧的弟弟杜颛患眼疾,杜牧带了眼医石生来扬州看望。此诗即作于这年的秋天。

　　杜牧对扬州情有独钟，多有歌咏其美好诗句，如
"谁家唱水调，明月满扬州"、"二十四桥明月夜，玉人何
处教吹箫"等。此诗则极写扬州禅智寺的清幽寂静之
美。中间四句的景物描写即是这一境界的具体写照。
而首句以一蝉之噪，反得"鸟鸣山更幽"之致；末以扬州
歌吹之热闹，又反衬禅智寺之幽静。可谓以动显静，相
反相成。故《唐宋诗举要》说此诗"结笔写寺之幽静，尤
为得神"。

题　禅　院

　　觥船一棹百分空①，十岁青春不负公。
　　今日鬓丝禅榻畔，茶烟轻飏落花风。

① 觥船一棹：指载酒的船。觥船，容量大的饮酒器。棹，船
　　桨，指代船。此处暗用毕卓典。《晋书·毕卓传》："尝谓人
　　曰：'得酒满数百斛船，四时甘味置两头，右手持杯，左手持

蟹螯，拍浮酒船中，便足了一生矣。'"

此诗作年不详，以此期有《题扬州禅智寺》之作，故姑系于此。

对于此诗之作意，前人曾评云："前二句写昔日，第三句以'今日'划清界限，末句景中有情，感慨系之。"（《诗法易简录》）《唐人万首绝句选评》亦谓"写出才人迟暮不遇，措语蕴藉"。《笺注唐贤三体诗法》说得更具体："正为壮盛虚掷醉乡，悲悔无及。"所说差是。此诗"措语蕴藉"，尤见于末二句，其才人迟暮不遇之况味，自可于此体会。翁方纲极称此诗云："小杜之才，自王右丞以后，未见其比；其笔力回斡处，亦与王龙标、李东川相视而笑。'少陵无人谪仙死'，竟不意又见此人。只如'今日鬓丝禅榻旁，茶烟轻飏落花风'、'自说江湖不归事，阻风中酒过年年'，直自开、宝以后百余年无人能道，而五代、南北宋以后，亦更不能道矣。此真悟彻汉魏六朝之底蕴者也。"（《石洲诗话》）

遣　怀[①]

落魄江南载酒行，楚腰肠断掌中轻[②]。
十年一觉扬州梦，赢得青楼薄幸名。

[①] 此诗选自《樊川外集》，作年不详。因开成二年(837)距杜牧开始幕吏生涯的大和二年(828)，恰为十年，且又值杜牧再度回扬州之时，故姑系于此。

[②] 楚腰：指美女的细腰。《韩非子·二柄》："楚灵王好细腰，而国中多饿人。"掌中轻：《飞燕外传》载汉成帝皇后"赵飞燕体轻，能为掌上舞"。此即用其意。

　　理解此诗，宜与宋胡仔《苕溪渔隐丛话》记及杜牧此诗时所说的话并读。他说："余尝疑此诗必有谓焉。因阅《芝田录》云：牛奇章帅维扬，牧之在幕中，多微服逸游。公闻之，以街子数辈潜随牧之，以防不虞。后牧之以拾遗召，临别，公以纵逸为戒。牧之始犹讳之，公命取一箧，皆是街子辈报贴，云杜书记平善。乃大感服。

方知牧之此诗,言当日逸游之事。"对此诗之理解,人多
不同,甚至有诋为"糟粕"者。俞陛云的《诗境浅说续
编》则颇为宽容,较近真实,谓"此诗着眼在'薄幸'二
字。以扬郡名都,十年久客,纤腰丽质,所见者多矣,而
无一真赏者。不怨青楼之萍絮无情,而反躬自嗟其薄
幸,非特忏除绮障,亦诗人忠厚之旨"。实际上,诗人此
诗之作意,乃总结其以往冶游之生活,颇有反悔省悟之
意。而不必以"忠厚之旨"解之。

润 州 二 首①

其 一

向吴亭东千里秋②,放歌曾作昔年游。青
苔寺里无马迹,绿水桥边多酒楼。大抵南朝皆
旷达③,可怜东晋最风流。月明更想桓伊在④,
一笛闻吹《出塞》愁⑤。

① 润州:隋唐时治所在今江苏镇江。此诗或杜牧开成二年

（837）自扬州赴宣州，途经润州时作。

② 向吴亭：在润州官舍。"向"，原作"句"，此据冯集梧《樊川诗集注》校改。

③ 南朝：东晋后，中国分裂为南北两部分。据有南方的，为宋、齐、梁、陈四朝，史称南朝。

④ 桓伊：字子野，东晋人，善吹笛。《世说新语·任诞》记王子猷闻桓伊善吹笛，后相遇，"王便令人与相闻，云：'闻君善吹笛，试为我一奏。'桓时已贵显，素闻王名，即便回。下车，踞胡床，为作三调。弄毕，便上车去，客主不交一言"。

⑤ 《出塞》：汉乐府横吹曲名。

此诗乃登临向吴亭，抚今思古之作，其中洋溢着今昔之间的无限感慨。《东岩草堂评订唐诗鼓吹》评析此诗云："润州南枕大江，东连吴会，一起曰'千里秋'，便将润州写得分外出色；亭东一望，千里清光，不觉有感于昔年之游也。三、四承之，是因昔年而有感于目前，言寺犹昔日之寺，桥犹昔日之桥。'无马迹'是感其衰，'多酒楼'是志其盛，数年之内，盛衰在目，良可慨也。……

杜公一生不拘细行,意气闲逸,观其胸中眼底,必深有旨乎晋人风味矣! 月明江上,感慨良深,故以'更想桓伊'作结也。"

此诗作法,"大抵"、"可怜"两句,一开一合,"其意则侧卸,其法则倒装,其中神理则融成一片";"结仍归到现在。月明,秋也。先闻笛,后想桓伊,此却又用倒落法,以取姿致,笔端便觉洒然"(《山满楼笺注唐诗七言律》)。

其　二

谢朓诗中佳丽地①,夫差传里水犀军②。城高铁瓮横强弩③,柳暗朱楼多梦云④。画角爱飘江北去⑤,钓歌长向月中闻。扬州尘土试回首,不惜千金借与君。

---

① 谢朓:南齐诗人,字玄晖。善作山水诗,为永明体主要诗人之一。佳丽地:谢朓《鼓吹曲》有"江南佳丽地,金陵帝王州"之句。

② 夫差：春秋时吴国国君，阖闾子。水犀军：穿着水犀皮军
　服的军队。《国语·越语上》："今夫差衣水犀之甲者亿有
　三千，所谓贤良也，若今备卫士矣。"

③ 城高句：原注："润州城孙权筑，号为铁瓮。"冯集梧注：
　"《演繁露》：润州古城号铁瓮，人但知其取喻以坚而已，然
　瓮形深狭，取以喻城，似为非类。乾道辛卯，予过润……而
　顾子城雉堞缘冈，弯环四合，其中州治诸廨在焉，圆深之
　形，正如卓瓮，予始知喻以为瓮者，指子城也。"

④ 梦云：此指美貌若仙的女子，化用宋玉《高唐赋》记楚王梦
　巫山神女典。

⑤ 江北：指长江北岸、润州之北的扬州。

　　此诗描绘润州景色绮丽繁华，地理形势险要，以及
诗人对润州及扬州的赞美之情，表现了诗人的艳冶情
致。其中"柳暗朱楼多梦云"及"不惜千金借与君"两句
尤为突出。钱谦益等《唐诗鼓吹评注》析此诗之说可借
参考："言昔谢朓以此为佳丽之地，夫差于此有水犀之
军。今州城固于铁瓮，而射潮之强弩犹在。柳色暗于朱
楼，而云雨之梦魂居多。且画角之声飘江北而去，渔人

之唱向月中而闻。回望扬州风景古来艳冶之处，当不惜千金之费，与君买笑追欢也。"

此诗善于化用典故，语言典雅优美，颇具风华流丽之致，很能体现杜牧七律的风致。

杜秋娘诗 并序①

杜秋，金陵女也②。年十五，为李锜妾③。后锜叛灭④，籍之入宫⑤，有宠于景陵⑥。穆宗即位⑦，命秋为皇子傅姆。皇子壮，封漳王⑧。郑注用事⑨，诬丞相欲去异己者⑩，指王为根，王被罪废削，秋因赐归故乡。予过金陵，感其穷且老，为之赋诗。

京江水清滑⑪，生女白如脂。其间杜秋者，不劳朱粉施。老濞即山铸⑫，后庭千双眉。秋持玉斝醉，与唱《金缕衣》⑬。濞既白首叛，秋亦红泪滋⑭。吴江落日渡⑮，灞岸绿杨垂⑯。联裾见天子，盼眄独依依。椒壁悬锦幕⑰，镜奁蟠蛟螭。低鬟认新宠，窈袅复融怡。月上白璧门，桂影凉参差。金阶露新重，闲捻紫箫吹⑱。
莓苔夹城路⑲，南苑雁初飞⑳。红粉羽林仗，独
赐辟邪旗㉑。归来煮豹胎，餍饫不能饴。咸池
升日庆㉒，铜雀分香悲㉓。雷音后车远㉔，事往
落花时。燕祺得皇子㉕，壮发绿绿绿。画堂授
傅姆，天人亲捧持。虎睛珠络褓，金盘犀镇帷。
长杨射熊罴㉖，武帐弄哑咿㉗。渐抛竹马剧，稍
出舞鸡奇。崭崭整冠佩，侍宴坐瑶池㉘。眉宇
俨图画，神秀射朝辉。一尺桐偶人，江充知自
欺㉙。王幽茅土削㉚，秋放故乡归。舳艫拂斗
极，回首尚迟迟。四朝三十载㉛，似梦复疑非。
潼关识旧吏㉜，吏发已如丝。却唤吴江渡，舟人
那得知。归来四邻改，茂苑草菲菲。清血洒不
尽，仰天知问谁。寒衣一匹素，夜借邻人机。
我昨金陵过，闻之为歔欷。自古皆一贯，变化
安能推。夏姬灭两国，逃作巫臣姬㉝。西子下
姑苏，一舸逐鸱夷㉞。织室魏豹俘，作汉太平

基[35]。误置代籍中,两朝尊母仪[36]。光武绍高祖,本系生唐儿[37]。珊瑚破高齐,作婢春黄糜[38]。萧后去扬州,突厥为阏氏[39]。女子固不定,士林亦难期。射钩后呼父[40],钓翁王者师[41]。无国要孟子,有人毁仲尼[42]。秦因逐客令,柄归丞相斯[43]。安知魏齐首,见断簀中尸[44]。给丧蹶张辈,廊庙冠峨危[45]。珥貂七叶贵,何妨戎虏支[46]。苏武却生返[47],邓通终死饥[48]。主张既难测,翻覆亦其宜。地尽有何物,天外复何之?指何为而捉,足何为而驰?耳何为而听,目何为而窥?己身不自晓,此外何思惟。因倾一樽酒,题作《杜秋诗》。愁来独长咏,聊可以自贻。

① 杜秋娘:本金陵女子,后为镇海军节度使李锜妾。李锜叛被诛,杜秋娘籍入宫中。穆宗时,为漳王李凑保姆。文宗时,因朝中内部斗争牵连,被放归故乡。缪钺先生《杜牧年谱》系此诗于大和七年(833),然与诗中所叙有所不合,故

改系于开成二年(837)秋。时杜牧从扬州赴宣州,途经金陵,诗或成于此时。

② 金陵:此指镇江。唐时润州(治所今镇江)亦称金陵。

③ 李锜:唐顺宗至宪宗元和初时,任镇海军节度使。

④ 锜叛灭:唐宪宗元和二年(807),宪宗诏李锜为左仆射,实欲削其兵权。锜不从,叛,兵败被诛。

⑤ 籍:籍没,没收财物等入官。

⑥ 景陵:指唐宪宗。宪宗葬于景陵,地在长安东北金炽山。

⑦ 穆宗:李恒,宪宗子。

⑧ 漳王:即李凑,穆宗子。封漳王,后被贬。

⑨ 郑注:绛州翼城(今属山西)人,为宦官王守澄赏识,以通医药被荐入宫。大和时,为文宗倚重,勾结李训,权重一时。大和九年(835),因谋诛宦官,事泄被杀。

⑩ 丞相:指宋申锡。大和五年(831),宋申锡谋诛宦官,为郑注等人诬告谋立漳王,贬为开州司马。后死于贬地。

⑪ 京江:长江流经镇江以北一段,因镇江古称京口,故名。

⑫ 老濞:即西汉吴王刘濞。他采铜铸钱,煮海为盐,招纳亡命之徒,于景帝三年(前154)联合楚、赵等七国反叛,后失败被杀。此指代李锜。

⑬《金缕衣》：原注："'劝君莫惜金缕衣，劝君须惜少年时。花开堪折直须折，莫待无花空折枝。'李锜长唱此辞。"

⑭ 红泪：指眼泪。王嘉《拾遗记》卷七："（魏）文帝所爱美人，姓薛名灵芸，常山人也。……时文帝选良家子女，以入六宫。（谷）习以千金宝赂聘之。……乃以献文帝。灵芸闻别父母，歔欷累日，泪下沾衣。至升车就路之时，以玉唾壶承泪，壶则红色。"

⑮ 吴江：唐称京口与其相对的扬州之间的一段长江为吴江。

⑯ 灞岸：灞水之岸。唐长安东二十里有灞水，上有灞桥。唐人多于此送别。

⑰ 椒壁：以椒和泥涂壁，多指后妃所居宫室。

⑱ 闲捻句：原注："《晋书》：盗开凉州张骏冢，得紫玉箫。"

⑲ 夹城路：唐开元时，从宫中西南隅的花萼相辉楼，筑夹城通到芙蓉园的路。

⑳ 南苑：即唐长安曲江西南的芙蓉园。

㉑ 辟邪旗：画有辟邪兽图样的旗子。《通典》："大驾卤簿卫马队，左右厢各二十四队，从十二旗，第一队辟邪旗。"

㉒ 咸池：神话中的天池，日浴之处。升日庆：指唐穆宗即位。

㉓ 铜雀：指曹操所建铜雀台，在今河北临漳西南。分香：曹

操《遗令》:"余香可分与诸夫人。诸舍中无所为,学作组履卖也。"后用分香卖履指人临死时舍不得丢下妻子儿女。

㉔ 雷音:指帝王车子行经的声音。司马相如《长门赋》:"雷隐隐而响起,声象君之车音。"

㉕ 燕祺:上古时的媒神叫高祺,人们祈之以求子。又传说古代高辛帝妃简狄以燕至之日,吞下燕卵而生契。皇子:指穆宗第六子漳王李凑。

㉖ 长杨:汉代的长杨宫,故址在周至(今属陕西)。

㉗ 武帐:置有兵器的帷帐,帝王所用。

㉘ 瑶池:传说中西王母所居之所。

㉙ 一尺二句:江充是汉武帝时奸臣,曾诬告太子刘据作巫蛊以害武帝。武帝以充为使者治巫蛊。充先使人在太子宫中埋下桐木人,后又派人从太子宫中掘得木偶人。

㉚ 王幽句:指漳王被幽禁,贬巢县公。

㉛ 四朝:指杜秋娘籍入宫后所经历的宪宗、穆宗、敬宗、文宗四朝。

㉜ 潼关:地在今陕西潼关县境。陕西、山西、河南三省要冲,以潼水得名。

㉝ 夏姬二句:夏姬为郑穆公女,嫁陈国大夫夏御叔为妻,生夏

征舒。夫死，与陈灵公君臣私通。夏征舒杀陈灵公。后在
楚庄王灭陈时被杀。楚庄王将夏姬赐给连尹襄老，后襄老
在与晋作战时战死。夏姬回郑国。楚大夫巫臣想娶夏姬，
借奉楚王命出使齐国的机会，到了郑国，携夏姬逃往晋国。
因夏姬故而陈灭，其"灭两国"事不详。

㉞ 西子二句：西子即春秋时越国美女西施。越王勾践战败，
将西施献给吴王夫差。夫差沉溺于酒色，遂被越国所灭。
姑苏：即姑苏台。《述异记》："吴王夫差筑姑苏之台，三年
乃成。作天池，池中造青龙舟，舟中盛陈姣乐，日与西施为
水嬉。"鸱夷：皮口袋。此代指范蠡。范蠡自号鸱夷子皮。
范蠡并无携西施泛湖而去事。据《史记》载，范蠡于吴亡
后，"乘扁舟，浮于江湖，变名易姓"。而《修文御览》引《吴
越春秋》逸篇则谓"吴亡后，越浮西施于江，令随鸱夷
以终"。

㉟ 织室二句：织室指薄姬。薄姬原为魏王豹之妾。汉高祖击
败魏王，薄姬成了俘虏，被送到织室作纺织工。后汉高祖
看中薄姬，纳入后宫，生了汉文帝。汉文帝时社会经济得
到大发展，为汉朝的鼎盛打下基础。

㊱ 误置二句：汉朝窦姬原为吕太后宫人。太后遣散宫人，以

赐诸王。窦姬家在邻近赵国的清河郡，因此她请主管宦者把她放到赵国的名籍中。主管宦者却忘了她的嘱托，错将她放在代国的名册中。到代国后，她受到代王宠爱。代王后立为皇帝，即文帝，窦姬被封为皇后，之后其子刘启（景帝）即位，她成为皇太后。景帝死，武帝立，她又被尊奉为太皇太后。

㊲ 光武二句：光武即东汉开国皇帝刘秀，他是汉高祖九世孙，景帝子长沙定王刘发之后。长沙定王之母唐姬原是景帝妃程姬侍婢。景帝曾召程姬侍寝，程姬因适有月事，即将唐姬妆扮起来在夜间送入宫中。景帝醉酒以为是程姬，同睡一夜，唐姬因而有身孕，生了长沙定王。

㊳ 珊瑚二句：此指北齐冯淑妃小怜事。《北史·冯淑妃传》载：小怜有宠于北齐后主高纬，高纬因淫乐而为北周所灭。北周遂把小怜赐给代王达，代王达也颇宠爱她。小怜谗毁代王妃，几乎将王妃害死。后隋文帝把小怜赐给代王妃的哥哥李询，询母令小怜穿布裙舂米，最后又逼她自杀。

㊴ 萧后二句：萧后为隋炀帝皇后。隋炀帝被宇文化及所杀，萧后随宇文化及军到聊城。化及败，萧后成了窦建德的俘虏。突厥处罗可汗之妻是隋义城公主，故派使者迎萧后入

突厥。阏氏乃汉代匈奴单于妻之称呼，后常以阏氏指游牧族君王之妻。据史载，萧后并没有成为突厥可汗的妻子。

㊵ 射钩句：管仲本从齐公子纠。公子纠与公子小白争国，管仲射中小白的带钩。后来公子纠因败被杀，管仲却被已为齐桓公的小白尊崇，委以国政，以“仲父”称之。

㊶ 钓翁句：指姜子牙事。子牙曾在渭水垂钓，后遇周文王，被尊为师。

㊷ 有人句：仲尼，孔子字。《论语·子张》：“叔孙武叔毁仲尼。”

㊸ 秦因二句：李斯为楚国上蔡人，因秦王曾下逐客令，李斯在被逐中，故上《谏逐客书》，秦王遂取消逐客令。后李斯获宠任，秦统一天下后，为宰相。

㊹ 安知二句：战国时魏人范雎，被魏相魏齐以通敌的莫须有罪名痛打。范雎装死，魏齐命以箦（竹席）裹其尸，置于厕中。后范雎获救，逃至秦国，做了秦相，遂逼迫魏杀魏齐。魏齐出逃于赵，后被迫自刭。按“箦”原作“簀”，据《全唐诗》校改。

㊺ 给丧二句：给丧，送葬的吹鼓手，此指汉周勃。《史记·周勃世家》：“（勃）常为人吹箫给丧事。”后周勃封绛侯，汉文

帝时拜为右丞相。蹶张：用脚踏开强弩，此指汉申屠嘉。《史记·申屠嘉列传》：申屠嘉"以材官蹶张，从高帝击项籍"。后拜为宰相，被封为故安侯。

㊻ 珥貂二句：此指汉金日磾事。金日磾原是匈奴休屠王太子。休屠王被匈奴昆邪所杀，金日磾遂随昆邪降，入汉为奴。后受汉武帝赏识，官至车骑将军，封侯。金日磾之弟金伦及子孙后代历世显贵。故晋左思《咏史》云："金张藉旧业，七叶珥汉貂。"七叶指自汉武帝至平帝凡七朝。珥，插。汉代侍中帽上插貂尾，金氏后代多为侍中，故称"七叶珥汉貂"。

㊼ 苏武句：汉代苏武出使匈奴被扣留，在北海牧羊。经十九年后，终于回到汉朝。

㊽ 邓通句：汉文帝赐给宠臣邓通铜山，使其得以自铸钱，邓通极为富贵。景帝立，治邓通罪，没收其家产，邓通"竟不得名一钱，寄死人家"(《汉书·佞幸传》)。

这是杜牧最长的诗篇，其此期前后多长篇而尤以此为著。

前人对此诗褒贬不一，如唐张祜即有"年少多情杜牧之,风流仍作杜秋诗。可知不是长门闭,也得相如第一词"之誉。又如《诗筏》云:"杜牧之作《杜秋娘》五言长篇,当时脍炙人口,李义山所谓'杜牧司勋字牧之,清秋一首《杜秋诗》。前身应是梁江总,名总还曾字总持'是也。余谓牧之自有佳处,此诗借秋娘以叹贵贱盛衰之倚伏,虽亦感慨淋漓,然终嫌其语意太尽,层层引喻,层层议论,仍是作《阿房宫赋》本色,遂使汉魏浑涵之意,渐至澌灭,是亦五言古之一变。有知者,不以余言为河汉也。"贺裳《载酒园诗话又编》也说:"昔人多称其《杜秋诗》,今观之,真如暴涨奔川,略少淳泓澄澈。如叙秋入宫,漳王自少及壮,以至得罪废削,如'一尺桐偶人,江充知自欺',语亦可观。但至'我昨金陵过,闻之为歔欷',诗意已足。后却引夏姬、西子、薄后、唐儿、吕、管、孔、孟,滔滔不绝,如此作诗,十纸难竟。至后'指何为而捉,足何为而驰。耳何为而听,目何为而窥',所为雅人深致何在?此诗不敢攀《琵琶行》之踵。或曰以备诗史,不可从篇章论,则前半吾无敢言,后终不能不病其衍。"杜牧此诗后半首,确有用事多、议论多的特点,从

中可以见到他受韩愈某些诗作的影响。这从诗歌艺术
上说，不能不说有所不足，以此减弱了诗歌的情韵。但
也不能因此而否定此诗。诗人乃借杜秋娘的遭遇，发抒
"女子固不定，士林亦难期"的感慨，故以众多历史人物
印证这一感慨，使内容十分充实，观点鲜明有力。而其
上半篇，形象情韵俱佳，描写生动传神，洵为佳什。至于
《艺苑卮言》批评此诗"杜紫薇掊击元、白，不减霜台之
笔，至赋《杜秋》诗，乃全法其遗响，何也"？此说实误读
《杜秋娘诗》，不可取。

念昔游①三首(选一)

十载飘然绳检外②，樽前自献自为酬。

秋山春雨闲吟处，倚遍江南寺寺楼。

---

① 此诗原为三首中的第一首。诗约作于开成三年(838)春，

　杜牧年三十六，时在宣州幕中。大和四年(830)九月至七

　年(833)秋，杜牧曾在宣州幕。此时想起往昔游宣州情景，

故以《念昔游》为题。

② 十载：大和二年(828)杜牧入仕后在江西幕，至开成三年为十一年，此取其整数而言。绳检：约束。多指世俗礼法。

杜牧为人倜傥风流，豪爽飘逸，不喜受礼法拘束。故自入仕后多飘然绳检之外，游冶于山水亭阁，歌楼楚馆。此诗即是他这一生活情趣的自我写照。其中"秋山"、"倚遍"二句，更是将其游览山水亭阁、沉醉于江南风物的生活与情趣，笔酣墨饱地展现出来。而这种展现显得那么含蓄，充满情韵，耐人寻味。与这首诗同一韵味的还有这一同题诗中的第三首：

> 李白题诗水西寺，古木回岩楼阁风。半醒半醉游三日，红白花开山雨中。

后两句尤可见诗人陶醉于绚丽的江南风光中的风韵。

题宣州开元寺①

南朝谢朓城②，东吴最深处③。亡国去如

119

鸿,遗寺藏烟坞。楼飞九十尺,廊环四百柱。
高高下下中,风绕松桂树。青苔照朱阁,白鸟
两相语。溪声入僧梦,月色晖粉堵。阅景无旦
夕,凭栏有今古。留我酒一樽,前山看春雨。

① 诗题下原注:"寺置于东晋时。"宣州:州治在宣城(今属安
  徽)。开元寺:据《名胜志》载,宣城县中景德寺,晋时名求
  安寺,唐玄宗时改开元寺,乃佛寺中最著名者。此诗作于
  开成三年(838)春,时杜牧在宣城任宣歙观察使幕团练判
  官、殿中侍御史内供奉。

② 南朝:东晋后建都于建康(今江苏南京)的宋、齐、梁、陈四
  朝。此主要指齐。谢朓楼:指宣城谢公楼,因南齐诗人谢
  朓为宣城太守时所建而名。

③ 东吴:三国时,孙权所建吴国地处江东,故称东吴。宣城亦
  属东吴所辖。

　　杜牧写景诗时有雄豪俊爽之笔,很能体现其性格气
质。此诗描绘宣州开元寺的"楼飞九十尺"以下数句,

即颇有这一特色。故《养一斋诗话》称："牧之雄直如此,而人第以艳。"所说"雄直",即指上述诗句而言。然此诗除雄直外,又颇有清丽静谧幽美之致。如写寺中景色氛围之"青苔照朱阁,白鸟两相语。溪声入僧梦,月色晖粉堵"四句,即如此;而这恰恰切合古寺特色。一诗中雄俊与幽谧相融,可谓刚柔相济,相映成趣,这也是杜牧诗的典型特点之一。诗人性格既有豪俊雄放的一面,又有柔情善感的一面,发而为诗故能同时兼备这两种风格。

题宣州开元寺水阁阁
下宛溪夹溪居人①

六朝文物草连空②,天澹云闲今古同。鸟去鸟来山色里,人歌人哭水声中③。深秋帘幕千家雨,落日楼台一笛风。惆怅无因见范蠡④,参差烟树五湖东⑤。

① 宛溪：源出宣城东南峄山，流绕城东为宛溪，至县东北里许与句溪合。

② 六朝：东晋、吴、宋、齐、梁、陈六个朝代，均建都建康（今江苏南京），史称六朝。

③ 人歌人哭句：化用《列子》有"众人且歌，众人且哭"、《礼记·檀弓下》"晋献公成室，张老曰：美哉轮焉，美哉奂焉！歌于斯，哭于斯，聚国族于斯"句意。

④ 范蠡：春秋时人，曾佐越王句践。灭吴后，功成身退，乘扁舟，泛五湖而隐。

⑤ 五湖：太湖别称，或泛指太湖一带水域。

此诗乃开成三年（838）杜牧第二次在宣歙幕时所作，诗人在宣州住过多年，对其风景文物颇为熟悉，而建置于东晋的开元寺更易引起他的历史沧桑感。此诗即以此为题，情景交融，含蕴深婉。

前人对此诗曾多有评说。《唐诗绎》云："此诗言人事有变易，而清景则古今不变。'今古同'三字，诗旨点眼，全身提笔。"《唐三体诗评》谓"寄托高远，不是逐句写景……'今古'二字,已暗透后半消息。五、六正为结句蓄势也"。何焯以为"六朝不过瞬息,人生那可不乘壮盛立不朽之功！然而此怀谁可与语？'风'、'雨'二句。思同心而莫之致也。我思古人之功成身退如范子者,虽为执鞭,所欣慕焉。五六正为结句"(《瀛奎律髓汇评》)。对此诗风格、艺术表现特色,前人亦多推赏。许印芳云:"此诗全在景中写情,极洒脱,极含蓄,读之再三,神味益出,与空讲风调者不同。学者须从运实于虚处求之,乃能句中藏句,笔外有笔。若徒揣摩风调,流弊不可胜含矣。"(同上)《唐贤小三昧集续集》评"深秋"一联云:"高调秀韵,两擅其胜。"《一瓢诗话》则称"杜牧之晚唐翘楚,名作颇多,而恃才纵笔处亦不少。如《题宣州开元寺水阁》,直造老杜门墙,岂特人称'小杜'已哉!"

南　陵　道　中[①]

南陵水面漫悠悠,风紧云轻欲变秋。

正是客心孤迥处,谁家红袖凭江楼。

① 此诗选自《樊川外集》。南陵:县名,今属安徽。

　　此诗作年难确考,按情理推,当作于杜牧在宣州时。杜牧七绝善于写景抒情,韵味悠远,别有风致。此诗写南陵道中所见所感,即有这一特色。《诗境浅说续编》析云:"此诗纯以轻秀之笔,达宛转之思。首句咏南陵,已有慢橹开波之致。次句咏江上早秋,描写入妙。后二句尤神韵悠然(意谓客怀孤寂之时,彼美谁家,红楼独倚,因红袖之当前,忆绿窗之人远,遂引起乡愁。云鬟玉臂,遥念伊人,客心更无以自聊矣)。"此诗特点有二:其一写景如画,故《画禅室随笔》云:"杜樊川诗,时堪入画。……江南顾大中,尝于南陵画杜樊川诗意。"但又"恐未能尽其风景之妙"(《唐贤三昧集续集》)。其二善写情,故《唐人万首绝句选评》称"恼人客思,每每有此,妙能写出"。两者各臻其极,又相得益彰,堪称佳作。

题元处士高亭^①

水接西江天外声^②，小斋松影拂云平。

何人教我吹长笛，与倚春风弄月明。

① 诗题下原注："宣州。"此诗乃杜牧在宣城时作，然其曾先后
　　两次在宣州，未知确切作年，姑系于开成三年（838）。
② 西江：指宣州西的青弋江。

　　元处士的高亭风光景致极佳，既滨临江畔，可观览
江景，聆听江水声；又有小斋松影，颇为幽雅清静。以
此，诗人赏心悦目，情致极佳，故有后两句极洒脱、极有
情致意韵之句。试想在这小斋松影之中，在这春风明月
之下，如有玉人教我吹弄长笛，则得其良辰美景赏心乐
事之欢，快意又何可言说？

　　牧之七言绝句每多有潇洒情致。其或作于此时的
《宣州开元寺南楼》（见《樊川外集》）一诗，亦有此情韵：

　　小楼才受一床横，终日看山酒满倾。可惜和风

夜来雨,醉中虚度打窗声。

前两句显见纵情山水之乐的洒脱韵致,后两句则从反面入笔,正意反说。其醉中聆听夜来风雨吹打寺中楼窗之声的情趣,亦全在不言之中了。

宣州送裴坦判官往舒州
时牧欲赴官归京①

日暖泥融雪半销,行人芳草马声骄。九华山路云遮寺②,青弋江村柳拂桥③。君意如鸿高的的,我心悬旆正摇摇。同来不得同归去,故国逢春一寂寥。

① 裴坦判官:裴坦,字知进,登进士第。曾为沈传师宣州幕吏,后任拾遗、楚州刺史等职。累官中书侍郎、同中书门下平章事,卒。判官为幕府之属官。舒州:治所在今安徽安庆。此诗作于开成四年(839)春,时杜牧将离宣州赴京任左补阙、史馆修撰任。

② 九华山：在今安徽青阳西南。山有九峰，原名九子山，唐李
白见九峰如莲花，因改名九华。

③ 青弋江：在安徽境。源出石埭舒溪，流经泾县汇泾水为赏
溪。又东北受幙溪、琴溪诸水，汇为青弋江。

杜牧与裴坦颇有交情，时诗人欲赴任长安，而裴坦
将往舒州，两人相别在即，不胜感慨。而其离情依依，尤
见于"青弋江村柳拂桥"之句。一种同来不得同归，一
朝暌离，前途两异的怅然之情不觉油然而生。

此诗诚如《唐宋诗举要》所称，"格调既高，语皆隽
拔"，很能体现杜牧七律诗俊逸流丽的特色。

自宣州赴官入京路逢裴坦
判官归宣州因题赠①

敬亭山下百顷竹②，中有诗人小谢城③。
城高跨楼满金碧，下听一溪寒水声。梅花落
径香缭绕，雪白玉珰花下行。萦风酒旆挂朱

127

阁,半醉游人闻弄笙。我初到此未三十④,头脑铦利筋骨轻⑤。画堂檀板秋拍碎,一引有时联十觥。老闲腰下丈二组⑥,尘土高悬千载名。重游鬓白事皆改,唯见东流春水平。对酒不敢起,逢君还眼明。云罍看人捧,波脸任他横。一醉六十日,古来闻阮生⑦。是非离别际,始见醉中情。今日送君话前事,高歌引剑还一倾。江湖酒伴如相问,终老烟波不计程。

① 此诗与前首约作于同时。

② 敬亭山:在安徽宣城北。一名昭亭山,又名查山。因山上有敬亭而名。

③ 小谢城:即安徽宣城。南齐诗人谢朓曾在此任太守,人称"谢宣城"。朓与南朝宋谢灵运同族,且都擅诗,故有"小谢"之称。

④ 我初句:杜牧首次随宣歙观察使沈传师到宣城,在大和四年(830)九月,时年二十八。

⑤ 钐利：爽利。

⑥ 丈二组：此代指官印。组，系官印的长丝带。

⑦ 对酒六句：《晋书·阮籍传》："文帝初欲为武帝求婚于籍，籍醉六十日，不得言而止。钟会数以时事问之，欲因其可否而致之罪，皆以酣醉获免。……籍又能为青白眼，见礼俗之士，以白眼对之。及嵇喜来吊，籍作白眼，喜不怿而退。喜弟康闻之，乃赍酒挟琴造焉。籍大悦，乃见青眼……邻家少妇有美色，当垆沽酒。籍尝诣饮，醉便卧其侧。"阮生，即阮籍，字嗣宗，魏晋名士。

　　诗人曾两次长住宣城，对那里的风光景物情有独钟。故在离别宣城赴京之时，对这座历史文化名城深怀依恋。诗的前半，即通过对宣城的自然景观和历史人物的描写，抒发了这一情感。同时，对初到时的回忆又使他感慨时事和人生的多变。这一变化，实际因在这十年中，诗人经历了大和九年（835）的"甘露之变"，以及此后朝中宦官掌权，政治黑暗，而自己在政治上不得意，报国无门而起。所以，诗中的"一醉六十日，古来闻阮生"

以及"江湖酒伴如相问,终老烟波不计程"等句,即蕴含了他的这种痛苦的复杂心态,是我们了解诗人思想情感的重要依据。

自宣城赴官上京①

潇洒江湖十过秋,酒杯无日不迟留。谢公城畔溪惊梦②,苏小门前柳拂头③。千里云山何处好,几人襟韵一生休?尘冠挂却知闲事,终把蹉跎访旧游。

① 上京:指唐都城长安。

② 谢公城:即宣城。因南齐诗人谢朓曾在此任太守而名。

③ 苏小:即苏小小,南齐时钱塘著名歌妓。

此诗乃杜牧开成四年(839)春离宣城赴京时作。诗中抒发了诗人此时欲有所作为,但又颇留恋山水诗酒的矛盾心情。《贯华堂选批唐才子诗》析此诗云:

"传称牧之豪迈有奇节,不为龊龊小谨,此诗见之。盖十年为宣州团练判官,而自言无日不酒杯,则是三千六百酒杯也。'谢公城外溪'、'苏小门前柳',俱五字成文,'留坐'、'拂头',写尽'淹留',写尽'潇洒'矣。""'何处好',言独宣城好也;'一生休',言除宣城人更无有人也。'知闲事',言欲挂冠即挂官,又有何官之必赴,何京之必上也?看他一片徘徊恋慕,心头、眼头、口头,真乃啧啧不已。"钱谦益、何焯亦谓:"首言潇洒宦游已十余年,无日不淹留于杯酒之间,盖因耽饮而乃见其潇洒也。若'溪声惊梦'、'杨柳拂头',皆潇洒之情,是云山之胜莫过宣城,襟韵之高惟余独得,今且还京未免为宦情所绊,不若挂冠而归乃为适志。今虽未遂所愿,终当归隐以寻访旧游也,岂久为名利所羁哉!'一生休'当非休美之意,言何人一生无高情旷致也,盖襟韵从云山而生,末联正足此句意。"(《唐诗鼓吹评注》)

初春雨中舟次和州横江裴使君见迎李赵二秀才同来因书四韵兼寄江南许浑先辈①

芳草渡头微雨时,万株杨柳拂波垂。蒲根水暖雁初浴,梅径香寒蜂未知。辞客倚风吟暗淡②,使君回马湿旌旗。江南仲蔚多情调③,怅望春阴几首诗。

① 和州:州治在今安徽和县。横江:又名横江浦,在今安徽和县东南。与南岸采石矶隔江对峙,古为要津。裴使君:名未详。使君,对州府长官的称呼。秀才:唐代称进士未及第者。许浑:字用晦,丹阳(今属江苏)人。唐代著名诗人,与杜牧友善。有《丁卯集》二卷。先辈:李肇《唐国史补》卷下:"进士为时所尚久矣。……互相推敬,谓之'先辈'。"

② 辞客:有文辞之士。此指李、赵二秀才。

③ 仲蔚:指汉代张仲蔚。《高士传》:"张仲蔚者,平陵人,明

天官博物,善属文,好诗赋,闭门养性,不治荣名。"此以张仲蔚代指许浑。

开成四年(839)初春,杜牧离宣州赴京,沿长江溯流先往浔阳,造访其从兄、江州刺史杜慥,时经和州而作此诗。诗以极清丽优美的诗句,描绘了和州横江浦一带早春的秀丽景象,同时赞美了诗人许浑的高士才情。当时许浑亦有《酬杜补阙初春雨中泛舟次横江喜裴郎中相迎见寄》诗酬答。诗云:

> 江馆维舟为庾公,暖波微渌雨濛濛。红墙迤逦春岩下,朱旆联翩晓树中。柳滴圆波生细浪,梅含香艳吐轻风。郢歌莫问青山吏,鱼在深池鸟在笼。

与许诗并读,可谓两美相映,更能增添对杜牧此诗所含情致意境的理解。许浑诗"暖波"句与杜牧"芳草"、"万株"二句,对春江微雨景色的描绘均自然优美,富有诗情画意。

和 州 绝 句

江湖醉度十年春,牛渚山边六问津^①。

历阳前事知何实^②? 高位纷纷见陷人。

① 牛渚山:在今安徽当涂西北,与横江相对。其山脚突入长
江部分,名采石矶。

② 历阳前事:《淮南子·俶真训》:"夫历阳之都,一夕反而为
湖。"东汉高诱注:"历阳,淮南国之县名,今属江都,昔有老
妪,常行仁义,有二诸生过之,谓曰:'此国当没为湖。'谓妪
'视东城门阃有血,便走上北山,勿顾也'。自此,妪便往视
门阃,阍者问之,妪对曰如是。其暮,门吏故杀鸡,血涂门
阃。明旦,老妪早往视门,见血,便上北山,国没为湖。与
门吏言其事适一宿耳。一夕旦而为湖也。"

　　诗人开成四年(839)春往浔阳经和州时赋此诗。
他前后曾六次经过和州牛渚山,而此时于诗中特别提出
"历阳前事",且有"高位纷纷见陷人"的感叹,与他这时

的处境以及对朝中政坛的认识有关。经过十多年的官宦生活,他已深刻地看到朝中矛盾斗争的激烈,官僚间的钩心斗角与倾轧排挤时刻存在,随时都有一触即发的可能。这种情形正如古历阳城门一涂上鸡血,"一夕旦而为湖"那样疾速与不可预测。此行诗人又将赴京城任左补阙、史馆修撰,故不禁想起"历阳前事",顿生"高位纷纷见陷人"之想。由此可见诗人此次入京为官时的复杂心态,同时也表明他对朝中的矛盾斗争与政治险恶已有了充分的认识。

题 乌 江 亭①

胜败兵家事不期,包羞忍耻是男儿。
江东子弟多才俊②,卷土重来未可知。

① 乌江亭:乌江在安徽和县东北四十里,今名乌江浦。晋时曾置乌江县。《括地志》卷四:"乌江亭,即和州乌江县是也,晋初为县。注:《水经》云:江水又北,左得黄律口,《汉

书》所谓'乌江亭长舣船以待项羽',即此也。"

② 江东子弟：指项羽率领的从吴中起义的军士。《史记·项羽本纪》："项王乃欲东渡乌江。乌江亭长舣船待，谓项王曰：'江东虽小，地方千里，众数十万人，亦足王也。愿大王急渡。今独臣有船，汉军至，无以渡。'项王笑曰：'天之亡我，我何渡为！且籍与江东子弟八千人渡江而西，今无一人还，纵江东父兄怜而王我，我何面目见之？纵彼不言，籍独不愧于心乎？'……乃自刎而死。"

此诗作于开成四年（839）春经和州乌江时。

杜牧的咏史诗具有好议论、喜翻案的特点，此诗即其中之一。前人对此诗之作意颇有不同看法。《苕溪渔隐丛话》云："牧之于题咏好异于人，如《赤壁》云：'东风不与周郎便，铜雀春深锁二乔。'《题商山四皓》云：'南军不袒左边袖，四皓安刘是灭刘。'皆反说其事。至《题乌江亭》，则好异而叛于理。诗云……项氏以八千人渡江，败亡之余，无一还者，其失人心为甚，谁肯复附之？其不能卷土重来，决矣。"方岳《深雪偶谈》："牧之处唐人中,本是好为论议,大概出奇立异,如《四皓庙》,如《乌江亭》。"王安石的《乌江亭》诗也与杜牧诗意相左:"百战疲劳壮士哀,中原一败势难回。江东子弟今虽在,肯为君王卷土来?"《围炉诗话》则嫌其过于露意,云:"诗贵有含蓄不尽之意,尤以不着意见、声色、故事、议论者为上。……露圭角者,杜牧之《题乌江亭》诗……是也。然已开宋人门径矣。"而《诗林广记》卷六引谢枋得语云:"众言项羽有速亡之罪,牧之独言项羽有可兴之机,亦死中求活意也。"吴景旭《历代诗话》亦持赞赏之论:"牧之数诗,俱用翻案法,跌入一层,正意益醒,谢叠山所谓'死中求活'也。"诗人此诗之好异,虽有"叛于理"之处,但推寻用意,乃在提倡"包羞忍耻"、遇败不馁的顽强精神。此或为感时事,或激励自己而发。

题 横 江 馆[①]

孙家兄弟晋龙骧,驰骋功名业帝王[②]。

至竟江山谁是主？苔矶空属钓鱼郎。

① 横江馆：横江浦畔的馆舍。横江浦在唐和州历阳东南。
　《太平府志》："采石驿在采石镇,滨江即唐时横江馆也。"
② 孙家二句：谓东吴孙策、孙权和晋龙骧将军王濬,都有建立
　功勋、辅佐帝王的业绩。

　　此诗是开成四年（839）春杜牧经和州横江时的题
咏之作。
　　横江浦一带是历代的兵家争斗之地,这自然使诗人
想起历史上孙策、孙权兄弟,以及晋龙骧将军王濬在此
起兵鏖战、建功立业的往事。然而轰轰烈烈的历史虽然
曾在此上演,但这一切如今却早已烟消云散,沉寂下来。
只有一江烟波和长着青苔的鱼矶,让钓鱼郎独占风光
了。诗人目睹眼前景色,不禁发出"至竟江山谁是主"
的疑问与感慨。这不仅是吊古抒慨,而且也是诗人对历
史所作深沉而又清醒的反思与感悟。

汉　江①

溶溶漾漾白鸥飞,绿净春深好染衣。

南去北来人自老,夕阳长送钓船归。

① 汉江:即汉水,长江最大支流。源出陕西宁强北蟠冢山。
初名漾水,东经褒城,合褒水后始名汉水。

此诗作于开成四年(839)杜牧入京赴左补阙、史馆
修撰任,途经汉江时。

诗歌描绘了汉江春天极为优美的景色。"溶溶漾
漾"状汉江浩浩淼淼,绿水汩汩,波光闪闪景象,着一
"白鸥飞",不仅色彩对比鲜明,画面宛然,而且更增添
无限生机。诗句色调清丽,情趣盎然。后两句则为一篇
之警策,乃诗人对景生情而触发的无限感慨。《唐诗选
脉会通评林》引徐充之语曰:"'人自老'三字最为感切。
钓船常在,而南去北来之人,为名为利,则无定踪,皆汩
没于此,真可叹也!"此一番感叹,亦因见眼前之"夕阳"

而起。在夕阳影中,烟波淼淼之处,更易兴发人生短促、时光易逝之慨。这种感慨,与当时诗人思想较为消沉,心情较为苦闷有关。

村　　行

春半南阳西①,柔桑过村坞。娉娉垂柳风,点点回塘雨。蓑唱牧牛儿,篱窥茜裙女。半湿解征衫,主人馈鸡黍②。

① 南阳:县名,今属河南。
② 馈:赠送。鸡黍:泛指食物。《论语·微子》:"止子路宿,杀鸡为黍而食之。"

这首诗作于开成四年(839)春诗人赴京途中。

诗歌前半首描绘所经村庄的优美景色,尤其是"娉娉垂柳风,点点回塘雨"两句,以典型的风光景物,渲染出村庄春天的柔美清新,极富诗情画意。后半首则表现村民的纯朴与热情,其中蕴含了诗人的赞美与感谢之情。尤其是描绘牧牛儿与茜裙女两句,更是传神写态的妙笔。"蓑唱",可见牧牛儿的天真烂漫;而"篱窥",又恰到好处地传示出村舍女孩的好奇与羞涩,令人如闻似见。

怀钟陵旧游四首(选一)①

一谒征南最少年②,虞卿双璧截肪鲜③。歌谣千里春长暖,丝管高台月正圆。玉帐军筹罗俊彦,绛帷环佩立神仙④。陆公余德机云在⑤,如我酬恩合执鞭⑥。

① 钟陵:唐县名,即今江西南昌。

② 征南:征南将军之省称。此代指唐文宗大和初任江西观察使的沈传师。杜牧当时在其幕府中为幕吏。

③ 虞卿双璧:《史记·虞卿列传》:"虞卿者,游说之士也。蹑𫏋担簦说赵孝成王。一见,赐黄金百镒,白璧一双;再见,

为赵上卿,故号为虞卿。"此喻已受沈传师礼遇。截肪鲜:
喻双玉如刚切开的脂肪一般洁白。曹丕《与钟大理书》:
"白如截肪。"

④ 神仙:此指幕府中的歌妓。

⑤ 陆公:晋陆抗,此代指沈传师。机、云:陆抗之子陆机、陆
云。此代指沈传师之子沈枢、沈询。

⑥ 执鞭:《史记·管晏传》赞:"假令晏子而在,余虽为之执
鞭,所欣慕焉。"

此诗作年未详。诗人开成四年(839)春经浔阳赴
京。浔阳在江西境,或有追念早年在江西幕之事,故姑
系于此。诗原四首,此为第一首。

在诗中,诗人深情地回忆起大和二年(828)至四年
(830)间,他在江西观察使府为幕吏时受到幕主沈传师
的器重与礼遇,描绘渲染了当时幕府的欢乐融洽生活,
展现了其时幕府中群贤并至人材济济的盛况。诗人对
沈传师充满了感激报恩之情,故有末尾饱含着感恩之情
的两句诗。此时沈传师已卒,所以又有"陆公余德"之

语,深含诗人的悼念之思。

商 山 麻 涧①

云光岚彩四面合,柔柔垂柳十余家。雉飞鹿过芳草远,牛巷鸡埘春日斜②。秀眉老父对樽酒,茜袖女儿簪野花。征车自念尘土计,惆怅溪边书细沙。

① 商山:在今陕西商县东。亦名商岭、商坂。相传秦末汉初四皓曾隐居于此。麻涧:《方舆纪要》:"麻涧在熊耳峰下,山涧环抱,厥地宜麻,因名麻涧。"
② 埘:在墙上凿洞,以为鸡栖之巢。

此诗为开成四年(839)春杜牧赴京,路过商山麻涧时所作。诗人此行对所行经之处多有吟咏,尤其对沿途的自然风光与所经村舍着笔尤多。如《途中作》描绘沿途风光:"绿树南阳道,千峰势远随,碧溪风澹态,芳树雨余姿。野渡云初暖,征人袖半垂。残花不一醉,行乐是何时?"而前选入之《村行》,则刻画了村舍的景象和人物的情态。本诗也是同类佳作,其中"云光岚彩"六句,于写景写人传神生动。《山满楼笺注唐诗七言律》称:"此诗字字古朴,字字新颖,又字字美丽;披之如身入桃源,虽竟日坐卧其中,不厌也。"《唐贤清雅集》也说此诗"朴而弥雅,源出《国风》,非后人好书琐事可比"。

题商山四皓庙一绝①

吕氏强梁嗣子柔②,我于天性岂恩仇。
南军不袒左边袖③,四老安刘是灭刘④。

① 四皓庙:《一统志》:"商州四皓庙,在州西金鸡原,一在州东商洛镇。"四皓,秦末汉初隐居于商山的四位老人,即东园公、甪里先生、绮里季和夏黄公。

② 吕氏句:《史记·吕太后本纪》:"吕太后者,高祖微时妃也,生孝惠帝……为人刚毅,佐高祖定天下。"嗣子柔:嗣

子,指太子刘盈。《史记·吕太后本纪》:"孝惠(即刘盈)为人仁弱,高祖以为不类我,常欲废太子,立戚姬子如意,如意类我。"

③ 南军句:西汉禁卫军分南、北两军。南军守卫宫城,北军守卫长安城内北部。据《史记·吕太后本纪》,吕后死后,掌握禁卫军的吕产、吕禄阴谋作乱,刘邦旧部太尉周勃谋诛诸吕,"遂入军门,行令军中曰:'为吕氏右袒,为刘氏左袒。'军中皆左袒为刘氏。太尉遂将北军。"诗中"南军"应作"北军"。

④ 四老安刘:据《史记·留侯世家》载:刘邦想废掉太子刘盈,张良劝谏而不从。吕后遂请张良想法帮忙,张良即请出四皓来辅佐太子。刘邦见状,遂打消了废太子的念头。

此诗为杜牧开成四年(839)行经商山四皓庙时所作。

诗人在诗中一反常见,认为被人称颂的辅佐太子刘盈而安刘氏天下的商山四皓,如果不是当时禁卫军听周勃之令不袒左袖,而防止吕后之弟吕产、吕禄兄弟阴谋得逞,篡夺政权,那么天下反而归吕氏所有,四皓的"安刘"反而成了"灭刘",这又何功之有！言下实有怪罪四皓未能辅佐好太子,反使大权旁落,险遭颠覆之意。因此,此诗亦以有独特的史识见称。对此方岳《深雪偶谈》称:"牧之处唐人中,本是好为论议,大概出奇立异,如《四皓庙》。"

李 甘 诗①

大和八九年②,训注极虓虎③。潜身九地底,转上青天去。四海镜清澄,千官云片缕。公私各闲暇,追游日相伍。岂知祸乱根,枝叶潜滋莽。九年夏四月④,天诚若言语。烈风驾地震,狞雷驱猛雨。夜于正殿阶,拔去千年树。吾君不省觉,二凶日威武。操持北斗柄,开闭天门路。森森明庭士,缩缩循墙鼠。平生负名节,一旦如奴虏。指名为锢党,状迹谁告诉。喜无李杜诛⑤,敢惮髡钳苦。时当秋夜月,日直

曰庚午⑥。喧喧皆传言,明晨相登注。予时与
和鼎,官班各持斧⑦。和鼎顾予云,我死有处
所。当庭裂诏书,退立须鼎俎。君门晓日开,
赭案横霞布。俨雅千官容,勃郁吾累怒。适属
命郧将⑧,昨之传者误。明日诏书下,谪斥南荒
去⑨。夜登青泥坂⑩,坠车伤左股。病妻尚在
床,稚子初离乳。幽兰思楚泽,恨水啼湘渚。
恍恍三闾魂⑪,悠悠一千古。其冬二凶败⑫,涣
汗开汤罟⑬。贤者须丧亡,谗人尚堆堵。予于
后四年,谏官事明主⑭。常欲雪幽冤,于时一裨
补。拜章岂艰难,胆薄多忧惧。如何干斗气⑮,
竟作炎荒土⑯。题此涕滋笔,以代投湘赋⑰。

① 李甘:《新唐书·李甘传》:"李甘,字和鼎。长庆末,第进
士,举贤良方正异等。累擢侍御史。郑注侍讲禁中,求宰
相,朝廷哗言。将用之,甘显倡曰:'宰相代天治物者,当先
德望,后文艺。注何人,欲得宰相?白麻出,我必坏之。'既
而麻出,乃以赵儋为郧坊节度使,甘坐轻肆,贬封州司马。

而李训内亦恶注,由是注卒不相。甘终于贬。"

② 大和:唐文宗年号(827—835)。

③ 训注:李训、郑注,皆唐文宗时佞臣。李训,始名仲言,登进士第。与郑注皆为王守澄所荐入朝,并为文宗倚重,权势熏天,互相朋比,排陷朝臣,以致搢绅侧目。后于"甘露之变"中,两人与文宗密谋诛除宦官,事泄,反为宦官仇士良所杀。虓虎:咆哮的虎。

④ 九年:指大和九年(835)。

⑤ 李杜诛:东汉李膺、杜密皆被宦官以"共为部党"的罪名囚死狱中。《后汉书·杜密传》:"党事既起,免归本郡,与李膺俱坐,而名行相次,故时人亦称'李杜'焉。"

⑥ 庚午:此指唐文宗大和九年七月二十七日,此日为庚午日。

⑦ 官班句:《汉书·王䜣传》:"武帝末,军旅数发,郡国盗贼群起,绣衣御史暴胜之使持斧逐捕盗贼。"后以持斧为咏御史的典故。此指诗人与李甘同在朝任监察御史与侍御史。

⑧ 命鄜将:冯注本原句下注:"赵儋除鄜坊节度。"

⑨ 谪斥句:指李甘被贬为封州(唐治所在今广东封开东南)司马。因其地在南方,故称"南荒"。

⑩ 青泥:据《元和郡县图志》,唐京兆府蓝田县理城即峣柳城,

俗称青泥城。

⑪ 三闾：指战国时楚国三闾大夫屈原。

⑫ 其冬句：指大和九年十一月"甘露之变"中，李训、郑注因谋诛宦官，事泄被杀。

⑬ 涣汗：《易·涣》："九五，涣汗其大号。"喻帝王发布号令，如汗出身，不能收回。后指帝王号令。汤罟：据《史记·殷本纪》，商汤见野"张网四面"，说："'嘻，尽之矣！'乃去其三面……诸侯闻之曰：'汤德至矣，及禽兽。'"罟，即网。

⑭ 谏官句：指诗人在朝任左补阙。补阙为谏官。

⑮ 干斗气：《晋书·张华传》载：张华见斗牛之间常有紫气，雷焕说"宝剑之精，上彻于天耳"。后来雷焕在豫章丰城"掘狱屋基，入地四丈余，得一石函，光气非常，中有双剑，并刻题，一曰龙泉，一曰太阿"。此用喻李甘之凛凛正气。

⑯ 竟作句：指李甘贬封州而卒。

⑰ 投湘赋：屈原自沉于汨罗，后汉代贾谊贬为长沙王太傅，过湘水，哀屈原之遭遇，作赋以吊之。

开成四年(839)，杜牧在长安任左补阙、史馆修撰。此时他回忆起大和九年(835)在朝任监察御史时的一段难忘经历,这就是他的好友侍御史李甘,因反对郑注登相而遭贬谪致死的遭遇。诗人对此事铭心刻骨,难以忘怀,遂作诗追悼。在诗中,诗人不仅称赞了李甘"当廷裂诏书,退立须鼎俎"的上干斗牛的凛凛正气,而且更难能可贵的是他敢于自我解剖。他也想为李甘洗雪"幽冤",但又因当时仍是处于"贤者须丧亡,逸人尚堆堵"的险恶政治形势中,自己"胆薄多忧惧",竟未能上书为其申冤。这一自我批评,既反衬了李甘无所畏惧的胆气,同时也表现了诗人的内疚与自责,十分可贵。

李给事二首(选一)①

一章缄拜皂囊中②,栗栗朝廷有古风。元礼去归缑氏学③,江充来见犬台宫④。纷纭白昼惊千古,铁锁朱殷几一空⑤。曲突徙薪人不会⑥,海边今作钓鱼翁⑦。

① 李给事:李中敏,曾任给事中,故称。元和中擢进士第,曾

在沈传师江西幕为判官,与杜牧、李甘友善。给事中,门下
省官,正五品上阶,掌驳正政令之失。

② 一章句:指李中敏于大和六年(832)大旱时,上言请斩郑
注,以快被冤屈致死的宰相宋申锡之魂事。皂囊:黑色封
套。《后汉书·蔡邕传》注引《汉官仪》曰:"凡章表皆启
封,其言密事,得皂囊也。"

③ 元礼句:原注:"李膺退罢,归缑氏教授生徒;给事论郑注,
告满归颍阳。"元礼,东汉李膺字。缑氏,应作纶氏。冯集
梧注:"缑氏,《英华》作纶氏,彭叔夏《辨证》云:李膺本颍
川人,纶氏属颍川,膺免官归颍川,教授常千人,而集误作
缑氏。"

④ 江充句:原注:"郑注对于浴室。"江充,汉武帝时奸臣,曾诬
陷太子刘据作巫蛊以害武帝,后事败被据所杀。犬台宫:
汉代宫名。《三辅黄图校证》:"在上林苑中,长安城西二十
八里。《汉书》:'江充召见犬台宫。'"晋灼注引《黄图》:
"上林有犬台宫,外有走狗观也。"此以江充代指郑注。《旧
唐书·郑注传》:"始以药术游长安权贵之门,大和八年
(834)九月,注进药方一卷,召注对浴堂门,赐锦彩。"

⑤ 纷纭二句:唐文宗大和九年(835)十一月,文宗和郑注、李

训等人以观看左金吾舍后石榴树上的"甘露"为名,设谋铲除仇士良等宦官。事败,仇士良挟持文宗,大肆诛杀朝官,宰相王涯、贾悚、舒元舆以及郑注、李训等均被杀,朝堂几为一空,史称"甘露之变"。此二句即指此事。

⑥ 曲突徙薪:《汉书·霍光传》:"人为徐生上书曰:'臣闻客有过主人者,见其灶直突,傍有积薪,客谓主人,更为曲突,远徙其薪,不者且有火患。主人嘿然不应。俄而家果失火,邻里共救之,幸而得息。……人谓主人曰:"乡使听客之言,不费牛酒,终亡火患。今论功而请宾,曲突徙薪亡恩泽,焦头烂额为上客耶?"主人乃寤而请之。'"

⑦ 海边句:此句针对李中敏而言。宦官仇士良以开府阶荫其子,李中敏加以反对,以此被忌恨,遂弃官去。

李中敏是与杜牧意气相投的好友,开成末年任婺、杭二州刺史。观诗有"海边今作钓鱼翁"之句,知作于李中敏弃官东归未复官时,或任杭州刺史前,故姑系于此。

李中敏为人刚直敢言,故于唐文宗朝先是上言请斩诬逐宰相宋申锡的佞臣郑注,后又不畏惧权势熏天的宦

官头目仇士良,对其荫子官事加以讥讽,并弃官以示不
与其同流合污。杜牧对李中敏极为崇敬赞赏,故作诗称
之。此诗第二首云:"晚发闷还梳,忆君秋醉余。可怜
刘校尉,曾讼石中书。消长虽殊事,仁贤每见如。因看
鲁褒论,何处是吾庐?"其中"可怜"、"曾讼"二句下原注
云:"给事因忤仇军容,弃官东归。"对李中敏敢忤仇士
良事亦再致称赏之情。且末两句用晋鲁褒伤时人贪鄙,
乃隐姓名而著《钱神论》以刺之典。以寓己志。可见其
时诗人亦有追步李中敏之意。

入　商　山[①]

早入商山百里云,蓝溪桥下水声分[②]。

流水旧声入旧耳,此回呜咽不堪闻。

① 商山:在今陕西商州东,亦名商岭、商坂。

② 蓝溪:也称蓝水,源出陕西商州西北秦岭,西北流入蓝
田界。

此诗缪钺《杜牧年谱》本系于开成四年（839）杜牧取商山道入京时。但杜牧开成五年（840）冬又乞假往浔阳探看弟弟杜颛，并于会昌元年（841）七月归长安。其行程来往仍取商山道，均可经商山。此诗有"流水旧声入旧耳，此回呜咽不堪闻"句，显为重经之作，且心情亦不同于开成四年入京赴任时。故此诗之作，或在开成五年冬，或在会昌元年秋。

此诗写入商山的感受，只抓住流水的呜咽声以比喻其心情。于"呜咽"声之后，又缀以"不堪闻"三字，则其情感之悲楚凄凉，自可令人体味，可谓画龙点睛之笔。

三、徙转黄池睦三州（842—848）

　　唐武宗会昌二年（842），杜牧在朝中任比部员外郎、兼史馆修撰。这时他刚好四十岁整，正是在政治上大有作为的年纪。然而就在这一年春，他却突然出为黄州刺史。黄州在当时是个偏僻的江边小郡，如诗人在《黄州刺史谢上表》中所说，"黄州在大江之侧，云梦泽南，古有夷风，今尽华俗，户不满二万，税钱才三万贯"。诗人对这次外任颇为不满，因为这对于他将施展政治才干、实现报国理想无异是一个沉重的打击。他有被李德裕排挤之感，为此他深怀怨恨，心情抑郁。这一情感后来始终伴随着他由黄州迁徙池州，又由池州转任睦州，以致在大中五年（851）作《祭周相公文》时，他还余怨难消地说:"会昌之政,柄者为谁？ 忿忍阴污,多逐良善。牧实忝幸,亦在遣中。黄岗大泽,葭苇之场。"应该承认杜牧这次出任黄州刺史,以及会昌四年(844)秋徙池州刺史,会昌六年(846)秋转睦州刺史,与会昌朝对他不够信任,以及受当时牛李党争的影响有关。除了这一层原因外,与杜牧为人刚直敢言、不肯阿附也不无关系。所以他在会昌二年夏《上池州李使君书》中,即直率地道出了这一原因:"仆之所禀,阔略疏易,轻微而忽小。然其天与其心,知邪柔利己,偷苟谀谄,可以进取,知之而不能行之。非不能行之,抑复见恶之,不能忍一同坐与之交语。故有知之者,有怒之者,怒不附己者,怒不恬言柔舌道其盛美者,怒守直道而违己者。"在出任黄、池、睦三州的这七年中,杜牧这种受排挤的感觉与抑郁一直笼罩在心,并时时发为壮志而未能施展的愤慨与牢愁。

不过应该看到,尽管杜牧在这一时期被上述那种情绪所笼罩,但是他又积极干政,上书论政谈兵,赋诗抒发驱虏平叛、收复河湟失地愿望,并关心民生疾苦,在自己职权范围内尽力除弊兴利,为贫苦人民做了些好事。这些都在他这一时期的诗文创作中有所反映。如会昌二年秋,诗人的重要诗作《郡斋独酌》,即抒发了自己的理想抱负:"平生五色线,愿补舜衣裳。弦歌教燕赵,兰芷浴河湟。腥膻一扫洒,凶狠皆披攘。生人但眠食,寿域富农桑。"同年冬的《雪中书怀》诗,又对回鹘内侵极为关注,并有"臣实有长策,彼可徐鞭笞。如蒙一召议,食肉寝其皮"的请缨之语。然而诗人仅空有报国愿望而已,其奈朝廷不用何! 因而在同一诗末,诗人不禁有"斯乃庙堂事,尔微非尔知。向来躁等语,长作陷身机"的愤怒之声。

会昌三年(843),刘稹自称昭义留后,朝廷诏诸镇兵讨伐。这时杜牧有《上李司徒相公论用兵书》,提出平版方略,为宰相李德裕所采纳,"俄而泽潞平,略如牧策"(《新唐书·杜牧传》)。此后杜牧又多次上书李德裕,在《上李太尉论北边事启》中论攻回鹘之策,在《上李太尉论江贼书》中指出江贼劫杀商旅,"为江湖之公害,作乡间之大残",应减少江淮赋税的危害,同时提出制服江贼的具体措施。在所作诗中,《早雁》是诗人用比兴之法,借雁忧念受回鹘侵扰的北边难民的七律佳作;《东兵长句十韵》则歌咏朝廷讨伐泽潞;《闻庆州赵纵使君与党项战中箭身死长句》又赞颂英勇抗敌、为国损躯英雄。此外,《与汴州从事书》认为"最弊最苦,是牵船夫",提出采用板簿,刺史自检自差役夫,避免奸胥贪冒求取之弊;《祭城隍神祈雨文》(第二文)则列举除去种种扰民弊病、惩罚顽吏、奖进良吏的施政治民措施。凡此,均体现了杜牧对民生疾苦的同情与关注,同时也显示了他治理州务的才能。

在七年的外任岁月中,诗人尽管"感慨时事,条画率中机宜,居然具宰相作略"(《唐诗谈丛》),但是他仍滞留外郡,壮志难酬,深感受排挤之苦,思想情绪也发生了较大的变化。他不仅有思念家园之苦,也有"贾生辞赋恨流落,只向长沙住岁余"(《朱坡绝句三首》之一)之怨,以及"如今归不得,自戴望天盆"(《忆游朱坡四韵》)之悲。政治上的不得意与难有作为,使他逐渐消极颓丧。在大中二年(848)秋离睦州归京赴司勋员外郎、史馆修撰任途中时,他回顾以往的经历,反思自己因刚直而受排挤的遭遇,不禁得出了"浅深须揭厉,休更学张纲"(《除官归京睦州雨霁》)的经验教训,反映出他当时消极思想已经抬头。

这一时期是杜牧诗歌创作的繁荣期之一,他创作了大量反映时事、抒发政治理想抱负、乃至牢愁愤慨的颇富现实意义的作品。在诗歌形式上,他仍有长篇古诗之作,风格比以前更慷慨激昂,劲健畅快。同时他的律诗、绝句之作也较多,并形成了各自的特色,在艺术上均取得了很高的成就。他的散文在这一时期也较多,除了多有反映社会现实、极富政治思想的篇章外,也有与友人谈心论学之作,如《上池州李使君书》,不乏精辟之论。故李慈铭《越缦堂日记》称"此等议论,唐中叶以后人所罕知。樊川文章风概,卓绝一代,其学问识力,亦复如是。予向推为晚唐第一人,非虚诬也。"

题安州浮云寺楼寄湖州张郎中[①]

去夏疏雨余,同倚朱栏语。当时楼下水,今日到何处？恨如春草多,事与孤鸿去。楚岸柳何穷,别愁纷若絮。

① 安州:治所在今湖北安陆。湖州:治所在乌程(今浙江吴
　兴)。张郎中:指张文规。据《嘉泰吴兴志》卷一四,张文
　规于会昌元年(841)七月十五日自安州刺史授湖州刺史。
　郎中为唐尚书省官,吏部、户部、兵部等各部均有郎中
　一职。

　　杜牧于会昌元年初夏,同其弟杜颛一起随同堂兄杜
慆自江州刺史任,赴蕲州刺史新职,至七月方独自归长
安。这一年夏,他曾和当时任安州刺史的张文规登浮云
寺楼,凭栏观赏安州风光。这就是本诗中首二句所指。
诗乃会昌二年(842)春,杜牧赴黄州刺史任重经安州时
作。其时张文规已调任湖州刺史,故诗人旧地重游,怀
念旧友,赋诗寄情。
　　此诗最可称道的是后四句描绘别愁的诗句,这全仗
比喻手法的妙用。以春草喻别恨之多,以孤鸿喻往事之
消逝,以柳之无穷喻离情之殷,柳絮之纷繁喻愁绪之烦

乱,将离愁别恨抒写得既形象又蕴藉,情态宛然,风神摇曳。

上李中丞书①

　　某入仕十五年间②,凡四年在京,其间卧疾乞假,复居其半。嗜酒好睡,其癖已痼,往往闭户便经旬日,吊庆参请,多亦废阙。至于俯仰进趋,随意所在,希时徇势,不能逐人。是以官途之间,比之辈流,亦多困踬。自顾自念,守道不病,独处思省,亦不自悔。然分于当路,必无知己,默默成戚,守日待月,冀得一官,以足衣食。一自拜谒门馆③,似蒙奖饰,敢以恶文连进机案,特遇采录,更不因人,许可指教,实为师资,接遇之礼过等,询问之辞悉纤。虽三千里僻守小郡④,上道之日,气色济济,不知沉困之在己,不知升腾之在人,都门带酒,笑别亲戚。

斯乃大君子之遇难逢，世途之不偶常事，虽为远宦，适足自宽。

　　某世业儒学，自高、曾至于某身，家风不坠，少小孜孜，至今不怠。性颛固⑤，不能通经。于治乱兴亡之迹，财赋兵甲之事，地形之险易远近，古人之长短得失，中丞即归廊庙⑥，宰制在手⑦，或因时事召置堂下，坐之与语，此时回顾诸生，必期不辱恩奖。今者志尚未泯，齿发犹壮，敢希指顾，一罄肝胆，无任感激血诚之至。某恐惧再拜。

① 李中丞：一说为李回，又有以为即李让夷。中丞，御史中丞之简称，御史台官。李回，字昭度，长庆中登进士第，又策贤良方正异等。累官户部侍郎判户部事，俄为宰相。

② 某入仕句：杜牧自大和二年（828）及第入仕，至会昌二年（842）凡十五年。

③ 门馆：此指李回府第。

④ 小郡：指黄州，治所在今湖北黄冈。

⑤ 颛固：愚昧固执。

⑥ 廊庙：朝廷。

⑦ 宰制：统辖、支配。

此文作于会昌二年（842）杜牧自朝中出任黄州刺史时。

在书中，杜牧自剖其"嗜酒好睡"、"希时徇势，不能逐人"的性格。这种性格看起来似乎是一种毛病，但实际上却是诗人刚直不阿、"守道不病"的表现。以此，他"独处思省，亦不自悔"。说明诗人虽感到不合于时，但却对此颇为自负。书中还说到他"世业儒学"，以及"于治乱兴亡之迹"等多所关注研究之事。寻味杜牧之所以上书李中丞，向他说出以上这番话，其目的乃在于以此书干谒，盼望日后能得到李中丞的援引。据此，我们也可明白诗人对出守黄州颇感不满，认为是受到了排挤。这一心态即如他在大中五年（851）《祭周相公文》所坦言的："会昌之政，柄者为谁？忿忍阴污，多逐良善。牧实忝幸，亦在遣中。黄岗大泽，葭苇之场。"

郡斋独酌①

前年鬓生雪，今年须带霜。时节序鳞次，古今同雁行。甘英穷西海，四万到洛阳②。东南我所见，北可计幽荒③。中画一万国，角角棋布方。地顽压不穴，天回老不僵。屈指百万世，过如霹雳忙。人生落其内，何者为彭殇④？促束自系缚，儒衣宽且长。旗亭雪中过，敢问当垆娘。我爱李侍中⑤，摽摽七尺强⑥。白羽八札弓⑦，胜压绿檀枪⑧。风前略横阵，紫髯分两傍。淮西万虎士⑨，怒目不敢当。功成赐宴麟德殿⑩，猿超鹘掠广球场。三千宫女侧头看，相排踏碎双明珰。旌竿摽摽旗煇煇，意气横鞭归故乡。我爱朱处士，三吴当中央⑪。罢亚百顷稻⑫，西风吹半黄。尚可活乡里，岂唯满困仓。后岭翠扑扑，前溪碧泱泱。雾晓起凫雁，日晚下牛羊。叔舅欲饮我，社瓮尔来尝。伯姊子欲归，彼亦有壶浆。西阡下柳坞，东陌绕荷塘。姻亲骨肉舍，烟火遥相望。太守政如水，长官贪似狼。征输一云毕，任尔自存亡。我昔造其室，羽仪鸾鹤翔。交横碧流上，竹映琴书床。出语无近俗，尧舜禹武汤。问今天子少，谁人为栋梁？我曰天子圣，晋公提纪纲⑬。联兵数十万，附海正诛沧⑭。谓言大义小不义，取易卷席如探囊。犀甲吴兵斗弓弩⑮，蛇矛燕骑驰锋铓。岂知三载几百战，钩车不得望其墙⑯。答云此山外，有事同胡羌⑰。谁将国伐叛，话与钓鱼郎。溪南重回首，一径出修篁。尔来十三岁，斯人未曾忘。往往自抚己，泪下神苍茫。御史诏分洛⑱，举趾何猖狂⑲。阙下谏官业⑳，拜疏无文章。寻僧解幽梦，乞酒缓愁肠。岂为妻子计，未去山林藏。平生五色线，愿补舜衣裳。弦歌教燕赵㉑，兰芷浴河湟㉒。腥膻一扫洒㉓，凶狠皆披攘㉔。生人但眠食，寿域富农

桑。孤吟志在此,自亦笑荒唐。江郡雨初霁,
刀好截秋光。池边成独酌,拥鼻菊枝香。醺酣
更唱太平曲,仁圣天子寿无疆㉕。

① 诗题下原注:"黄州作。"此处郡斋即指黄州州府官舍。杜
牧会昌二年(842)由京城出任黄州刺史,诗即作于本年秋。

② 甘英二句:甘英,东汉人,曾为班超派遣至西海。《后汉
书·西域传》:班超击破焉耆后,"其条支、安息诸国至于
海濒四万里外,皆重译贡献。(永元)九年(97),班超遣掾
甘英穷临西海而还"。

③ 幽荒:边远之地。

④ 彭:彭祖,传说中的长寿者,活了八百岁。殇:未成年而
死者。

⑤ 李侍中:李光颜,字光远,唐宪宗时著名将领。以战功,位
至中书门下平章事,进兼侍中。侍中,唐门下省长官。

⑥ 摽摽:高大貌。

⑦ 八札弓:能射穿八层甲衣的强弓。札,铠甲。

⑧ 绿檀枪:深绿色长枪,冯集梧注引《芥隐笔记》:"老杜有
'苔卧绿沉枪',《南史》有'绿沉屏风'……"

⑨ 淮西:唐方镇名,指淮南西道,治所为蔡州(今河南汝南)。
    唐宪宗元和十二年(817),唐军讨平吴元济等淮西叛军。

⑩ 麟德殿:在长安东内大明宫中。李光颜击败吴元济叛军
    后,宪宗命中官宴之于居第,又御麟德殿召对之,赐金带
    锦彩。

⑪ 三吴:吴郡、吴兴、会稽为三吴。一说为吴郡、吴兴、丹阳。

⑫ 罢亚:原注:"稻名。"

⑬ 晋公:指晋国公裴度。

⑭ 附海句:指文宗大和元年(827),沧景(又称横海)李同捷
    据镇反叛,朝廷出兵讨伐,至大和三年(829)四月斩李同
    捷,沧景平。

⑮ 吴兵:指吴地锋利的兵器。吴兵同吴戈。屈原《九歌·国
    殇》:"操吴戈兮被犀甲。"

⑯ 钩车:有钩梯之车。钩,钩梯,用以钩引上城。

⑰ 胡羌:原泛称西北少数民族,此喻指沧景叛军。

⑱ 御史句:指大和九年(835)秋至开成二年(837)初,杜牧在
    洛阳为监察御史,分司东都。

⑲ 举趾句:此句可能指杜牧任监察御史,分司东都时,与李绅
    不和事。李绅《拜宣武军节度使》诗序:"开成元年

（836）六月二十六日，制授宣武军节度使。七月三日，中使刘泰押送旌节，止洛阳；五日，赴镇，出都门，城内少长士女相送者数万人，至白马寺，涕泣当车者不可止。少尹严元容鞭胥吏市人，怒其恋慕，留台御史杜牧使台吏遮殴百姓，令其废祖帐。"

⑳ 阙下句：指杜牧开成四年（839）在朝任左补阙。

㉑ 燕、赵：指唐时河北三藩镇地区。

㉒ 河湟：河湟地区，当时属吐蕃。《新唐书·吐蕃传》："湟水出濛谷，抵龙泉，与河合。……故世举谓西戎地曰河湟。"

㉓ 腥膻：代指吐蕃等少数民族侵略者。

㉔ 凶狼：指反叛的藩镇势力。

㉕ 仁圣天子：指唐武宗。

　　杜牧在这首长篇五言古诗中赞颂了平叛名将李光颜，也抒发了他对朱处士的欣慕喜爱之情。在这两人身上，实际上均寄托着诗人的理想与志尚。更为可贵的是，诗人不仅关心国事民生，而且抒发了"平生五色线，愿补舜衣裳。弦歌教燕赵，兰芷浴河湟"的志向。以此可见诗人的雄心壮志，亦可知他因身处荒僻之地的黄州而未能施展抱负的苦闷。《石园诗话》云:"史称杜牧之自负才略,喜论兵事,拟致位公辅,以时无右援者,怏怏不平而终。……读其'平生五色线,愿补舜衣裳'、'谁知我亦轻生者,不得君王丈二殳'诸诗,可以知其立志之远大。"《石洲诗话》亦称"小杜《感怀诗》为沧州用兵作,宜与《罪言》同读。《郡斋独酌》诗,意亦在此"。

这首五古长篇,夹叙夹议,描述与抒情相结合,流畅坦荡,既有平和温婉之致,更有激昂感慨之情。其感情充沛,用笔简劲,诚如其甥裴延翰所称:"绵远穷幽,酣腴魁垒,笔酣句健。"(《樊川文集序》)

早　雁

金河秋半虏弦开①,云外惊飞四散哀。仙掌月明孤影过②,长门灯暗数声来③。须知胡骑纷纷在,岂逐春风一一回?莫厌潇湘少人处④,水多菰米岸莓苔。

① 金河：县名。隋唐时置。故城在今内蒙古和林格尔西南土城子。虏弦开：指回鹘开弓打猎。

② 仙掌：汉武帝为求长生，在长安建章宫置金人承露盘。《三辅黄图·庙记》："神明台，武帝造，祭仙人处，上有承露盘，有铜仙人，舒掌捧铜盘玉杯，以承云表之露，以露和玉屑服之，以求仙道。"

③ 长门：汉宫殿名，汉武帝陈皇后失宠时的住处。

④ 潇湘：潇水和湘水至湖南零陵合流，称潇湘。此指湖南一带。传说大雁南飞，至衡阳回雁峰而止憩。

　　武宗会昌二年（842）八月，回鹘乌介可汗率众南侵，"突入大同川，驱掠河东杂虏牛马数万，转斗至云州城门。刺史张献节闭城自守，吐谷浑、党项皆挈家入山避之"（《资治通鉴》卷二四六）。此诗即杜牧在黄州刺史任时闻知这一局势时作。

　　此诗最突出的特点在于采用象征比兴手法，也即是以早雁喻受回鹘侵扰而往南避难的北地难民。《唐诗绎》谓："此借雁而伤流寓也。"《唐诗鼓吹评注》具体解说云："此言秋高弓劲，胡人将开弦以射雁，故惊飞四散而哀鸣也。然来时尚早，所以过仙掌而度长门，月明之中止看孤影，灯暗之际惟闻数声耳。乃今胡骑犹在，即至春期未可遽回。盖潇湘虽甚寂寞，犹有菰米、莓苔可充饮啄，毋北归以中金河之弦也。言外有'相教慎出入'之意。"此诗为咏物名篇，前人多有赞誉。《诗源辩体》云："七言《早雁》一篇，声气甚胜。"《艺苑卮言》谓"其咏物，如'仙掌月明孤影过，长门灯暗数声来'，亦可观。"《唐诗笺注》称："'仙掌'一联，语在景中，神游象外，真名句也。"《唐诗近体》评："前半写雁之来，后半挽雁之去，立格用意，犹有老杜风骨。"《五朝诗善鸣集》称："牧之之咏早雁，如郑谷之咏鹧鸪，都是绝唱。"

自　　遣

四十已云老①，况逢忧窘余。且抽持板手②，却展小年书③。嗜酒狂嫌阮④，知非晚笑蘧⑤。闻流宁叹吒⑥，待俗不亲疏。遇事知裁剪,操心识卷舒。还称二千石⑦,于我意何如?

① 四十:唐武宗会昌二年(842),杜牧年四十。此诗即作于该
　 年他任黄州刺史时。

② 板:手板,古时官员上朝时所持。

③ 小年书:或指内容浅近、适于消遣之类的书。《庄子》有
　 "小年不及大年"语。

④ 阮:指晋代的阮籍。籍任性不羁,嗜酒佯狂,放浪形骸。

⑤ 知非句:蘧即指蘧瑗,字伯玉,春秋时卫国人。《淮南子·
　 原道》:"故蘧伯玉年五十,而知四十九年非。"

⑥ 闻流句:用《礼记·儒行》"闻流言而不信"意。叹吒:
　 叹息。

⑦ 二千石:汉代郡守俸禄二千石,故以二千石指代郡守。唐
　 刺史与汉郡守官职相同,故诗人用以自称。

　　杜牧出守黄州,自以为受到排挤,故心情郁闷,时有
消沉情绪产生。他另有一首未知作年的《自贻》诗,也
表露了这一情绪:"杜陵萧次君,迁少去官频。……自
嫌如匹素,刀尺不由身。"认识到自己的命运掌握在他

人手中,有如"匹素"任人裁剪一般。此诗流露的,也是在这种心理支配下产生的消沉情绪。其中有退步抽身早的意念,有"遇事知裁剪,操心识卷舒"的随顺时势、谙于世故的自戒。当然,其骨子里也深含愤慨,有正话反说的成分。这一时期,他既有消极之想,但更多的却是积极地想有作为而不得的悲愤与牢骚,其心态常处于矛盾之中。此诗实际上也是以消极的表象,来宣泄他心中的矛盾。

雪 中 书 怀

腊雪一尺厚,云冻寒顽痴。孤城大泽畔①,人疏烟火微。愤悱欲谁语?忧惕不能持。天子号仁圣,任贤如事师。凡称曰治具②,小大无不施。明庭开广敞,才俊受羁维。如日月缊升③,若鸾凤葳蕤。人才自朽下,弃去亦其宜。北虏坏亭障④,闻屯千里师⑤。牵连久不解,他盗恐旁窥。臣实有长策,彼可徐鞭笞。如蒙一召议,食肉寝其皮。斯乃庙堂事,尔微非尔知。
向来躐等语⑥,长作陷身机。行当腊欲破,酒齐
不可迟⑦。且想春候暖,瓮间倾一卮。

① 孤城:指黄州(今湖北黄冈)。时杜牧任黄州刺史。大泽:
指云梦泽。杜牧《黄州刺史谢上表》云:"黄州在大江之侧,
云梦泽南。"

② 治具:治理国家的方法措施。

③ 緪:又作恒。《诗·小雅·天保》:"如月之恒,如日之升。"
恒,指月上弦。

④ 北虏句:指会昌二年(842)八月,回鹘南侵,突破大同川,俘
掠云朔等州事。

⑤ 闻屯句:会昌二年八月,回鹘入侵,朝廷征发诸镇军征讨,
会军于太原。《旧唐书·武宗纪》:"乃征发许、蔡、汴等六
镇之师,以太原节度使刘沔为回纥南面招讨使,以张仲武
为幽州卢龙节度使……充回纥东面招讨使,皆会军于
太原。"

⑥ 躐等:超越等级。

⑦ 酒齐:古代按酒的清浊分为五等,称五齐:"一曰泛齐,二曰

醴齐,三曰盎齐,四曰缇齐,五曰沈齐。"(《周礼·天官·酒正》)

此诗作于会昌二年冬杜牧任黄州刺史时。是时,回纥入侵,朝廷征招各路军马欲征讨之。杜牧向来主张内平藩镇割据叛乱,外逐入侵的回鹘,收复河湟失地。故当其时,他感激愤慨,颇有慷慨报国之志,并在此诗中发抒之。无奈自己身在僻远小郡,未能为朝廷所知所用,故诗人悲慨莫名,转以"人才自朽下,弃去亦其宜"、"斯乃庙堂事,尔微非尔知"等调侃语抒其孤愤与不满。全诗因而充溢着这种"愤悱欲谁语?忧悒不能持"的悲慨之气。从其"人才自朽下,弃去亦其宜"等句,可见诗中所谓"天子号仁圣,任贤如事师。凡称曰治具,小大无不施。明庭开广敞,才俊受羁维"等称颂语,应作反面观,其实寓讥刺,有冷嘲热讽之妙。

独　　酌

窗外正风雪,拥炉开酒缸。

何如钓船雨,篷底睡秋江。

此诗作年不详,因其中有"钓船雨"句,似在江边,而黄州亦在长江边;又杜牧《郡斋独酌》诗有"江郡雨初霁,刀好截秋光。池边成独酌,拥鼻菊枝香"句,两者意境情绪相类,故录于此。

诗人胸怀匡国济民大志,然一生出处或沉沦下僚,或出守外郡,始终没有施展抱负的机会,故心中抑郁,十分苦闷。他常借酒浇愁,或故作旷达以求自我解脱。此诗即为这一情绪的抒发。柳宗元有《江雪》诗:"千山鸟飞绝,万径人踪灭。孤舟蓑笠翁,独钓寒江雪。"与此诗之意境与孤愤情绪虽有相同之处,但柳诗孤傲抗争,杜诗疏旷颓放,自有区别。杜牧尚有另一首《独酌》诗,可与这首诗参照:

长空碧杳杳,万古一飞鸟。生前酒伴闲,愁醉闲多少?烟深隋家寺,殷叶暗相照。独佩一壶游,秋毫泰山小。

两首《独酌》诗确有相类之处,只不过后一首更具有庄子的"天下莫大于秋毫之末,而泰山为小"(《庄子·齐物论》)的俯视一切的放旷意味,更将尘世看透看破了而已。

黄 州 竹 径

竹浊蟠小径,屈折斗蛇来。
三年得归去,知绕几千回?

此诗作于诗人任黄州刺史时期(842—844)。唐时州刺史一般三年一任,故诗有"三年得归去"语。诗中隐隐可见诗人孤独郁闷,颇不得志,巴不得离开黄州这一僻远之地的心情。

村 舍 燕

汉宫一百四十五,多下珠帘闭琐窗。

何处营巢夏将半,茅檐烟里语双双。

此诗作年不详,以此时期诗人在外郡任地方官,多见村野景象,且诗人不得在京城,与村舍燕不能栖于汉宫之情景相类,故姑录于此。

诗咏村舍燕,显有自寓之意。《唐人绝句精华》谓"此诗似有李义府《咏乌》诗所谓'上林无限树,不借一枝栖'之意,但末句写得有情,不作失意语。昔人谓牧之俊爽,如此诗是也"。

用数目字表示汉宫之多,然竟无村舍燕停憩之处,这对于表达诗意起到了反衬作用。好用数目字也是杜诗的特点所在,《升庵诗话》曾指出"大抵牧之诗好用数目堆积,如'南朝四百八十寺'、'二十四桥明月夜'、'故乡七十五长亭'是也"。此外末句"茅檐烟里语双双"句,将村舍燕刻画得情态逼肖,诚为咏燕佳句。诗人咏物佳什尚多,如《鹭鸶》一诗亦善于刻画比喻:

雪衣雪发青玉嘴,群捕鱼儿溪影中。惊飞远映碧山去,一树梨花落晚风。

后两句描摹形容鹭鸶远去的形态尤为出色,可与咏燕诗
并观。

上池州李使君书[①]

　　景业足下。仆与足下齿同而道不同,足下
性俊达坚明,心正而气和,饰以温慎,故处世显
明无罪悔;仆之所禀,阔略疏易,轻微而忽小。
然其天与其心,知邪柔利己,偷苟谀谄,可以进
取,知之而不能行之。非不能行之,抑复见恶
之,不能忍一同坐与之交语。故有知之者,有
怒之者,怒不附己者,怒不恬言柔舌道其盛美
者,怒守直道而违己者。知之者,皆齿少气锐,
读书以贤才自许,但见古人行事真当如此,未
得官职,不睹形势,絮絮少辈之徒也[②]。怒仆者
足以裂仆之肠,折仆之胫,知仆者不能持一饭
与仆,仆之不死已幸,况为刺史,聚骨肉妻子,

衣食有余,乃大幸也,敢望其他?然与足下之
所受性,固不得伍列齐立,亦抵足下疆垅畦畔
间耳,故足下怜仆之厚,仆仰足下之多。在京
城间,家事人事,终日促束,不得日出所怀以自
晓,自然不敢以辈流间期足下也。

去岁乞假③,自江、汉间归京④,乃知足下
出官之由,勇于为义,向者仆之期足下之心,果
为不缪,私自喜贺,足下果不负天所付与、仆所
期向,二者所以为喜且自贺也,幸甚,幸甚。夫
子曰:“吾少也贱,故多能鄙事。”⑤复曰:“不
试,故艺。”圣人尚以少贱不试,乃能多能有艺,
况他人哉。仆与足下年未三十为诸侯幕府
吏⑥,未四十为天子廷臣,不为甚贱,不为不试
矣。今者齿各甚壮,为刺史各得小郡,俱处僻
左,幸天下无事,人安谷熟,无兵期军须、逋负
诤诉之勤⑦,足以为学,自强自勉于未闻未见之
间。仆不足道,虽能为学,亦无所益,如足下之

才之时,真可惜也。向者所谓俊达坚明,心正而气和,饰以温慎,此才可惜也。年四十为刺史,得僻左小郡,有衣食,无为吏之苦,此时之可惜也。仆以为天资足下有异日之名声,迹业光于前后,正在今日,可不勉之。

仆常念百代之下,未必为不幸,何者?以其书具而事多也。今之言者必曰:“使圣人微旨不传,乃郑玄辈为注解之罪。”[8]仆观其所解释,明白完具,虽圣人复生,必挈置数子坐于游、夏之位[9]。若使玄辈解释不足为师,要得圣人复生,如周公、夫子亲授微旨,然后为学。是则圣人不生,终不为学,假使圣人复生,即亦随而猾之矣。此则不学之徒,好出大言,欺乱常人耳。自汉已降,其有国者成败废兴,事业踪迹,一二亿万,青黄白黑,据实控有,皆可图画,考其来由,裁其短长,十得四五,足以应当时之务矣。不似古人穷天凿玄[10],蹑于无踪,算于忽微，然后能为学也。故曰，生百代之下，未必为不幸也。

夫子曰："三人行，必有我师焉。"⑪此乃随所见闻，能不亡失而思念至也。楚王问萍实，对曰："吾往年闻童谣而知之。"此乃以童子为师耳⑫。参之于上古，复酌于见闻，乃能为圣人也。诸葛孔明曰："诸公读书，乃欲为博士耳。"此乃盖滞于所见，不知适变，名为腐儒，亦学者之一病。

仆自元和已来⑬，以至今日，其所见闻名公才人之所论讨，典刑制度，征伐叛乱，考其当时，参于前古，能不忘失而思念，亦可以为一家事业矣。但随见随忘，随闻随废，轻目重耳之过，此亦学者之一病也。如足下天与之性，万万与仆相远。仆自知顽滞，不能苦心为学，假使能学之，亦不能出而施之，恳恳欲成足下之美，异日既受足下之教，于一官一局而无过失而已。自古未有不学而能垂名于后代者,足下勉之。

　　大江之南,夏候郁湿,易生百疾,足下气俊,胸臆间不以惘忿是非贮之,邪气不能侵,慎防是晚多食,大醉继饮,其他无所道。某再拜。

① 池州:治所在今安徽贵池。李使君:指李方玄,字景业,登进士第,累迁左补阙、起居郎,出为池州刺史。使君,对州长官(唐为刺史)的称呼。

② 絜絜:洁身自守,品行端正意。絜,同洁。

③ 去岁乞假:杜牧开成五年(840)至会昌元年(841)间曾请假离京前往江州。

④ 江、汉:长江、汉水。

⑤ 夫子:孔子。引语见《论语·子罕》。

⑥ 幕府吏:指在幕府为佐吏。

⑦ 逋负诤诉:逃欠赋税,刑事诉讼。

⑧ 郑玄:字康成,东汉经学家,曾遍注五经。

⑨ 游、夏:孔子的学生子游、子夏,均擅长文学。

⑩ 穷天凿玄：指穷究探讨深奥的道理。

⑪ 三人二句：见《论语·述而》。

⑫ 楚王四句：刘向《说苑·辨物》："楚昭王渡江，有物大如斗，直触王舟，止于舟中，昭王大怪之，使聘问孔子。孔子曰：'此名萍实。'……弟子请问，孔子曰：'异时小儿谣曰：楚王渡江得萍实，大如斗，赤如日，剖而食之美如蜜。'"

⑬ 元和：唐宪宗年号（806—820）。

此文作于唐武宗会昌二年（842），杜牧四十岁时。其时在黄州刺史任上。

在这封给池州刺史李方玄的书信中，他倾吐怀抱，赞扬友人，谈论学问，表现了与友人的推心置腹的亲密关系。

诗人论学多有精到见解，故清人李慈铭于《越缦堂读书记》评此文说："此等议论，唐中叶以后，人所罕知。樊川文章风概，卓绝一代，其学问识力，亦复如是。予向推为晚唐第一人，非虚诬也。宋子京深喜樊川之文，《新唐书》中传论，多取其语，其自作文字，亦力仿之，故于啖助等传，论末学之弊，其识议亦与樊川同，非韩、欧文章所知也。"

初 冬 夜 饮

淮阳多病偶求欢[1]，客袖侵霜与烛盘。

砌下梨花一堆雪，明年谁此凭栏干。

[1] 淮阳多病：用汉代汲黯自喻。《汉书·汲黯传》：汲黯因屡谏而出为东海太守，"多病，卧阁内不出"。后徙为淮阳太守，"黯伏谢不受印绶，诏数强予，然后奉诏。召上殿，黯泣曰：'……臣常有狗马之心，今病，力不能任郡事。'"

此诗作年难确考，当作于杜牧为刺史时，或作于会昌(841—846)间。

诗人以汉代的汲黯自比，寄寓两层意思：因刚直敢言，为人所忌而被排挤在外郡；心情抑郁不欢，有如汲黯。由此出发，故进而以"明年"句抒发迁徙不定、生命无常之悲。《诗境浅说续编》说此诗："淮南雪夜，小饮一杯，聊遣客中情况，玉砌飞花，暂娱此夕。明岁之倚栏吟赏者，知属何人？杜少陵诗：'明年此会知谁健？醉把茱萸子细看。'张梦晋诗:'高楼明月清歌夜,此是生平第几回?'明知胜会不常,未免有情难遣。"此诗末句有学杜甫诗处,而于苏东坡诗也有影响。《逸老堂诗话》云:"'梨花淡白柳深青,柳絮飞时花满城。惆怅东阑一株雪,人生看得几清明?'陆放翁谓东坡此诗本杜牧之'砌下梨花一堆雪,明年谁此凭栏干'。"

江上偶见绝句

楚乡寒食橘花时[1],野渡临风驻彩旗。

草色连云人去住,水纹如縠燕差池[2]。

[1] 楚乡:此指黄州一带乡村。黄州古时属楚国,故称楚乡。寒食:节令名。一般在农历清明前一或二日。

[2] 差池:参差不齐貌。《诗·邶风·燕燕》:"燕燕于飞,差池其羽。"

此诗作于杜牧任黄州刺史时。诗人热爱大自然的美好风光,在为州刺史时多有描绘自然景色之什。虽多有"伤春伤别"之作以抒发其不遇之怀,但也时而有沉醉于自然风光之篇,此诗即如此。故此诗格调清丽明快,不仅绘景如画,而且流溢着赏心悦目之情。

赤　　壁①

折戟沉沙铁未销,自将磨洗认前朝。

东风不与周郎便②,铜雀春深锁二乔③。

① 赤壁:指黄州(今湖北黄冈)赤壁。赤壁之战故地在今湖北
　蒲圻,长江南岸。汉末曹操与东吴周瑜曾在此交战。

② 周郎:指汉末三国时东吴将领周瑜,曾率军与曹操在赤壁
　大战。

③ 铜雀:即铜雀台,为曹操所建。故址在今河北临漳西南。
　高十丈,有殿屋一百二十间。楼顶置大铜雀,张翼如飞,故
　名。二乔:汉末江东乔公的两个女儿,皆有国色。孙策纳
　大乔,而周瑜娶小乔为妻。

　　唐武宗会昌二年（842）至四年（844）秋，杜牧任黄州刺史。黄州亦有赤壁矶，诗人乃借赤壁之名，回顾当年的赤壁之战，委婉地抒发自己独特的史见。

　　此诗在艺术表现上的最大特点是采用翻案法，即从既成的史实反面着笔，生发议论，表明看法。宋人许颉不谙此法妙趣，在《彦周诗话》中反讥杜牧"意谓赤壁不能纵火，为曹公夺二乔置之铜雀台上也。孙氏霸业，系此一战，社稷存亡，生灵涂炭都不问，只恐捉了二乔，可见措大不识好恶"。以此，《一瓢诗话》驳斥之，并谓此诗"妙绝千古。言公瑾军功止藉东风之力，苟非乘风力之便以破曹兵，则二乔亦将被虏，贮之铜雀台上。'春深'二字，下得无赖，正是诗人调笑妙语"。可见此诗因翻案法的运用而显得词微意婉，正意益醒，所以别具风韵。

齐安郡后池绝句①

　　菱透浮萍绿锦池，夏莺千啭弄蔷薇。

　　尽日无人看微雨，鸳鸯相对浴红衣。

① 齐安郡：即黄州。

此诗作于杜牧任黄州刺史时。诗写郡斋后池夏日景象，景色幽静，色彩斑斓，有声有色，别具一番情韵。诗中的每一句，都摄取一个幽美恬静的景象，然而又从中透露出动态和生机。其中"夏莺千啭"，虽为动态，却更衬出环境的恬静；"菱透浮萍"句，尽管总体呈静态，然一个"透"字已蕴勃勃生机。四句诗组合在一起，又是一幅完整的夏日郡池图，足以让人驻足观赏。

齐安郡中偶题二首

其 一

两竿落日溪桥上，半缕轻烟柳影中。

多少绿荷相倚恨，一时回首背西风。

此诗作于会昌二年（842）至四年（844）间，杜牧任黄州刺史时。

诗写秋日近傍晚景象。前两句写出落日溪桥、轻烟柳影，景色宛然入画，又各冠以"两竿"、"半缕"，更显得轻倩柔美，极有诗意。后两句写秋日风荷景象，"相倚恨"、"背西风"，皆颇具情态意韵，不仅写秋景，且有所寓托。前人所评可供参考。《唐诗绝句类选》谓"末二句风刺婉然，似指世变淡靡，不能自振者"。《唐贤清雅集》云："极失意时极有趣景，极无理话极入情诗，胸中别有天地。俊健有婉致。"

其 二

秋声无不搅离心，梦泽兼葭楚雨深[①]。

自滴阶前大梧叶，干君何事动哀吟。

① 梦泽：即云梦泽。云、梦本为两泽，后并为一泽。先秦两汉所称云梦泽，大致包括今湖南益阳、湘阴以北、湖北江陵、安陆以南、武汉市以西地区。

此诗末两句最堪玩味。雨自滴阶前梧桐叶，本为身外景象,与诗人不相干,却引起诗人之哀吟,其间关系究竟何如? 实际上这就是触景生情。《石洲诗话》评此诗云:"小杜诗'自滴阶前大梧叶,干君何事动哀吟',亦在南唐'吹皱一池春水'语之前,可证杜《黑白鹰》语。"联系诗人在黄州刺史任上的心情,他的哀吟,当与他这一阶段自感到受排挤,未能一展胸中才学,实现其"平生五色线,愿补舜衣裳。弦歌教燕赵,兰芷浴河湟。腥膻一扫洒,凶狠皆披攘。生人但眠食,寿域富农桑"(《郡斋独酌》)的理想有关。

云　梦　泽①

日旗龙旆想飘扬,一索功高缚楚王②。
直是超然五湖客③,未如终始郭汾阳④。

① 云梦泽:见前诗注①。
② 一索句:指汉高祖刘邦以出游云梦为名,设计捉拿韩信之事。楚王,韩信以功封齐王,后封楚王。

③ 五湖客：此指范蠡。春秋时范蠡助越王勾践灭吴后，"遂乘
　　轻舟以浮于五湖，莫知其所终极"（《国语·越语》下）。
④ 郭汾阳：指唐名将郭子仪。郭子仪因平定安史叛乱有功，
　　封汾阳王。《新唐书》本传称"子仪完名高节，烂然独著，福
　　禄永终，虽齐桓、晋文比之为褊"。

　　这首诗也是杜牧任黄州刺史时所作。

　　诗人名为咏云梦泽，实际却是由此想起汉初韩信功
高一时而被刘邦捉拿，以反叛罪被杀的历史，并进而联
想起范蠡、郭子仪功成身退的事迹。在对这三位历史功
臣所作的比较中，诗人最欣羡的还是郭子仪。因为他的
结局最圆满。诚如《新唐书·郭子仪传》史臣所称，子
仪"权倾天下而朝不忌，功盖一世而上不疑，侈穷人欲
而议者不之贬"，可谓名身两全。

齐 安 郡 晚 秋

柳岸风来影渐疏，使君家似野人居。云容

水态还堪赏,啸志歌怀亦自如。雨暗残灯棋欲
散,酒醒孤枕雁来初。可怜赤壁争雄渡[1],唯有
蓑翁坐钓鱼。

[1] 赤壁:黄州赤壁矶,此借言周瑜与曹操两军大战的湖北蒲
  圻的赤壁。

　　此诗抒发诗人身处黄州,面对秋日景象的情怀。
《贯华堂选批唐才子诗》对此诗颇有胜解,云"此诗写尽
世间无味,三复读之,不胜叹息! 此解先写景物亦渐尽,
意气亦渐平也。言当三春盛时,柳阴如幄,风暖如醉,使
君戟门,高牙大角,此是何等盛事! 乃曾几何时,而风高
柳疏,影落门静,使君萧索遂同野人,可怜也! '还堪',
妙! 虽曰不过残山剩水,然亦何至遂尽人意。'亦自',
妙! 然而见为行歌坐啸,实则已是聊尔应酬也"。又析
后四句,谓"此解再写成大名,显当世,实与彼草木同
腐,更无异也。雨正暗时,恰是灯又残时、棋又散时、酒
又醒时、馆又孤时、雁又来时,于此一时十四字中,斗然

悟出七句之'可怜'二字"。金雍又补注说:"'蓑翁坐钓鱼'五字,字字入妙! 言受无多,求亦有限,便将通篇文字叫应。"

题齐安城楼①

鸣轧江楼角一声,微阳潋潋落寒汀。
不用凭栏苦回首,故乡七十五长亭②。

① 齐安城楼:指黄州郡城楼。

② 故乡:指杜牧家乡长安。七十五长亭:此长亭指驿站,唐时三十里设驿。黄州距长安二千二百二十五里,约合七十五驿之遥,故称。

此诗乃诗人登上黄州城楼观览江景,触发乡思之作。

诗人好用数目字。且用得好,有助深化诗旨,此又是一例。《唐贤清雅集》云:"此诗须善会,若无渠气骨,

更是算博士。"黄叔灿《唐诗笺注》更分析说："角声初
动,微阳将落,登楼盼望,能无故乡之思? 乃曰:'不用
凭栏苦回首,故乡七十五长亭。'则别绪茫茫,不堪回首
矣。"这一用法,前有李白《淮阴书怀》的"沙墩至梁苑,
二十五长亭",后有黄庭坚《竹枝词》的"鬼门关外莫言
远,五十三驿是皇州",可见诗人间的相互影响。此诗
抒发思乡之情亦颇深至,俞陛云《诗境浅说续编》谓:
"烟水迷茫,斜日将沉之际,危楼一角,画角声低,言登
临所闻见也。后二句,默数归程,有七十五长亭之远,无
路奋飞,安用凭栏极目耶? 凡客子登高,乡山遥望,已情
所难堪。今言料无归计,不用回头,其心愈苦矣。"

兰　　溪[①]

兰溪春尽碧泱泱,映水兰花雨发香。
楚国大夫憔悴日[②],应寻此路去潇湘[③]。

① 兰溪:题下原注:"在蕲州西。"蕲州治所在今湖北蕲春。兰

溪源箬竹山,其侧多兰,故名。兰溪下流流经黄州。

② 楚国大夫:指楚屈原。屈原曾任三闾大夫,后被贬,至于江
滨,行吟泽畔,颜色憔悴,形容枯槁。

③ 潇湘:潇水和湘水,两水在零陵北汇合。

　　此诗为杜牧任黄州刺史时作。故吴曾《能改斋漫
录》卷九谓"杜牧之诗'兰溪春尽水泱泱',盖蕲州之兰
溪也。杜守黄州作此诗,黄承兰溪下流故耳"。

　　诗由兰溪多兰,联想到高洁如兰而贬至潇湘一带的楚
国大夫屈原,盖有悲悼屈原忠而被贬,并以此自伤之意。

题 木 兰 庙①

弯弓征战作男儿,梦里曾经与画眉。

几度思归还把酒,拂云堆上祝明妃②。

① 木兰庙:《太平寰宇记》:"黄州黄冈县木兰山,在县西一百
五十里,旧废县取此为名,今有庙在木兰乡。"木兰,本乐府

《木兰诗》中女子名。她女扮男妆,代父从军,十年而归,不受爵赏。

② 拂云堆:神祠名。在今内蒙古五原县。《元和郡县图志》:"朔方军北与突厥以河为界,河北岸有拂云堆神祠,突厥将入寇,必先诣祠,祭酹求福。"明妃:西汉元帝时宫女,名王嫱,字昭君,后避晋司马昭讳,改为明君。匈奴呼韩邪单于入朝,诏以王嫱远嫁和亲。

此诗作于会昌二年(842)至四年(844)杜牧任黄州刺史时。诗人对代父征戍的木兰怀着赞美崇敬之情,而又由木兰上及汉代的王昭君,对她似又多了一份同情。胡仔《苕溪渔隐丛话前集》卷二二引《隐居诗话》谓:"杜牧《木兰庙诗》,殊有美思也。"

河　　湟①

元载相公曾借箸②,宪宗皇帝亦留神③。旋见衣冠就东市④,忽遗弓剑不西巡⑤。牧羊驱马虽戎服,白发丹心尽汉臣。唯有凉州歌舞曲⑥,流传天下乐闲人。

① 河湟:河为黄河,湟为湟水。黄河与湟水合流一带地区称河湟,即河西、陇右一带。河湟自肃宗后即陷入吐蕃之手。

② 元载:唐代宗时宰相,曾任西州刺史,熟悉河西、陇右形势。大历八年(773)曾上书代宗,对西北边防的防卫问题,提出许多具体措施。借箸:《史记·留侯世家》:"汉王方食……张良对曰:'臣请藉前箸为大王筹之。'"诗借此典故说明元载曾关注收复河湟之事。

③ 宪宗:李纯,公元805年至820年在位,年号元和。

④ 旋见句:《史记·晁错列传》载"吴楚七国果反,以诛错为名。……上令晁错衣朝衣斩东市"。此用晁错典喻元载下狱赐死事。

⑤ 忽遗弓剑:《水经注·河水篇》:"阳周县桥山上有黄帝冢,帝崩,惟弓剑存焉,故世称黄帝仙矣。"此指宪宗突然死去。

⑥ 凉州:乐曲名。《新唐书·礼乐志》:"天宝乐曲皆以边地名,若《凉州》、《伊州》、《甘州》之类。"

此诗作年难确定，因诗人这一时期颇关注边防事，故录于此。

诗人对河湟沦陷极为关心，力主收复失地。故对元载、宪宗曾有意恢复失地颇为赞赏，为他们未能实现愿望而深致叹息。"牧羊"、"白发"一联，又对失陷地人民的爱国热忱极为称扬，对他们的被奴役则深含同情。大中三年（849）八月，河陇收复后，诗人有《今皇帝陛下一诏征兵不日功集河湟诸郡次第归降臣获睹圣功辄献歌咏》诗庆贺歌颂，其中有"威加塞外寒来早，恩入河源冻合迟。听取满城歌舞曲，凉州声韵喜参差"句，两诗正可并读。

前人对此诗有批评，也有赞扬。《藏海诗话》云："'元载相公曾借箸，宪宗皇帝亦留神。'此联甚陋，唐人多如此。……子苍云：小杜《河湟》一篇第二联'旋见衣冠就东市，忽遗弓剑不西巡'极佳，为'借箸'一联累耳。"

题桃花夫人庙[①]

细腰宫里露桃新[②]，脉脉无言度几春。

至竟息亡缘底事？可怜金谷堕楼人^③。

① 原注："即息夫人。"息夫人姓妫,嫁息国国君,称息妫。《左传》载,楚文王"如息,以食入享,遂灭息,以息妫归,生堵敖及成王焉"。息妫不言,楚王问她,"对曰:'吾一妇人而事二夫,纵弗能死,其又奚言?'"刘向《列女传》所记不同,说"楚灭息,虏其君使守门,妻其夫人而纳之入宫。楚王出游,夫人送出,见息君谓之曰:'人生一死而已,何至自苦,终不以身更贰醮。'遂自杀。"此采用《左传》之说。桃花夫人庙在今湖北黄陂东三十里。

② 细腰宫:指楚宫。《墨子·兼爱》中:"昔者楚灵王好细腰,灵王之臣,皆以一饭为节,胁息然后带,扶墙然后起。"露桃:露井边之桃。此以露桃喻桃花夫人。

③ 金谷堕楼人:见本书《金谷园》诗注。

　　此诗或作于杜牧任黄州刺史时。

　　诗人以绿珠坠楼委婉地责讽息夫人之不死,对此前人多有评论。《珊瑚钩诗话》:"杜牧之《息夫人》诗曰……与所谓'莫以今朝宠,能忘旧日恩。看花满眼泪,不共楚王言',语意远矣。盖学有浅深,识有高下,故形于言者不同矣。"《唐诗绝句类选》引敫英评语云:"此以议论为诗,订千古是非,却与宋人声调自别。"《养一斋诗话》称:"大义责之,词色凛凛,真西山谓牧之息妫作,能订千古是非,信然。余尤爱其掉尾一波,生气远出,绝无酸腐态也。王(维)虽不著议论,究无深味可耐咀含,鄙意转舍盛唐而取晚唐矣。"《围炉诗话》亦云:"用意隐然,最为得体。"赵翼《瓯北诗话》谓"唯《桃花夫人庙》……以绿珠之死,形息夫人之不死,高下自见,而词语蕴藉,不显露讥讪,尤得风人之旨耳"。

池州送孟迟先辈①

昔子来陵阳②,时当苦炎热。我虽在金台③,头角长垂折。奉披尘意惊,立语平生豁。寺楼最骞轩,坐送飞鸟没。一樽中夜酒,半破前峰月。烟院松飘萧,风廊竹交戛。时步郭西南,缭径苔圆折。好鸟响丁丁,小溪光汃汃。

篱落见娉婷,机丝弄哑轧。烟湿树姿娇,雨余山态活。仲秋往历阳④,同上牛矶歇⑤。大江吞天去,一练横坤抹。千帆美满风,晓日殷鲜血。历阳裴太守⑥,襟韵苦超越。鞗鼓画麒麟,看君击狂节。离袖飐应劳,恨粉啼还咽。明年忝谏官⑦,绿树秦川阔⑧。子提健笔来,势若夸父渴⑨。九衢林马挝,千门织车辙。秦台破心胆⑩,黥阵惊毛发⑪。子既屈一鸣⑫,余固宜三刖⑬。慵忧长者来,病怯长街喝。僧炉风雪夜,相对眠一褐。暖灰重拥瓶,晓粥还分钵。青云马生角⑭,黄州使持节⑮。秦岭望樊川⑯,只得回头别。商山四皓祠⑰,心与㧑蒲说⑱。大泽蒹葭风,孤城狐兔窟。且复考诗书,无因见簪笏。古训屹如山,古风冷刮骨。周鼎列瓶罂⑲,荆璧横抛揎⑳。力尽不可取,忽忽狂歌发。三年未为苦,两郡非不达㉑。秋浦倚吴江㉒,去楫飞青鹘。溪山好画图,洞壑深闺闼。竹冈森羽林,花坞团宫缬。景物非不佳,独坐如韝绁。丹鹊东飞来,喃喃送君札。呼儿旋供衫,走门空踏袜。手把一枝物,桂花香带雪。喜极至无言,笑余翻不悦。人生直作百岁翁,亦是万古一瞬中。我欲东召龙伯翁[23],上天揭取北斗柄,蓬莱顶上斡海水[24],水尽到底看海空。月于何处去,日于何处来? 跳丸相趁走不住[25],尧舜禹汤文武周孔皆为灰。酌此一杯酒,与君狂且歌。离别岂足更关意,衰老相随可奈何!

① 孟迟:字迟之,平昌(今山东德平)人。会昌五年(845)登进士第,后为浙西掌书记。大中时,为淮南节度使崔郸奏为掌书记。有诗名,尤工绝句。

② 陵阳:山名。在安徽石埭县北,相传为陵阳子明得仙之地。一说陵阳山在安徽宣城城内。此代指宣城。

③ 金台:即黄金台。据《史记·燕召公世家》载:燕昭王为延揽人材,接受郭隗“王必欲致士,先从隗始。况贤于隗者,岂远千里哉”的建议,“为隗改筑宫而师事之”。黄金台即

指燕昭王为郭隗所筑宫。此借指自己受聘宣州幕。

④ 历阳：郡名，即唐和州(今安徽和县)。

⑤ 牛矶：即牛渚矶，亦称采石，古代渡口。在安徽当涂。

⑥ 裴太守：即裴俦，杜牧姐夫。

⑦ 明年句：指杜牧开成四年(839)春赴京任左补阙、史馆修撰。补阙为谏官。

⑧ 秦川：自大散关以北至岐雍，夹渭川南北岸，沃野千里，因为秦之故国，故称。

⑨ 夸父：神话人物。《山海经·海外北经》："夸父与日逐走，入日。渴欲得饮，饮于河渭；河渭不足，北饮大泽。未至，道渴而死。弃其杖，化为邓林。"

⑩ 秦台句：秦台即秦镜。《西京杂记》卷三记汉高祖入咸阳宫，宫中有方镜，"人且来照之，影则倒见，以手扪心而来，则见肠胃五脏，历然无碍。人有疾病在内，则掩心而照之，则知病之所在。又女子有邪心，则胆张心动。秦始皇常以照宫人，胆张心动者则杀之"。

⑪ 黥阵：汉代名将黥布所排军阵。《史记·黥布列传》："布兵精甚，上乃壁庸城，望布军置陈如项籍军，上恶之。"

⑫ 屈一鸣：指落第。《史记·滑稽列传》："此鸟不飞则已，一

飞冲天；不鸣则已，一鸣惊人。"

⑬ 三刖：《韩非子·和氏》载：楚人和氏得到一块玉璞，先后
献给楚厉王、楚武王，都被认为以石欺君而遭截足。文王
即位，和氏抱璞哭于楚山之下，文王使人剖璞，果得宝玉。

⑭ 青云：喻官高爵显。马生角：比喻极难之事。唐司马贞
《史记索隐》引：《燕丹子》四："丹求归，秦王曰：'乌头白，
马生角，乃许耳。'丹乃仰天叹，乌头即白，马亦生角。"

⑮ 黄州句：指杜牧会昌二年（842）出任黄州刺史。

⑯ 秦岭：指陕西省境南的终南山，亦即南山。樊川：水名。
在今陕西长安南。其地本杜县樊乡。汉樊哙食邑于此，川
因以得名。杜牧别墅在此。

⑰ 商山：在今陕西商县东。亦名商岭、商坂。四皓：即相传
秦末汉初隐居于此的东园公、甪里先生、绮里季、夏黄公。

⑱ 拶蒲：古代博戏名。以掷骰决胜负，得彩有卢、雉、犊、白等
称。后泛称赌博曰拶蒲。

⑲ 周鼎：周代传国宝鼎。

⑳ 荆璧：即和氏璧。

㉑ 两郡：指杜牧所任刺史的黄州和池州。

㉒ 秋浦：县名，唐池州治所。故城在今安徽贵池境。吴江：

此指流经池州的长江。池州古属吴国,故称。

㉓ 龙伯翁:神话中的巨人。《列子·汤问》:"龙伯之国有大人,举足不盈数步而暨五山之所,一钓而连六鳌,合负而趋归其国,灼其骨以数焉。"

㉔ 蓬莱:相传在勃海中的仙山名。

㉕ 跳丸:《大洞经》:"日为跳丸。"

　　此诗作于杜牧任池州刺史的会昌四年(844),时诗人四十二岁。

　　诗中叙述了与诗人孟迟的交往及两人的挫折不遇。其时诗人已由黄州刺史转池州刺史,照理如他所说"三年未为苦,两郡非不达",似不该有"独坐如韝绁"的不得志的牢骚。而其所以如此,乃在于他胸怀壮志,且以为因受李德裕等人排挤而出守州郡,故心情抑郁,颇有不平之语。此诗末尾于愤激之余,出语豪宕旷放,颇有凌驾一切、看破古今的气势。叶矫然《龙性堂诗话续集》称:"小杜《池州别孟迟诗》:'我欲东召龙伯翁'、'水尽到底看海空',咄咄奇语,与老杜'顿辔海徒涌,神人身更长'之语相当。"杨万里《诚斋诗话》亦谓"诗有惊人句"。

闻庆州赵纵使君与党项战
中箭身死长句①

　　将军独乘铁骢马,榆溪战中金仆姑②。死绥却是古来有③,骁将自惊今日无。青史文章争点笔,朱门歌舞笑捐躯。谁知我亦轻生者,不得君王丈二殳④。

① 庆州:治所在合水(今甘肃庆阳)。使君:唐时对刺史的称
　呼。党项:我国古民族名。汉代西羌的一支。晚唐时经常
　入侵唐边境。长句:指七言律诗。

② 榆溪:榆溪塞,又称榆林塞,秦长城所在。故址在今内蒙古
　准格尔旗。金仆姑:箭名。

③ 死绥:因兵败退却而当死罪。古代称退军为绥。《司马法》
　有"将军死绥"之说。

④ 殳:古代兵器。用竹木为之,一端有棱。

诗作年不详，以唐武宗会昌间唐与党项常有战事，故编于此。

诗人极为关注边防问题，期盼收复河湟失地，唯恨没有亲临边塞御敌的机会。故对赵纵使君为国捐躯赋诗赞颂，并于诗末表达未能奔赴沙场的遗憾。诗中对权势者沉溺歌舞而"笑捐躯"，亦以"青史文章争点笔"作对比，寓以谴责之意。《东岩草堂评订唐诗鼓吹》中朱东岩曰："三、四，文章深一步法。夫死绥之臣，当今所无；勇敢之将，从古所有。却用反笔倒换，顿令赵公勇悍之气，奕奕生动，虽死犹生也。"此诗"通篇只首二句叙题，余俱以议论成诗，另出手眼"（《唐诗鼓吹笺注》）的特点也颇为突出。

酬张祜处士见寄长句四韵①

七子论诗谁似公②？曹刘须在指挥中③。荐衡昔日知文举④，乞火无人作蒯通⑤。北极楼台长挂梦⑥，西江波浪远吞空⑦。可怜故国三千里,虚唱歌辞满六宫⑧。

① 张祜:唐代诗人。字承吉,贝州清河(今属河北)人,一说南
　　阳(今属河南)人。一生未仕,寓居姑苏。晚年卜宅丹阳,
　　隐居以终。

② 七子:指建安七子,即孔融、陈琳、王粲、徐幹、阮瑀、应玚、
　　刘桢。

③ 曹、刘:指建安著名诗人曹植、刘桢。

④ 荐衡句:原注:"令狐相公曾表荐处士。"令狐相公即宰相令
　　狐楚。此句以孔融荐祢衡喻令狐楚表荐张祜。衡,祢衡。
　　文举,孔融字。据《后汉书·祢衡传》,孔融深爱祢衡之才,
　　曾上疏荐之。

⑤ 乞火:《汉书·蒯通传》载:有客人请蒯通推荐梁石君、东
　　郭先生给曹参相国,蒯通遂讲了一个故事,说:"臣之里妇,
　　与里之诸母相善也。里妇夜亡肉,姑以为盗,怒而逐之。"
　　里母为她"束缊请火于亡肉家,曰:'昨暮夜,犬得肉,争斗
　　相杀,请火治之。'亡肉家遽追呼其妇"。蒯通说完这故事,
　　又说:"束缊乞火非还妇之道也,然物有相感,事有适可。
　　臣请乞火于曹相国。"后遂向曹相国成功地推荐了梁石君

和东郭先生。

⑥ 北极：本指北极星、北辰，后用以称朝廷。

⑦ 西江：指长江。

⑧ 原注："处士诗曰：'故国三千里，深宫二十年。一声何满子，双泪落君前。'"张祜另有《孟才人叹一首并序》云："武宗皇帝疾笃，迁便殿，孟才人以歌笙获宠者，密侍其右。上目之曰：'吾当不讳，尔何为哉？'指笙囊泣曰：'请以此就缢。'上悯然。复曰：'妾尝艺歌，愿对上歌一曲以泄其愤。'上以恳，许之。乃歌'一声何满子'，气亟立殒。上令医候之，曰：'脉尚温而肠已绝。'"此言张祜所作宫词在六宫传唱，而作者却不被赏识。

诗作于会昌五年（845）任池州刺史时，杜牧四十三岁。张祜曾有诗《江上旅泊呈池州杜员外》："牛渚南来沙岸长，远吟佳句望池阳。野人未必非毛遂，太守还须是孟尝。江郡风流今绝世，杜陵才子旧为郎。不妨酒夜因闲话，别指东乡是醉乡。"杜牧即以此诗答谢。

诗人称赏张祜的诗才，并同情他的命运，故有三、四两句。关于令狐楚表荐张祜，而祜为人谗毁事，《唐摭言·荐举不捷》条的记载可供参考:"张祜元和、长庆中,深为令狐文公所知。公镇天平日(按,此处时间有误),自草荐表,令以新旧格诗三百篇随表进献,请宣付中书门下……祜至京师,方属元江夏(按即元稹)偃仰内廷,上因召问祜之辞藻上下。稹对曰:'张祜雕虫小巧,壮夫耻而不为者,或奖激之,恐变陛下风教。'上颔之。由是寂寞而归。"

九日齐山登高①

江涵秋影雁初飞,与客携壶上翠微。尘世难逢开口笑,菊花须插满头归②。但将酩酊酬佳节,不用登临恨落晖。古往今来只如此,牛山何必独沾衣③。

① 齐山:在安徽贵池东南。

② 菊花句:古人有九月九日采菊插花的习俗。《续神仙传》载:许碏曾插花满头,把花作舞,上酒家楼醉歌。

③ 牛山句:《晏子春秋·谏》上载:"齐景公游于牛山,北临其国城而流涕曰:'若何滂滂去此而死乎!'艾孔、梁丘据皆从而泣。"牛山,在山东淄博东。

　　这首著名的律诗作于诗人会昌五年(845)任池州刺史时。这年重阳,诗人与来访的好友张祜共登风景极佳的齐山观览风光,俯仰今古,感慨身世遭遇,遂咏此诗。诗中之"客"即指张祜。首句既点明时节,又描绘了爽朗清旷的秋景,为下面触景生情、感慨议论蓄笔。此时诗人自以为受排挤,颇有流落不得意之慨,故此诗"尘世"以下诗句即寓这一情感,并颇愤激。

　　此诗看似旷达不羁,而实内含不平,因此尽管消极颓唐,而实际却不无不甘落拓消沉之意。胡应麟《诗薮·内编》卷五谓此诗"虽意稍疏野,亦自一种风致"。全诗感慨苍茫,情丰韵美,故前人多称赏之。《瀛奎律髓》云:"此以'尘世'对'菊花',开合抑扬,殊无斧凿痕,又变体之俊者。后人得其法,则诗如禅家散圣矣。"《唐诗鼓吹笺注》称首句云:"起句极妙……已具无限神理，无限感慨。"《唐诗绎》评"通体浑灏流转，挥洒自然，犹见盛唐风格"。《唐诗笺注》至称"通幅气体豪迈，直逼少陵"。而《桐城吴先生评点唐诗鼓吹》则谓"此等诗，自杜公外，盖不多见，当为小杜七律中第一"。

登池州九峰楼寄张祜①

　　百感中来不自由，角声孤起夕阳楼。碧山终日思无尽，芳草何年恨即休。睫在眼前长不见②，道非身外更何求？谁人得似张公子③，千首诗轻万户侯。

① 池州：唐治所在秋浦（今安徽贵池）。九峰楼：一作九华楼。清《一统志·池州府》记："池州九华楼有二：一在贵池县九华门上，唐建；一在青阳县东南二里。唐杜牧有《九华楼寄张祜》诗。"

② 睫在句：《史记·越王勾践世家》："齐使者曰：'幸也越之不亡也！吾不贵其用智之如目，见豪毛而不见其睫也。'"

③ 张公子：此指张祜。

　　此诗作于会昌四年（844）至六年（846）杜牧任池州刺史时。

　　诗人颇推赏张祜诗才，为他曾受到的压抑而鸣不平，此诗后半首即抒发这一感慨。其事原委见于范摅《云溪友议》卷中：白居易初到钱塘，将访开元寺牡丹花，"会徐凝自富春来，未识白公，先题诗曰……白寻到寺看花，乃命徐生同醉而归。时张祜榜舟而至，甚若疏诞。然张、徐二生，未之习隐，各希首荐焉。中舍曰：'二君论文，若廉白之斗鼠穴，胜负在于一战也。'遂试《长剑倚天外赋》、《余霞散成绮诗》。试讫解送，以凝为元，祜其次耳。"张祜对此颇不平，"遂行歌而迈，凝亦鼓枻而归。二生终身偃仰，不随乡赋者乎。……后杜舍人之守秋浦，与张生为诗酒之交，酷吟祜宫词，亦知钱塘之岁，自有非之论，怀不平之色，为诗二首以高。则曰：'谁人得似张公子，千首诗轻万户侯。'又云：'如何故国三千里，虚唱歌词满六宫。'"

此诗情感激越,意气横生,颇具豪宕特色。《东岩草堂评订唐诗鼓吹》中朱东岩曰:"入手劈将有感于中'不自由'作起,真有一段登高望远、触景兴怀、情不自已之况。楼曰'夕阳',声曰'孤起',则所感愈不堪言矣。三、四皆写'不自由'也。"

忆 齐 安 郡

平生睡足处,云梦泽南州①。一夜风欺竹,连江雨送秋。格卑常泪泪,力学强悠悠。终掉尘中手,潇湘钓漫流②。

① 云梦:见《齐安郡中偶题二首》之二注。
② 潇湘:见《兰溪》诗注③。

此诗当作于会昌四年(844)九月杜牧离黄州刺史任后,或作于其在池州任时。

诗人回忆其在黄州时的生活,并盼望能摆脱尘务,过上悠然闲适的隐逸生活。

三、四两句尤佳,故《唐贤清雅集》评:"唐贤佳处尤在对句圆足,试看'连江雨送秋'五字,是何等力量!"

春 申 君①

烈士思酬国士恩,春申谁与快冤魂? 三千宾客总珠履②,欲使何人杀李园③?

① 春申君:战国时楚人,名歇,姓黄。楚考烈王元年(前262)为相,封春申君。

② 三千宾客句:据《史记·春申君列传》,春申君门下客有三千余人,其上客皆蹑珠履。

③ 李园:战国时春申君属下舍人。据《战国策》载:李园进其妹给春申君,又将怀有身孕的妹妹进献给楚王。其妹生男为王后,李园以此贵显,欲杀春申君灭口。朱英向春申君献计杀李园,不为采用。后楚考烈王死,李园派刺客杀春申君,并灭其家。

　　春申君为战国时著名的四公子之一,可惜为心怀叵测的门客李园所杀,而无人为他报仇。故诗人感慨激愤,作此诗替他鸣不平,可见诗人颇富正义感。和杜牧其他咏史诗一样,这首诗也具有好发议论的特色。

　　杜牧的好友、诗人张祜有《感春申君》诗:"薄俗何心议感恩,谄容卑迹赖君门。春申还道三千客,寂寞无人杀李园。"内容、用韵与杜牧同,可知是唱和之作。诗未能确定作年,以会昌五、六年间(845—846)两人多有往来诗,故录于此。

题 魏 文 贞①

　　螕蛄宁与雪霜期,贤哲难教俗士知。可怜贞观太平后②,天且不留封德彝③。

---

　① 魏文贞:即魏徵(580—643),字玄成,馆陶人(今属河北)。唐太宗时任尚书右丞,封郑国公。卒赠司空,谥文贞。有

"诤臣"之称。

② 贞观：唐太宗年号(627—649)。

③ 封德彝(568—627)：名伦，字德彝。观州蓨(今河北景
县)人。初仕隋，后归唐。累官至尚书右仆射。为人险佞，
善矫饰，曾与魏徵争论治国之策。

本诗作年不可考，因与前首同为咏史，姑编于此。

诗称颂魏徵，将贞观之治归功于魏徵忠心辅佐唐太
宗，同时对封德彝多不满之辞。《新唐书·魏徵传》中
有一段记载，颇有助于理解本诗："先是，帝尝叹曰：'今
大乱之后，其难治乎?'徵曰：'大乱之易治，譬饥人之易
食也。'帝曰：'古不云善人为邦百年，然后胜残去杀
邪?'答曰：'此不为圣哲论也。圣哲之治，其应如响，期
月而可，盖不其难。'封德彝曰：'不然。……徵书生，好
虚论，徒乱国家，不可听。'徵曰：'五帝、三王不易民以
教，行帝道而帝，行王道而王，顾所行何如尔。……'"
德彝不能对，然心以为不可。帝纳之不疑。至是，天下
大治。……帝谓群臣曰："此徵劝我行仁义，既效矣。

惜不令封德彝见之!"

上李太尉论江贼书^①

伏以太尉持柄在上,当轴处中,未及五年,一齐四海,德振法束,贪廉懦立,有司各敬其事^②,在位莫匪其任。虽九官事舜^③,十人佐周^④,校于太尉,未可为比。

伏以江淮赋税^⑤,国用根本,今有大患,是劫江贼耳。某到任才九月日,寻穷询访,实知端倪。夫劫贼徒,上至三船两船百人五十人,下不减三二十人,始肯行劫,劫杀商旅,婴孩不留。所劫商人,皆得异色财物,尽将南渡,入山博茶^⑥。盖以异色财物,不敢货于城市,唯有茶山,可以销受。盖以茶熟之际,四远商人,皆将锦绣缯缬、金钗银钏,入山交易,妇人稚子,尽衣华服,吏见不问,人见不惊。是以贼徒得异色财物,亦来其间,便有店肆为其囊橐,得茶之后,出为平人,三二十人,挟持兵仗。凡是镇戍,例皆单弱,止可供亿浆茗,呼召指使而已。镇戍所由[7],皆云"赊死易,就死难"。纵贼不捉,事败抵法,谓之赊死;与贼相拒,立见杀害,谓之就死。若或人少被捉,罪抵止于私茶,故贼云:"以茶压身,始能行得。"[8]凡千万辈,尽贩私茶。

亦有已聚徒党,水劫不便,逢遇草市[9],泊舟津口,便行陆劫,白昼入市,杀人取财,多亦纵火,唱棹徐去。去年十月十九日,劫池州青阳县市[10],凡杀六人,内取一人屠剖心腹,仰天祭拜。自迩已来,频于邻州,大有劫杀,沉舟灭迹者,即莫知其数。凡江淮草市,尽近水际,富室大户,多居其间。自十五年来,江南、江北,凡名草市,劫杀皆遍,只有三年再劫者,无有五年获安者。一劫之后,州县糜费,所由寻捉,烽火四出。凡是平人，多被恐胁，求取之外，恩仇并行，追逮证验，穷根寻叶，狼虎满路，狴牢充塞⑪。四五月后，炎郁蒸湿，一夫有疾，染习多死，免之则踪迹未白，杀之则赃状不明。一狱之中，凡五十人，中二十人，悉是此辈，至于真贼，十人不得一。

濠、亳、徐、泗、宋州贼⑫，多劫江西、淮南、宣、润等道⑬，许、蔡、申、光州贼⑭，多劫荆襄、鄂岳等道⑮，劫得财物，皆是博茶，北归本州货卖，循环往来，终而复始。更有江南土人，相为表里，校其多少，十居其半。盖以倚淮介江，兵戈之地，为郡守者，罕得文吏，村乡聚落，皆有兵仗，公然作贼，十家九亲，江淮所由，屹不敢入其间。所能捉获，又是沿江架船之徒，村落负担之类，临时胁去，分得涓毫，雄健聚啸之徒，尽不能获。为江湖之公害，作乡闾之大残，未有革厘，实可痛恨。

今若令宣、润、洪、鄂各一百人[16]，淮南四百人，每船以三十人为率，一千二百人分为四十船，择少健者为之主将，仍于本界江岸创立营壁，置本判官专判其事，拣择精锐，牢为舟棹，昼夜上下，分番巡检，明立殿最，必行赏罚。江南北岸添置官渡，百里率一，尽绝私载，每一宗船上下交送[17]。是桴鼓之声，千里相接，私渡尽绝，江中有兵，安有乌合蚁聚之辈敢议攻劫。

或曰："制置太大，不假如此。"答曰：今西北边，御未来之寇，备向化之戎，长倾东南物产，供百万口。况长江五千里，来往百万人，日杀不辜，水满冤骨，至于婴稚，曾不肯留。葛伯杀饷童子，汤征灭之，盖以童子无知而杀之，王者不舍其罪[18]。今长江连海，群盗如麻，骤雨绝弦，不可寻逐，无关可闭，无要可防。今者自出五道兵士，不要朝廷添兵，活江湖赋税之乡，绝寇盗劫杀之本，政理之急，莫过于斯。若此制置,凡去三害,而有三利。人不冤死,去一害也;乡闾获安,无追逮证验之苦,去二害也;每擒一私茶贼,皆称买卖停泊,恣口点染,盐铁监院追扰平人,搜求财货,今私茶尽黜,去三害也。商旅通流,万货不乏,获一利也;乡闾安堵,狴犴空虚,获二利也;撷茶之饶,尽入公室,获三利也。三害尽去,三利必滋,穷根寻源,在劫贼耳。

故江西观察使裴谊召得贼帅陈璠[19],署以军中职名,委以江湖之任。陈璠健勇,分毫不私,自后廉察,悉皆委任。至今陈璠每出彭蠡湖口[20],领徒东下,商船百数,随璠行止,璠去之后,惘然相吊。安有清朝盛时,太尉在位,反使万里行旅依一陈璠?

某详观格律敕条百二十卷,其间制置无不该备,至于微细,亦或再三,唯有江寇,未尝言及。今四夷九州,文化武伏,奉贡走职,罔不如法。言其功德,皆归太尉。敢率愚衷,上于明虑,冀裨亿万之一,无任战汗惶惧之至。某谨再拜。

① 李太尉:李德裕(787—850),字文饶,赵郡赞皇(今属河北)人。唐武宗会昌时任宰相,以功兼守太尉,晋爵卫国公。

② 有司:官吏。古代设官分职,事各有专司,故称有司。

③ 九官:传说虞舜置九官,即伯禹作司空,弃为后稷,契作司徒,皋陶作士,垂为共工,益作朕虞,伯夷作秩宗,夔作典乐,龙为纳言。舜:古帝名,即虞舜。

④ 十人佐周:十人即谓十乱,指周武王十个具有治国平乱才能的大臣,即周公旦、召公奭、太公望、毕公、荣公、太颠、闳夭、散宜生、南宫适及文王母。

⑤ 江淮:长江、淮河地区。

⑥ 博茶:换取茶叶。博,换取,取得。

⑦ 所由:主管官吏。唐以来多指地方小吏或差役。

⑧ 原注:"言随身有茶,即人不疑是贼。"

⑨ 草市:城外市集。

⑩ 池州：治所在秋浦(今安徽贵池)。青阳：地名,今属安徽。

⑪ 狴牢：也作狴犴,监狱。

⑫ 濠：濠州,治所在钟离(今安徽凤阳东)。亳：治所谯县(今安徽亳州)。徐：徐州,治所在今江苏徐州。泗：泗州,治所在临淮(今泗洪东南,盱眙对岸)。宋州：治所在睢阳(今河南商丘)。

⑬ 江西：江南西道,治所洪州(今江西南昌)。淮南：淮南道,治所在扬州(今属江苏)。宣：指宣歙池都团练观察处置使府,治所在宣州(今安徽宣城)。润：指浙西镇,治所在润州(今江苏镇江)。

⑭ 许：许州,治所在长社(今河南许昌)。蔡：蔡州,治所在汝阳(今属河南)。申：申州,北周置,治所在平阳县(今河南信阳)。光州：唐治所在定城(今河南潢川)。

⑮ 荆襄：指荆南和山南东道。荆南治所在荆州(今湖北江陵)。山南东道治所在襄阳(今湖北襄樊)。鄂岳：鄂岳镇,治所在鄂州(今湖北武昌)。

⑯ 洪：洪州,治所在今江西南昌。鄂：鄂州,治所江夏,即今武汉市武昌。

⑰ 每一宗船句：原注："同阻风,风便同发,名为一宗。"

⑱ 葛伯四句：葛伯为夏时诸侯。《孟子·滕文公》下载："汤使亳众往为之耕，老弱馈食。葛伯率其民，要其有酒食黍稻者夺之，不授者杀之。有童子以黍肉饷，杀而夺之。《书》曰：'葛伯仇饷。'此之谓也。为其杀是童子而征之。"

⑲ 裴谊：生卒年未详。其任江西观察使在大和四年（830）至七年（833）。

⑳ 彭蠡湖：在今江西浔阳东南五十二里。隋代曾改名鄱阳湖。

　　本文作于唐武宗会昌五年（845），时杜牧任池州刺史。诗人一贯注意历史与现实的社会治乱问题，并能提出自己的解决办法。此文即针对当时江淮间的盗贼问题而上书宰相李德裕。从这篇文章中，不仅可以见到当时所存在的严重的社会问题，也可以了解杜牧对这一社会问题的立场，以及治理它的措施办法，对了解杜牧其人颇有助益。

池州春送前进士蒯希逸[1]

芳草复芳草,断肠还断肠。自然堪下泪,何必更残阳。楚岸千万里[2],燕鸿三两行[3]。有家归不得,况举别君觞。

[1] 前进士:唐代对登进士第者的称呼。《唐国史补》卷下:"得第谓之前进士。"蒯希逸:字大隐,唐武宗会昌三年(843)擢进士第。

[2] 楚岸:池州(治所在秋浦,即今安徽贵池)临江,因属古楚地,故称。

[3] 燕:古国名,在今河北北部和辽宁西部一带,建都于蓟(今北京城西南隅)。此泛指北方。

此诗约作于会昌五、六年间(845—846),时杜牧任池州刺史。

此诗流畅自然,毫无刻琢之迹。且前两句用词有意重叠反复,不仅加强了离愁别绪的主旨,而且增强音乐感,使诗句更显流畅。中间四句,也被黄周星称为"竟是极妙绝句"(《唐诗快》卷十)。

春末题池州弄水亭[①]

使君四十四[②],两佩左铜鱼[③]。为吏非循吏,论书读底书? 晚花红艳静,高树绿阴初。亭宇清无比,溪山画不如。嘉宾能啸咏,宫妓巧妆梳。逐日愁皆碎,随时醉有余。偃须求五鼎[④],陶只爱吾庐[⑤]。趣向人皆异,贤豪莫笑渠。

① 弄水亭:《清一统志》:"在贵池县南通远门外,唐杜牧建,取李白'饮弄水中月'之句为名。"

② 使君:对州郡长官的称呼。唐代州长官为刺史。此为杜牧自称,其时任池州刺史,年四十四。

③ 铜鱼:铜制鱼形符信,五品以上官员佩带。分左右两枚,唐刺史出任时佩左鱼,与贮于州库中的右鱼相合,以为凭信。

④ 偃须句:偃,主父偃,西汉时人,历任郎中、中大夫,曾说:"丈夫生不五鼎食,死则五鼎亨(烹)耳!吾日暮,故倒行逆施之。"(《汉书·主父偃传》)

⑤ 陶只句:晋代诗人陶渊明《读〈山海经〉》诗有"众鸟欣有托,吾亦爱吾庐"句。

此诗作于会昌六年(846)春末,诗人年四十四,为池州刺史时。

诗中抒发了作者两任外州刺史,自感无所作为的不满与牢骚,表明不学主父偃唯求飞黄腾达,五鼎而食,而愿效陶渊明隐逸悠游的志向。当然,这种志向的表达,实际更多地还是在抒发自己的牢骚不平。

此诗为五言排律,故对偶工整有致。其写景亦颇有佳句。曾季狸《艇斋诗话》称:"春晚景物说得出者,惟韦苏州'绿阴生昼寂,孤花表春余',最有思致。如杜牧之'晚花红艳静,高树绿阴初',亦甚工,但比韦诗,无雍容气象尔。"

新 定 途 中①

无端偶效张文纪②,下杜乡园别五秋③。

重过江南更千里,万山深处一孤舟。

① 新定:即睦州,又名新定郡,治所在今浙江建德。

② 张文纪:张纲,字文纪。据《后汉书·张纲列传》,他为人刚直,不畏权贵。顺帝时为侍御史,曾被选遣徇行风俗,"余人受命之部,而纲独埋其车轮于洛阳都亭,曰:'豺狼当路,安问狐狸!'"遂弹劾大将军梁冀、河南尹梁不疑罪,以此被贬广陵太守。

③ 下杜:地名,在长安杜陵附近。周代时有杜原城,汉宣帝时在原上筑陵墓并置县,改名下杜。

此诗作于会昌六年(846)秋九月,杜牧由池州刺史赴睦州刺史途中。

此前诗人已历任二州,别离故园五年。此时还未能返京,反而改任更为偏远的睦州小郡,这不由得让诗人充满了怨怒之情。就如他在此后《祭周相公》一文中自述当时及在睦州时处境与心情所说:"僻左五岁,遭逢圣明。收拾冤沉,诛破罪恶。牧于此际,更迁桐庐。东下京江,南走千里。曲屈越障,如入洞穴。惊涛触舟,几至倾没。万山环合,才千余家。夜有哭鸟,昼有毒雾。病无与医,饥不兼食。抑喑逼塞,行少卧多。逐者纷纷,归轸相接。唯牧远弃,其道益艰。"在他看来,他之所以一再被排挤,原因即在于他过于刚直而得罪朝中权臣。

诗末两句以景写情,虽不言孤苦怨恨,而此心境已含蕴其中,自能令人沉吟久之。

泊　秦　淮①

烟笼寒水月笼沙,夜泊秦淮近酒家。
商女不知亡国恨②,隔江犹唱后庭花③。

① 秦淮:即秦淮河。有二水源,会合于方山,西经金陵(今南京)城中,北入长江。相传秦始皇于方山掘流,西入江,亦

曰淮,因称秦淮。

② 商女:歌女。

③ 后庭花:曲名,即《玉树后庭花》。为陈后主所作,历来被视
　　为亡国之音。

　　此诗约作于杜牧由池州刺史赴睦州刺史任经金陵
时,即会昌六年(846)秋冬间。

　　此诗含蓄隽永,意味深长。前人评析甚多,如《唐
诗绎》:"首句写景荒凉,已为'亡国恨'钩魂摄魄。三、
四推原亡国之故,妙就现在所闻犹是亡国之音感叹,索
性用'不知'二字,将'亡国恨'三字扫空,文心幻曲。"
《而庵说唐诗》云:"'烟笼寒水',水色碧,故云'烟笼'。
'月笼沙',沙色白,故云'月笼'。下字极斟酌。夜泊秦
淮,而与酒家相近,酒家临河故也。商女,是以唱曲作生
涯者,唱《后庭花》曲,唱而已矣,哪知陈后主以此亡国,
有恨于其内哉! 杜牧之隔江听去,有无限兴亡之感,故
作是诗。"《唐人绝句精华》谓"三句非责商女,特借商女
犹唱《后庭花》曲以叹南朝之亡耳。六朝之局,以陈亡

而结束,诗人用意自在责陈后主君臣轻荡,致召危亡也"。除上所析外,此诗实际上也有借商女犹唱《后庭花》曲以讽其时醉生梦死的士大夫阶层之意。

此诗被《唐诗别裁》称为"绝唱"。《批点唐诗正声》亦云:"写景命意俱妙,绝处怨体反言,与诸作异。"《诗法易简录》亦谓"'不知'二字感慨最深,寄托甚微。通首音节神韵,无不入妙,宜沈归愚叹为绝唱"。

江南春绝句

千里莺啼绿映红,水村山郭酒旗风。
南朝四百八十寺①,多少楼台烟雨中。

① 南朝:史称建都于建康(今江苏南京)的宋、齐、梁、陈四朝为南朝。

此诗或作于杜牧任睦州刺史时,盖睦州即在江南。
此诗颇善于写景,景色如画,且颇具风调。故《唐人万首绝句选评》称"二十八字中写出江南春景,真有吴道子于大同殿画嘉陵山水手段,更恐画不能到此耳"。对于首句,《升庵诗话》提出"'千里莺啼',谁人听得? 千里'绿映红',谁人见得? 若作'十里',则莺啼绿红之景,村郭、楼台、僧寺、酒旗皆在其中矣"。对此,《历代诗话考索》驳之云:"余谓即作'十里',亦未必听得着、看得见。题云《江南春》,江南方广千里。千里之中,莺啼而绿映焉,水村山郭,无处无酒旗,四百八十寺,楼台多在烟雨中也。此诗之意既广,不得专指一处,故总而名曰《江南春》,诗家善立题者也。"《唐人绝句精华》谓"此诗乃杜牧游江南时,感于景物之繁丽,追想南朝盛日,遂有此作"。

此诗在选景上亦颇具匠心,"缀以'烟雨'二字,便见春景,古人工夫细密"(《唐三体诗评》)。《网师园唐诗笺》亦称"江南春景,描写莫尽,能以简括,胜人多许"。《历代诗发》云:"'四百八十寺',无景不收入结句,包罗万象,真天地间惊人语也。"

山　行[①]

远上寒山石径斜,白云生处有人家。

停车坐爱枫林晚,霜叶红于二月花。

① 此诗见于《樊川外集》。诗作年不可考,以前诗为绝句,故
　并录于此。

　　杜牧绝句尤善于写景抒情,宛然如画,且别具风调
情致,此诗即如此。它将山间景致写得秋光绚烂,景色
幽邃,尤其是"霜叶红于二月花"之句,更是脍炙人口。
《归田诗话》谓:"予为童子时,十月朝从诸长上拜南山
先垅,行石磴间,红叶交坠。先伯元范诵杜牧之'停车
坐爱枫林晚,霜叶红于二月花'之句……至今每见红叶
与飞落,辄思之。"人们之所以如此欣赏此句,其原因正
如俞陛云所说:"诗人之咏及红叶者多矣,……唯杜牧
诗专赏其色之艳,谓胜于春花。当风劲霜严之际,独绚
秋光,红黄绀紫,诸色咸备,笼山络野,春花无此大观,宜

司勋特赏于艳李秾桃外也。"(《诗境浅说续编》)而且
"读此可见诗人高怀逸致。霜叶胜花,常人所不易道出
者。一经诗人道出,便留诵千口矣"(《唐人绝句精
华》)。此诗在写景上也颇有层次,且内在联系紧密,相
互映发。此诚如《唐三体诗评》所析:"'白云'即是炊
烟,已起'晚'字;'白'、'红'二字,又相映发。'有人
家'三字下反接'停车','爱'字方有力。"

寄扬州韩绰判官①

青山隐隐水遥遥,秋尽江南草木凋。
二十四桥明月夜②,玉人何处教吹箫?

① 韩绰:杜牧友人,曾任节度判官。杜牧另有《哭韩绰》诗。
　　判官:唐代节度使、观察使属下官。
② 二十四桥:有二说:一说认为即红药桥,因古有二十四位
　　美女吹箫于此而得名。沈括《梦溪笔谈·补笔谈》则认为
　　唐时扬州城有二十四座桥:"最西浊河茶园桥,次东大明

桥，入西水门有九曲桥，次东正当帅牙南门，有下马桥，又
东作坊桥。桥东河转向南，有洗马桥，次南桥，又南阿师
桥、周家桥、小市桥、广济桥、新桥、开明桥、顾家桥、通泗
桥、太平桥、利国桥。出南水门有万岁桥、青园桥。自驿桥
北河流东出，有参佐桥，次东水门东出有山光桥，又自牙门
下马桥直南，有北三桥、中三桥、南三桥，号九桥，不通船，
不在二十四桥之数，皆在今州城西门之外。"

此诗作年难确考，当为杜牧在江南时所作。会昌六
年（846）至大中二年（848），杜牧为睦州刺史，或作于此
数年间。

诗人对扬州颇怀深情眷恋，故借寄诗友人韩绰，一
则致候，一则寓其留恋向往扬州之情。谢枋得《唐诗绝
句注解》谓是诗"厌江南之寂寞，思扬州之欢娱，情虽切
而辞不露"。《唐诗选脉会通评林》云："胡次焱曰：对
草木凋谢之秋，思月桥吹箫之夜，寂寞之恋喧哗，始不胜
情。'何处'二字最佳。"《唐诗笺注》亦云："'十年一觉
扬州梦'，牧之于扬州绻恋久矣。'二十四桥'二句，有

神往之致,借韩以发之。"

　　此诗含蓄婉转,情韵优美。《唐诗选脉会通评林》引陆时雍之评云:"杜牧七言绝句,婉转多情,韵亦不乏,自刘梦得以后一人。"又说:"此不过谓韩判官当此零落之候,教箫于月中,不知'二十四桥'之夜在于何处? 含无限意绪耳。"前人亦称此诗"风流秀曼,一片精神"(《精选评注五朝诗宇津梁》)。又说:"深情高调,晚唐中绝作,可以媲美盛唐名家。"(《唐人万首绝句选评》)《历代诗发》亦称此诗"丰神摇曳",可谓的评。

郑　瓘　协　律①

广文遗韵留樗散②,鸡犬图书共一船。
自说江湖不归事,阻风中酒过年年③。

　① 郑瓘:其人不详。《新唐书·宰相世系表》有"郑氏北祖房瓘,登州户曹参军。"未知是否即此人。协律:即协律郎。属太常寺,掌调和律吕,正八品上。

② 广文：即郑广文，盛唐时广文馆博士郑虔。据《新唐书·郑虔传》，虔字弱斋，郑州荥阳人。曾为协律郎，又任广文馆博士。擅长诗、书、画，号为"三绝"。安史乱后，因受伪职贬台州司户。樗散：无用之木。语本《庄子·逍遥游》："吾有大树，人谓之樗。其大本臃肿而不中绳墨，其小枝卷曲而不中规矩，立之途，匠者不顾。"又《庄子·人间世》："散木也，以为舟则沉，以为棺椁则速腐，以为器则速毁，以为门户则液樠，以为柱则蠹，是不材之木也，无所可用。"又杜甫《送郑十八虔贬台州司户》诗："郑公樗散鬓成丝，酒后常称老画师。"

③ 中酒：醉酒。

此诗借叹郑瓘协律之落拓江湖，不为世所用，而同时寓自怜之意。《唐人万首绝句选评》称此诗"极状落魄，语意沉至"。翁方纲《石洲诗话》也极称赏此诗，谓"小杜之才，自王右丞后未见其比，其笔力回斡处，亦与王龙标、李东川相视而笑。'少陵无人谪仙死'，竟不意又见此人。只如'今日鬓丝禅榻畔，茶烟轻飏落花风'、'自说江湖不归事，阻风中酒过年年'，直自开宝以后百余年无人能道。而五代南北宋以后,亦更不能道矣。此真悟彻汉魏六朝之底蕴者也"。所说汉魏六朝之底蕴,大概即指此诗诗句流畅自然,不雕琢刻画而能浑然一体,诗旨亦不直接说出,语意沉潜于平淡自然的叙述中。

杭州新造南亭子记

佛著经曰:生人既死,阴府收其精神,校平生行事罪福之。坐罪者,刑狱皆怪险,非人世所为,凡人平生一失举止,皆落其间。其尤怪者,狱广大千百万亿里,积火烧之,一日凡千万生死,穷亿万世,无有间断,名为"无间"①。夹殿宏廊,悉图其状,人未熟见者,莫不毛立神骇。佛经曰:我国有阿阇世王②,杀父王篡其位,法当入所谓狱无间者,昔能求事佛,后生为天人。况其他罪,事佛固无恙。

梁武帝明智勇武③,创为梁国者,舍身为僧

奴,至国灭饿死不闻悟,况下辈固惑之。为工商者,杂良以苦,伪内而华外,纳以大秤斛,以小出之,欺夺村闾戆民,铢积粒聚,以至于富。刑法钱谷小胥,出入人性命,颠倒埋没,使簿书条令不可究知,得财买大第豪奴,如公侯家。大吏有权力,能开库取公钱,缘意恣为,人不敢言。是此数者,心自知其罪,皆捐己奉佛以求救,月日积久,曰:“我罪如是,贵富如所求,是佛能灭吾罪,复能以福与吾也。”有罪罪灭,无福福至,生人唯罪福耳,虽田妇稚子,知所趋避。今权归于佛,买福卖罪,如持左契,交手相付。至有穷民,啼一稚子,无以与哺,得百钱,必召一僧饭之,冀佛之助,一日获福。若如此,虽举寰海内尽为寺与僧,不足怪也。屋壁绣纹可矣,为金枝扶疏,擎千万佛;僧为具味饭之可矣,饭讫持钱与之。不大、不壮、不高、不多、不珍奇瑰怪为忧,无有人力可及而不为者。

晋④,霸主也,一铜鞮宫之衰弱⑤,诸侯不肯来盟,今天下能如几晋,凡几千铜鞮,人得不困哉?文宗皇帝尝语宰相曰⑥:"古者三人共食一农人,今加兵、佛,一农人乃为五人所食,其间吾民尤困于佛。"帝念其本牢根大,不能果去之。

武宗皇帝始即位⑦,独奋怒曰:"穷吾天下,佛也。"始去其山台野邑,四方所冠其徒,几至十万人。后至会昌五年⑧,始命西京留佛寺四⑨,僧唯十人;东京二寺⑩。天下所谓节度观察⑪,同、华、汝三十四治所⑫,得留一寺,僧准西京数,其他刺史州不得有寺。出四御史缕行天下以督之⑬,御史乘驿未出关,天下寺至于屋基耕而刊之。凡除寺四千六百,僧尼笄冠二十六万五百,其奴婢十五万,良人枝附为使令者,倍笄冠之数,良田数千万顷,奴婢口率与百亩,编入农籍。其余贱取民直,归于有司,寺材州县得以恣新其公署传舍。

今天子即位⑭，诏曰："佛尚不杀而仁，且来中国久，亦可助以为治。天下州率与二寺，用齿衰男女为其徒，各止三十人，两京数倍其四五焉。"著为定令，以徇其习，且使后世不得复加也。

赵郡李子烈播⑮，立朝名人也，自尚书比部郎中出为钱塘⑯。钱塘于江南，繁大雅亚吴郡⑰，子烈少游其地，委曲知其俗蠹人者，剔削根节，断其脉络，不数月人随化之。三笺干丞相云："涛坏人居，不一焊锢，败侵不休。"诏与钱二千万，筑长堤，以为数十年计，人益安喜。子烈曰："吴、越古今多文士⑱，来吾郡游，登楼倚轩，莫不飘然而增思。吾郡之江山甲于天下，信然也。佛炽害中国六百岁，生见圣人，一挥而几夷之，今不取其寺材立亭胜地，以彰圣人之功，使文士歌诗之，后必有指吾而骂者。"

乃作南亭,在城东南隅,宏大焕显,工施手目,发匀肉均,牙滑而无遗巧矣。江平入天[19],越峰如髻,越树如发,孤帆白鸟,点尽上凝。在半夜酒余,倚老松,坐怪石,殷殷潮声,起于月外。

东闽、两越[20],宦游善地也,天下名士多往之。予知百数十年后,登南亭者,念仁圣天子之神功矣[21],美子烈之旨迹。睹南亭千万状,吟不辞已;四时千万状,吟不能去。作为歌诗,次之于后,不知几千百人矣。

① 无间:即无间地狱,又称阿鼻地狱。为八大地狱的第八狱。据《俱舍论》所说,位于南赡部洲之下二万由旬,深广亦二万由旬,堕入者"受苦无间",造"十不善业"重罪者堕之。

② 阿阇世王:意译"未生怨"。传说其未生时相师占卜其长大害父,故名。据佛经,其为释迦在世时摩揭陀国的国王。父名频婆娑罗,母名韦提希。长大后与背叛释迦的提婆达多密谋,害父即位。后亦皈依佛教。

③ 梁武帝:萧衍,字叔达。公元502年至548年在位。笃信

佛教，大造佛寺，三次舍身同泰寺。后侯景叛乱，饥病
而死。

④ 晋：指春秋时晋文公。

⑤ 铜鞮宫：春秋时晋平公所建。故址在今山西沁县。

⑥ 文宗皇帝：即唐文宗李昂，公元827年至840年在位。

⑦ 武宗皇帝：即唐武宗李炎，公元841年至846年在位。

⑧ 会昌五年：即公元845年。

⑨ 西京：指唐首都长安。

⑩ 东京：唐以洛阳为东京。

⑪ 节度观察：即节度使所、观察使所。节度使、观察使皆唐一
地区长官。有时节度使亦兼任观察使；不设节度使处即以
观察使为长官。

⑫ 同：同州，治所在今陕西大荔。华：华州，治所在今陕西华
县。汝：汝州，治所在今河南临汝。

⑬ 御史：即监察御史，唐御史台官。掌监察弹劾纠察之务。

⑭ 今天子：指唐宣宗李忱，公元847年至860年在位。

⑮ 赵郡：郡国名。西汉时治所在邯郸（今河北邯郸西南）。

⑯ 尚书：尚书省，与中书、门下二省合为唐朝廷最高权力机
构。比部郎中：比部为刑部所辖，掌内外诸司公廨，及公私

债负徒役公程赃物账等。有郎中、员外郎官。钱塘：古县
名,即唐杭州治所。

⑰ 吴郡：即苏州(今属江苏)。

⑱ 吴越：指江浙地区,古属吴国、越国所辖。

⑲ 江：指钱塘江。

⑳ 东闽：指福建。两越：指浙江、浙西。

㉑ 仁圣天子：指唐武宗。死后追尊"仁圣文武章天成功神德
明道大孝皇帝"。

　　此文作于会昌六年(846)末或稍后,杜牧由池州赴
睦州刺史任时。

　　作者世习儒业,尊奉孔子,非夷狄之俗,曾于《书处
州韩吏部孔子庙碑阴》一文中说："天不生夫子于中国,
中国当何如? 曰不夷狄如也。"并批评梁武帝"以天子
尊,舍身为其(佛)奴,散发布地,亲命其徒践之"的做
法。作者的这种反佛的立场在本文中也极为明显,可与
前文并读。本文更指出为工商者、刑法钱谷小吏、大吏
等借"佛能灭吾罪,复能以福与吾"而缘意恣为的罪恶

行径,深刻地说明了"今权归于佛,买福卖罪,如持左契,交手相付"的弊病,从而肯定了唐武宗的灭佛行动。

杜牧虽对自己在武宗朝受排挤怀有不满,但对武宗的反佛则取赞赏态度,这说明他并非以一己得失来评判朝政的好坏。李慈铭《越缦堂读书记》谓:"考牧之虽稍见用于大中初,其时职史秉笔,未免于会昌朝事,稍形指斥,此亦君相之意。其微词见义,如《奇章公墓志》中直载刘从谏入朝还镇月日,及《杭州南亭记》言武宗毁佛等事,固曲直甚明尔。"

正初奉酬歙州刺史邢群[①]

翠岩千尺倚溪斜,曾得严光作钓家[②]。越嶂远分丁字水[③],腊梅迟见二年花。明时刀尺君须用,幽处田园我有涯。一壑风烟阳羡里[④],解龟休去路非赊[⑤]。

---

① 诗题依冯集梧《樊川诗集注》本。正初:农历正月初一。

歙州：治所在歙县（今属安徽）。邢群：字涣思，河间（今属河北）人。大和三年（829）进士，武宗时为处、歙二州刺史。与杜牧交谊深厚，死后杜牧曾为其撰墓志铭。

② 严光：即东汉严子陵。子陵曾隐于浙江富春山，垂钓于严陵濑。

③ 丁字水：冯集梧注引《一统志》："严州府东阳江，在建德县东南二里，上流即衢婺二港，至兰溪县合流，又北至县东南入浙江，形如丁字，亦名丁字水。"

④ 阳羡：县名，秦置，治所在今江苏宜兴南荆溪南岸。隋开皇九年（589）改名义兴县，移治今宜兴。

⑤ 解龟：解去所佩的龟印，指辞官。汉制：凡吏秩二千石以上，皆银印青绶，印背有龟纽。赊：遥远。

此诗作于唐宣宗大中二年（848）初，时杜牧仍在睦州刺史任。

歙州刺史邢群是杜牧的好友，此前曾有《郡中有怀寄上睦州员外杜十三兄》诗，杜牧这首诗即为和作。邢群诗云："城枕溪流更浅斜，丽谯连带邑人家。经冬野菜青青色，未腊山梅处处花。虽免嶂云生岭上，永无音信到天涯。如今岁晏从羁滞,心喜弹冠事不赊。"杜牧乃次其韵,酬其意而作此诗。两诗并读,可见古人酬和诗之工整和应对关系。方回评此诗云:"前四句言各州之景,后四句言情,皆佳句也。"(《瀛奎律髓汇评》)诗中"一麾风烟阳羡里,解龟休去路非赊"两句,乃酬答邢群的"心喜弹冠事不赊"的祝愿,表明诗人解官隐退的意愿。这意愿本非诗人所乐意,乃是长期被排挤在朝外所激起的愤怨与消极的情绪表露。

初春有感寄歙州邢员外[①]

雪涨前溪水[②],啼声已绕滩。梅衰未减态,春嫩不禁寒。迹去梦一觉,年来事百般。闻君亦多感,何处倚栏干。

① 歙州邢员外:见前诗注①。邢员外,即邢群。邢群曾任刑部员外郎。

② 前溪:在今浙江德清。冯集梧注引《景定严州续志》:"分

水县前溪,在县南,出柳柏乡,经分水乡入定安,会于天
目溪。"

此诗作于大中二年(848)春,时杜牧四十六岁,任
睦州刺史。

杜牧与邢群早年即为同僚,交情颇笃。在会昌中,
两人均出守外郡,政治上皆不得志,故声气相合,情谊更
深。杜牧在诗末四句即深致思念之情。此后一年余,邢
群即病卒,杜牧为作《唐故歙州刺史邢君墓志铭并序》,
文中叙及作此诗前后情况:"某自池转睦,歙州相去直
西东三百里,问来人曰:'邢君何以为治?'曰:'急于束
缚黠夷。冗事弊政,不以久远,必务尽根本。'某曰:'邢
君去缙云日,稚老泣送于路,用此术也。'复问:'闲日何
为?'曰:'时饮酒高歌极欢。'某曰:'邢君不喜酒,今时
饮酒且歌,是不以用繁虑,而不快于守郡也。'复问曰:
'日食几何?'曰:'嗜彘肉,日再食。'……数月,涣思正
握管,两手反去背,仆于地,竟日乃识人,果以风疾废。
舟东下,次于睦,两扶相见,言涩不能拜。"

睦 州 四 韵①

　　州在钓台边②,溪山实可怜。有家皆掩映,
无处不潺湲。好树鸣幽鸟,晴楼入野烟。残春
杜陵客③,中酒落花前。

① 睦州:治所在建德(今属浙江)。

② 钓台:指东汉严子陵钓台,故址在今浙江桐庐富春山。下
　　瞰富春渚,有东西二台,各高数百丈。

③ 杜陵客:杜牧自谓。杜陵,在今陕西西安东南。古为杜伯
　　国。本名杜原,又名乐游原。秦置杜县。汉宣帝在此筑
　　陵,改名杜陵。

　　诗写睦州风光,颇令人喜爱。然从末两句寻味,诗
人虽怜爱睦州风光,但又颇不快于长期任职外郡,以此
而"中酒",且多故园之思。此诗风格颇为"轻快俊逸"
(方回语,见《瀛奎律髓汇评》。下引诸人语均见此书)。
冯舒认为"平平八句,不使才气。中二联俱是春暮,故

落句好"。纪昀谓："三、四今已成套,然初出自佳。六句不自然。结得浅淡有情。"又云："风致宜人。"何义门着重评析末两句云："溪山岂不佳? 只韦、杜才地不堪常置闲处耳。'残春'、'中酒',比年事蹉跎,作用既微,笔力尤横。"

朱坡绝句三首①

其 一

故国池塘倚御渠,江城三诏换鱼书②。
贾生辞赋恨流落③,只向长沙住岁余④。

① 朱坡:在唐长安城南四十里。冯集梧注引《雍大记》:"朱坡在陕城南四十里,与华严寺相近,瞰南山之胜。故少保杜公池亭在焉。"

② 江城:邻近江边的郡城。黄州、池州、睦州三地皆临江。鱼书:指唐刺史任职时所受鱼符和敕牒。《演繁露》卷一:"唐世左鱼之外,又有敕牒将之,故兼名鱼书。"

③ 贾生：贾谊。因在朝言政为人所谗，贬长沙王太傅。曾作
《鵩鸟赋》寓叹被谪遭遇。

④ 只向句：原注："文帝岁余思贾生。"据《史记·贾生列传》：
"后岁余，贾生征见。孝文帝方受釐，坐宣室。上因感鬼神
事，而问鬼神之本。……居顷之，拜贾生为梁怀王太傅。"
《史记》所记"岁余"事，乃在贾谊贬长沙三年作《鵩鸟赋》
之后，故贾谊之贬前后实有四年多。

此诗及后面所选二首绝句，均作于在睦州时，最迟
在大中二年(848)。

此诗句句意在抒发自己长期被排挤在朝外，自感流
落不偶的怨恨，以及由此而兴起的浓郁的故国之思。
"江城三诏换鱼书"已寓久滞外郡之怨；"只向"句，更以
贾谊事衬托自己的长期沦落之悲。诗旨虽寓怨恨牢愁，
却又含蓄深沉，宛转曲隐，体现了杜牧绝句的典型特色。

其 二

烟深苔巷唱樵儿，花落寒轻倦客归。

藤岸竹洲相掩映,满池春雨鹡鸰飞。

此诗描绘朱坡春日美好景色。不论是在苔巷中歌唱的樵儿,或是踏着落花而归的倦客,都会令人兴起对故乡的美好温馨之感。而后两句故乡景色的描摹,如诗如画,亦令人沉醉向往之至。诗人虽未明言思乡之情,然读者自可从他对故乡优美春景的描绘中寻味出来。于此正可体会前人所谓一切景语皆情语之说。

其　三

乳肥春洞生鹅管①,沼避回岩势犬牙。
自笑卷怀头角缩,归盘烟磴恰如蜗。

① 乳肥:指硕大的石钟乳。鹅管:指石钟乳中的孔洞轻薄如鹅翎管。

　　诗前两句仍写朱坡景色,而后两句则转写自己的处境。写自己乃采用双关比喻法。写蜗牛亦意在形象地刻画自己"卷怀头角缩"的落拓不偶。其时诗人的处境与心情在大中二年(848)的《上吏部高尚书状》中即有明白的表露："人惟朴樕，材实朽下，三守僻左，七换星霜，拘挛莫伸，抑郁谁诉。每遇时移节换，家远身孤，吊影自伤，向隅独泣。将欲渔钓一壑，栖迟一丘，无易仕之田园，有仰食之骨肉。当道每叹，末路难循，进退唯艰，愤悱无告。……江山绝域，登临已秋，猿吟鸟思，草衰木坠。……流落多戚，今古同尘。"读此而体味此诗，则诗旨与诗人之处境心情可一目了然了。

忆游朱坡四韵①

秋草樊川路②，斜阳覆盎门③。猎逢韩嫣骑④，树识馆陶园⑤。带雨经荷沼，盘烟下竹村。如今归不得，自戴望天盆⑥。

① 朱坡：见《朱坡绝句三首》之一注①。
② 樊川：在今陕西长安之南。其地本杜县的樊乡。汉樊哙食

邑于此,川因以得名。杜牧有别墅在此。

③ 覆盎门:汉长安城门名。在长安城南出东头第一门,又称杜门。

④ 韩嫣:汉武帝宠臣,善骑射,善佞,官至上大夫。据《史记·佞幸列传》,"江都王入朝,有诏得从入猎上林中。天子车驾跸道未行,而先使嫣乘副车,从数十百骑,骛驰视兽。江都王望见,以为天子,辟从者,伏谒道旁。嫣驱不见。"

⑤ 馆陶:即汉武帝之姑馆陶公主,曾将长门园献给汉武帝。

⑥ 自戴句:用司马迁《报任安书》语:"仆以为戴盆何以望天。"

此诗约作于大中二年(848)或稍前,杜牧在朝外任刺史时。

诗人对京城,尤其是自己的故园十分热爱,在朝外任官久不能回家园时,经常眷恋着樊川的一草一木,写下了多首怀念的诗篇。除以上所录外,尚有《朱坡》五言排律,较详细地描绘其地景色,表现其思乡之情。今录于下,供参考:

下杜乡园古,泉声绕舍啼。静思长惨切,薄宦与乖睽。北阙千门外,南山午谷西。倚川红叶岭,连寺绿杨堤。迥野翘霜鹤,澄潭舞锦鸡。涛惊堆万岫,舸急转千溪。眉点萱牙嫩,风条柳幄迷。岸藤梢虺尾,沙渚印麛蹄。火燎湘桃坞,波光碧绣畦。日痕絚翠巘,陂影堕晴霓。蜗壁斓斑藓,银筵豆蔻泥。洞云生片段,苔径缭高低。偃蹇松公老,森严竹阵齐。小莲娃欲语,幽笋稚相携。汉馆留余址,周台接故蹊。蟠蛟岗隐隐,斑雉草萋萋。树老萝纤组,岩深石启闺。侵窗紫桂茂,拂面翠禽栖。有计冠终挂,无才笔谩提。自尘何太甚,休笑触藩羝。

上吏部高尚书状[1]

某启。人惟朴樕[2],材实朽下,三守僻左,七换星霜[3]。拘挛莫伸,抑郁谁诉。每遇时移节换,家远身孤,吊影自伤,向隅独泣。将欲渔钓一壑,栖迟一丘,无易仕之田园,有仰食之骨肉。当道每叹,末路难循,进退唯艰,愤悱无告。今者大君继统④,贤相秉钧,遗坠必举,髦隽并作。伏惟尚书秩高天爵,德冠人伦,为搢绅之纪纲,作朝廷之标表。凡游门馆,莫非隽贤,至于小人,最为凡器。顷者幸以属郡,祗事廉车⑤,奉约束而虽严,涤昏蒙而无术,实多偾阙⑥,每赖恩容。敢望尊严,特自褒举,手示远降,羁魂震惊,感激彷徨,涕泪迸落。便无跛倚,如生羽翰,全忘鼠循,忽欲鸟举。虽阙下一召,岁中四迁,校其光荣,不能逾越。《礼》曰:"君子爱其死,有以待也;养其身,有以为也。"是小人忘生杀身之地,刳肠奉首之报,今得之矣,复何求焉?江山绝域,登临已秋,猿吟鸟思,草衰木坠。黎侯寓卫,有《式微》之诗⑦;赵王迁房,创《山木》之咏⑧。流落多戚,今古同尘,回望门墙,涕恋唯积。起居未由,无任血诚恳悃之至。谨状。

① 高尚书：即高元裕（777—852），字景圭。贞元十二年（796）进士，宣宗时官吏部尚书。

② 朴樕：比喻浅陋、平庸。

③ 三守二句：指杜牧外任僻远的黄、池、睦三州，已经七年（842—848）。

④ 大君：指唐宣宗李忱（847—860）。

⑤ 廉车：此指高元裕曾任宣歙观察使。池州属宣歙管辖。杜牧任池州刺史时，高元裕正为宣歙观察使，故有此句。

⑥ 愆阙：罪过、缺失。愆，同愆。

⑦ 黎侯二句：据《左传》鲁宣公十五年（594），狄人潞氏侵夺黎氏地，晋灭潞，立黎侯于黎城。又《诗经·邶风》有《式微》篇，其《小序》说黎侯被逐而寓于卫，卫处之以二邑，因安之不归，故其臣赋诗劝之。

⑧ 赵王二句：《文选·江淹〈恨赋〉》："若乃赵王既虏，迁于房陵。"李善注引《淮南子》："赵王迁流房陵，思故乡，作《山木》之讴，闻者莫不陨涕。"房，房陵，县名，秦置。治所在今湖北房县。秦始皇徙嫪毐、吕不韦党万四千余家于此，后又徙赵王迁于此。

此文作于大中二年（848），时杜牧仍在睦州刺史任，而高元裕为吏部尚书。此前，高元裕曾任宣歙观察使，为当时池州刺史杜牧的上司。因有这一层关系，杜牧这时上书高元裕，目的在于希望能得到高元裕的援引，回朝任职。

杜牧在文中叙述了他"三守僻左，七换星霜"的经历，描绘其"进退唯艰"的困窘。这一段描述既是其时作者处境的真实写照，也可以见出他哀怨愤悱的心态。应该说这一段文字是相当动感情的，也许正因为此，杜牧才有了以后结束外任生涯，再次回京任职的机会。

与汴州从事书^①

汴州境内，最弊最苦，是牵船夫，大寒虐暑，穷人奔走，毙踣不少。某数年前赴官入京，至襄邑县^②，见县令李式甚年少，有吏才，条疏牵夫，甚有道理，云："某当县万户已来，都置一板簿^③，每年轮检自差，欲有使来，先行文帖^④，克期令至，不拣贫富，职掌一切均同。计一年之中，一县人户，不著两度夫役，如有远户不能来者，即任纳钱，与于近河雇人，对面分付价直，不令所由欺隐⑤。一县之内，稍似苏息。盖以承前但有使来，即出帖差夫，所由得帖，富豪者终年闲坐，贫下者终日牵船。今即自以板簿在手，轮转差遣，虽有黠吏，不能用情。"

某每任刺史，应是役夫及竹木瓦砖工巧之类，并自置板簿，若要使役，即自检自差，不下文帖付县。若下县后，县令付案，案司出帖，分付里正⑥，一乡只要两天，事在一乡遍着，赤帖怀中藏却，巡门掠敛一遍，贫者即被差来。若籍在手中，巡次差遣，不由里胥典正⑦，无因更能用情。以此知襄邑李式之能，可以惠及夫役，更有良术，即不敢知。

以某愚见，且可救急，因襄邑李生之绩效，知先辈思报幕府之深诚，不觉亦及拙政，以为证明,岂敢自述。今为治,患于差役不平,《诗》云:"或栖迟偃仰,或王事鞅掌。"⑧此盖不平之故。长吏不置簿籍一一自检,即奸胥贪冒求取,此最为甚。某恐惧再拜。

① 汴州:州治即今河南开封。从事:州从事为州长官刺史的佐吏,如主簿、别驾、功曹等。

② 襄邑县:即今河南睢县。

③ 板簿:户口簿。

④ 文帖:公文。

⑤ 所由:即所由官,主管官吏。唐以来多指地方小吏或差役。

⑥ 里正:古时乡里小吏。春秋时一里八十户,以有治事才者为里正。

⑦ 里胥:古代乡吏。也泛指衙役。典正:执掌从事之意。

⑧《诗》云三句:见《诗经·小雅·北山》。栖迟:游息。偃仰:仰卧。鞅掌:烦劳。

此文作年难确考,从文中"某每任刺史"与"某数年前赴官入京"等语推揣,或作于睦州任时。

杜牧一向关注财赋兵甲之事,故对于民间的差役等事颇为关心。在本文中,他对于牵船夫的疾苦甚为了解,颇为同情,故能深刻地指出:"最弊最苦,是牵船夫,大寒虐暑,穷人奔走,毙踣不少。"并进而肯定襄邑县令李式置板簿轮检差役的办法,且表明自己也"自置板簿""自检自差",以防"奸胥贪冒求取"。这一态度与做法,对于封建官吏来说,确实是可贵的,也值得肯定。

除官归京睦州雨霁

秋半吴天霁^①,清凝万里光。水声侵笑语,岚翠扑衣裳。远树疑罗帐,孤云认粉囊。溪山侵两越^②,时节到重阳。顾我能甘贱,无由得自强。误曾公触尾,不敢夜循墙。岂意笼飞鸟,还为锦帐郎^③。网今开傅燮^④,书旧识黄香^⑤。姹女真虚语^⑥,饥儿欲一行。浅深须揭厉^⑦,休更学张纲⑧。

① 吴天：睦州春秋时属吴地，故称其天谓吴天。

② 两越：指浙东、浙西。

③ 锦帐郎：指任郎官。杜牧大中二年（848）八月，内擢为司勋员外郎、史馆修撰。据《汉官仪》，尚书郎入值，官供新青缣白绫被，或锦被，帷帐画，通中枕，栐蓐。

④ 傅燮：东汉灵帝时人，字南容，北地灵州（今宁夏灵武西南）人。任安定都尉、议郎。刚正敢言，为权贵所忌，被出为汉阳太守。

⑤ 黄香：东汉江夏安陆（今属湖北）人，字文强。博学经典，能文章。初任郎中，后官至尚书令。此句原注："曾在史馆四年。"杜牧开成四年（839）至会昌二年（842）曾在朝任左补阙、膳部、比部员外郎，均兼史馆修撰。

⑥ 姹女：少女。

⑦ 揭厉：提起衣裳涉水叫揭，连衣涉水叫厉。《诗·邶风·匏有苦叶》："深则厉，浅则揭。"

⑧ 张纲：见《新定途中》注②。

唐宣宗大中二年(848)八月,杜牧由睦州刺史内迁为司勋员外郎、史馆修撰。此诗即作于离开睦州赴京任职时。

诗人自会昌二年(842)从朝中出刺黄州,又改池、睦二州,到这时已在外为官七年。在此期间,他多有被挤外郡,流落不偶之叹,亦希冀得以结束外任生涯,回到朝中与故乡。因此当他离睦州任赴京时,心中的快慰就可想而知了。诗中"水声侵笑语,岚翠扑衣裳"等欢快之句,即是这种情感的自然流露。不过,他也总结了自己遭遇排挤的经历与教训,认识到这是由直言极谏,得罪朝中权贵造成的。因此不得不警戒自己要顺时应变,不应再如张纲般刚直敢言,开罪权贵,以致再遭排挤了。这一感触尽管是当时诗人的真实心态,不免消极,但他入朝后却并非完全如此。虽然不像以前那样言无不尽,但仍不泯疾恶之心,时有不满与嘲讽之言。

秋晚早发新定①

解印书千轴②,重阳酒百缸。凉风满红树,

晓月下秋江。岩壑会归去，尘埃终不降③。悬缨未敢濯④，严濑碧淙淙⑤。

① 新定：即睦州。唐代在天宝元年（742）曾改睦州为新定郡，治所在建德（今浙江建德东北）。乾元元年（758）复名睦州。

② 解印：脱解印绶，即解除刺史之职。

③ 尘埃：此用屈原《渔父》"安能以皓皓之白而蒙世俗之尘埃乎"句意。

④ 悬缨句：《孺子歌》："沧浪之水清兮，可以濯我缨；沧浪之水浊兮，可以濯我足。"此句化用其意。缨，系冠带。

⑤ 严濑：严陵濑。据《太平寰宇记》："桐庐县桐溪，一名紫溪，水木泉石相映，自桐溪至於潜，有九十六濑，第二即严陵濑也。"地在今浙江桐庐南。

大中二年（848）八月，杜牧终于盼来了内擢司勋员外郎、史馆修撰的机会。此诗即作于是年重阳由睦州赴任途中。

杜牧这次由地方官改擢朝官，是在经历了七年的州刺史生涯之后，而且是在多次向当政者不断求请之后才获得的。因此他在《上周相公启》中说："伏以睦州治所，在万山之中，终日昏氛，侵染衰病。自量忝官已过，不敢率然请告，唯念满岁，得保生还。不意相公拔自污泥，升于霄汉，却收斥锢，令厕班行，仍授名曹，帖以重职。当受震骇，神魂飞扬，抚己自惊，喜过成泣，药肉白骨，香返游魂，言于重恩，无以过此。"这一心情，在诗的前半部分即有表现。"凉风满红树，晓月下秋江"，不仅是写景佳句，而且充满了喜悦欢快之情，可谓情景相寓，清丽流畅。

汴 河 怀 古①

锦缆龙舟隋炀帝②，平台复道汉梁王③。

游人闲起前朝念，折柳孤吟断杀肠④。

① 汴河：又称汳水、汴水、汴渠。曾流经河南商丘南，安徽宿

州、灵璧、泗县,入淮河,今久湮废。

② 锦缆句:据《隋遗录》载,隋炀帝幸江都,至汴河,乘龙舟,萧妃乘凤舸,锦帆彩缆,穷极侈靡。

③ 平台:在河南商丘东北,传为鲁襄公十七年(前556)宋皇国父所筑。汉梁孝王与邹阳、枚乘等人曾游于此。复道:据《史记》记载,梁孝王大治宫室,筑东苑,方三百余里,为复道,自宫连接平台。

④ 折柳:指《折杨柳》歌,古横吹曲名。

　　此诗作年难确定,因大中二年(848)杜牧由睦州入京可经汴河,故姑且编排于此。

　　诗为怀古之作,所咏主要为与汴河有关的隋炀帝、汉梁孝王这两位穷侈极欲的帝王、诸侯的冶游情事。诗歌前两句各举"锦缆龙舟"、"平台复道"这两个典型事例,寄寓着诗人对这两位君侯穷奢极侈的鞭挞批判。同时又借咏游人"闲起前朝念"、"断杀肠"更明确有力地表明了自己的痛恶之情。

四、一麾出守与终官中书舍人(849—853)

大中二年(848)十二月,杜牧经三个月的长途跋涉,从睦州抵达长安,开始了他任职司勋员外郎、史馆修撰的朝中生活。这次结束七年的外任生活回到长安,对他来说是极为不容易的。为此他曾先后上书吏部尚书高元裕等人,祈求援引,后来终于在宰相周墀的帮助下,实现了回京城任官的愿望。

初回京城任职,杜牧似有过一段为时不长的较顺利的日子。他曾奉命为宪宗元和时的循吏江西观察使韦丹撰写《唐故江西观察使武阳公韦公遗爱碑》,又曾将自己所著的《孙子注》献给宰相周墀,并在《上周相公书》中写道:"伏以大儒在位,而未有不知兵者,未有不能制兵而能止暴乱者,未有暴乱不止而能活生人定国家者。……某所注《孙子十三篇》,虽不能上穷天时,下极人事,然上至周、秦,下至长庆、宝历之兵,形势虚实,随句解析,离为三编,辄敢献上,以阅览。"此时,李商隐恰在长安,曾作诗两首赠杜牧,其中《杜司勋》诗云:"高楼风雨感斯文,短翼差池不及群。刻意伤春复伤别,人间惟有杜司勋!"对杜牧极致钦仰之意。大中三年(849)八月,河陇收复,老幼千余人至长安舞蹈欢庆。诗人目睹这一盛况,不禁赋诗歌咏:"听取满城歌舞曲,凉州声韵喜参差。"从这些迹象均可看出,回京之初的杜牧确实比较顺畅,想有所作为。但就在这一年闰十一月,杜牧却上书宰相求任杭州刺史。大中四年(850)夏,尽管已转吏部员外郎,但他仍接连三次上书求任湖州刺史。他的理由是外任俸禄高,可以接济病弟孀妹,与病弟杜颐相聚,"是作刺史则一家骨肉四处皆泰,为京官则一家骨肉四处皆困"。杜牧情辞恳切,屡次上书请求外任,所说的为解决家中困窘,不能不说是重要原因,但恐怕也另有不满朝政及长安奢侈风气的因素在内。盖此时援引他入朝的周墀因政见不合而失势罢相，大中朝又一反会昌之政，不久又轻启边衅……这一切都引起诗人的失望与不满。因此他在《长安杂题长句六首》中，时有含蓄地寓讥带讽之意。如"韩嫣金丸莎覆绿，许公鞲汗杏黏红"、"四海一家无一事，将军携镜泣霜毛"、"丰貂长组金张辈，驷马文衣许史家"等，也有"江碧柳深人尽醉，一瓢颜巷日空高"、"自笑苦无楼护智，可怜铅椠竟何功"的不满愤怨之语。这年秋天，他终于获许出刺湖州。此时他的《将赴吴兴登乐游原一绝》、《登乐游原》诗，以及出守时所作《新转南曹未叙朝散初秋暑退出守吴兴书此篇以自见志》诗的"且免材为累，何妨拙有机。宋株聊自守，鲁酒怕旁围"等句，都明显地表现出他对朝政的不满以及畏祸心理。从中，我们可以领悟他当时何以急求外任的难言之隐。

杜牧在湖州刺史任时，曾在春天入顾渚山督采春茶，又游览明月峡。此行他写下了不少描写采茶情景、茶山风光与生活的诗作，为我们了解当时的茶山景象以及采茶情景，提供了十分珍贵的资料。在湖州，诗人仅住了一年,大中五年(851)秋八月,杜牧拜考功郎中、知制诰,不久即回京上任。

　　大中六年(852)中,杜牧又迁中书舍人。在这时,值得一书的是晚唐另一著名作家温庭筠有《华清宫和杜舍人》诗,杜牧的原作是《华清宫三十韵》。两位著名诗人的唱和,为晚唐诗坛留下了绚丽的一笔。杜牧回京后,即以湖州的俸禄重新修整了樊川别墅,了结了自己多年的心愿。可惜天不佑人,大中六年冬,诗人得病,作《自撰墓志铭》。这年十二月,诗人病卒,年恰五十。此时按公元纪年,已经是853年了。他死后,由他的外甥裴延翰编集整理了《樊川文集》二十卷,共收诗文作品450多篇。后又有人补辑了外集和别集,收辑诗歌178篇。

　　这一时期,诗人步入了晚年。他在思想上,由于历尽人世沧桑,饱尝官场况味,又对大中朝政有所不满,因此显得比较消极,已少有以前那种慷慨愤激的牢骚与不平,而欣羡那种"一杯宽幕席,五字弄珠玑"的平静生活。不过尽管如此,诗人却始终未泯热爱祖国、关心民生疾苦的赤忱,仍然有《上盐铁裴侍郎书》,为解决征收盐税的弊病而积极建言献策。他对朝政有所不满与讥讽,也同样表现出对时势的关心和社会的责任感。

这一时期诗人的创作,以七言律诗和绝句最为出色,创作了许多优美而极富艺术魅力的作品。他的七言律诗和绝句更多以委婉含蓄、蕴藉流美为特色,五言律诗也写得清丽秀美,如《题白蘋洲》、《茶山下作》、《春日茶山病不饮酒因呈宾客》等,均颇堪吟咏。此外,他的《华清宫三十韵》也是一首值得称道的五言排律。这些都显示了杜牧诗歌创作的杰出才华和艺术魅力。

中丞业深韬略志在功名再奉长句一篇兼有咨劝[①]

檣似邓林江拍天[②],越香巴锦万千千[③]。滕王阁上柘枝鼓[④],徐孺亭西铁轴船[⑤]。八部元侯非不贵[⑥],万人师长岂无权。要君严重疏欢乐,犹有河湟可下鞭[⑦]。

① 此诗选自《樊川外集》。中丞：御史中丞的简称。《樊川外集》另有《奉送中丞姊夫傅自大理卿出镇江西叙事书怀因成十二韵》诗，与本诗为同时之作。中丞即指时兼御史中丞衔出镇江西的裴傅。长句：七言律诗。

② 邓林：神话中的树林，系逐日夸父渴死后弃杖所化，见《山海经·海外北经》。

③ 越：此指古越国、今浙江一带。巴：古国名，位于今四川东部一带。

④ 滕王阁：旧址在今江西新建西章江门上，西临大江。阁乃唐显庆四年（659）滕王李元婴为洪州都督时所建。柘枝鼓：即舞柘枝舞时所击之鼓。

⑤ 徐孺：东汉徐稚，字孺子，南昌人。陈蕃为太守时，在郡不接宾客，唯稚来特设一榻，去则悬之。铁轴船：铁甲战船。轴，通"舳"。

⑥ 八部：即八座之意。唐代以六尚书、左右仆射及令为八座，均为高级官员。

⑦ 此句原注："时收河湟，且立三州六关。"

　　此诗约作于大中三年（849）秋，时杜牧在朝中任司勋员外郎、史馆修撰。他的姐夫裴俦自大理卿出为江西观察使,诗人赋诗两首送行,此即为其中的一首。

"要君严重疏欢乐,犹有河湟可下鞭"两句,乃此诗"兼有咨劝"之所在,也是最有思想价值的地方。赋诗时,"时收河湟,且立三州六关"。也就是说,当时河湟虽初收复,但那里久陷吐蕃之手,深受破坏,要一时恢复又谈何容易,故尚需多所关注与加倍努力。诗人因此劝勉裴俦,自有深意。

今皇帝陛下一诏征兵不日功集河湟诸郡次第归降臣获睹圣功辄献歌咏①

捷书皆应睿谋期②,十万曾无一镞遗。汉武惭夸朔方地③,宣王休道太原师④。威加塞外寒来早,恩入河源冻合迟⑤。听取满城歌舞曲,《凉州》声韵喜参差⑥。

① 今皇帝:指唐宣宗李忱(847—860)。

② 捷书：指获胜报告。大中三年(849)六月，唐泾原节度使康
　　季荣等取原州及石门六关。七月，灵武节度使朱叔明取安
　　乐州；邠宁节度使张君绪取萧关；凤翔节度使李珏取秦州。

③ 汉武句：《汉书·武帝纪》载：元朔二年(前127)，"匈奴入
　　上谷、渔阳，杀略吏民千余人。(汉武帝)遣将军卫青、李息
　　出云中，至高阙，遂西至符离，获首虏数千级。收河南地，
　　置朔方、五原郡"。

④ 宣王句：宣王即周宣王，他曾北伐猃狁，至于太原。见
　　《诗·小雅·六月》所云："薄伐猃狁，至于大原。"猃狁，秦
　　汉时西北部匈奴族。大原即太原，在今宁夏固原、甘肃平
　　凉一带。

⑤ 河源：指河源军，置于湟水东，治所在今青海西宁东南。此
　　泛指河湟地区。

⑥ 《凉州》：见《河湟》注⑥。

　　唐宣宗大中三年(849)，吐蕃内乱。自唐肃宗后即
陷入吐蕃之手的河湟地区人民乘机起义，唐朝廷也出兵
接应。于是数月之间，唐收复了原州、秦州、安乐州以及
石门等七关。"八月乙酉，河陇老幼千余人诣阙。已

丑,上御延喜门楼见之,欢呼舞跃,解胡服,袭冠带,观者皆呼万岁"(《资治通鉴》卷二四八)。诗人目睹这一盛况,遂写下这首歌颂之作。

诗虽系颂圣之作,但是诗人的爱国之情更值得我们注意。杜牧早就怀有"弦歌教燕赵,兰芷浴河湟"(《郡斋独酌》)的理想,如今河湟的收复,他的爱国理想变成了现实,这怎么不使他喜形于色？那种发自内心的"听取满城歌舞曲,《凉州》声韵喜参差"的欢乐之咏,自然也具有巨大的感染力。

许七侍御弃官东归潇洒江南颇
闻自适高秋企望题诗寄赠十韵①

　　天子绣衣吏②,东吴美退居③。有园同庾信④,避事学相如⑤。兰畹晴香嫩,筠溪翠影疏。江山九秋后,风月六朝余⑥。锦肆开诗轴,青囊结道书⑦。霜岩红薜荔,露沼白芙蕖。睡雨高梧密,棋灯小阁虚。冻醪元亮秫⑧,寒鲙季鹰鱼⑨。尘意迷今古,云情识卷舒。他年雪中棹⑩。阳羡访吾庐⑪。

① 许七侍御:指许浑。许浑字用晦,一作仲晦。寓居润州丹阳。大和六年(832)进士,官至监察御史。曾以疾辞官东归。后任睦、郢二州刺史。侍御,监察御史之别称。

② 绣衣吏:指监察御史许浑。汉武帝时,民间起事者众,御史中丞督捕犹不能平息,因派光禄大夫范昆诸辅都尉及故九卿张德等衣绣衣,持斧仗节,兴兵镇压,号直指使者。绣衣直指本由侍御史担任,故又称绣衣御史。

③ 东吴:此指许浑隐居的润州丹阳。因地属三国东吴,故称。

④ 有园句:庾信有《小园赋》,称"余有数亩敝庐,寂寞人外"。庾信(513—581)字子山。北周南阳新野(今属河南)人。初仕南朝梁,奉使西魏,被留。西魏亡,仕北周,官至骠骑大将军,开府仪同三司。有《庾子山集》。

⑤ 相如:即汉辞赋家司马相如。据《汉书·严助传》,司马相如常称疾避事。

⑥ 六朝:三国吴、东晋、宋、齐、梁、陈均都金陵,史称六朝。

⑦ 青囊:卜筮者盛书之囊。

⑧ 元亮秫：晋陶渊明字元亮。渊明嗜酒，为彭泽令时，曾令公田悉种秫稻（用以酿酒）。

⑨ 寒鲙句：汉张翰，字季鹰。曾任齐王东曹掾，在洛阳见秋风起，因思家乡吴中菰菜羹、鲈鱼脍，遂命驾东归。

⑩ 雪中棹：用王子猷雪夜访戴典。《世说新语·任诞》："王子猷居山阴，夜大雪……忽忆戴安道。时戴在剡，即便夜乘小船就之。经宿方至，造门不前而返。人问其故，王曰：'吾本乘兴而行，兴尽而返，何必见戴？'"

⑪ 阳羡句：原注："于义兴县，近有水榭。"阳羡，秦县名，唐时为常州义兴县（今江苏宜兴）。

　　本诗作于大中三年（849）秋，时杜牧在朝中任司勋员外郎，史馆修撰。

　　许浑为杜牧诗友，此时正托病辞监察御史任，归润州丹阳，过着潇洒自适的生活。杜牧对许浑的这种生活颇为羡慕，故赋此诗称美，并表示他年也将追步许浑，归隐务闲。诗人这种思想并非至晚年才有，早在开成四年（839）所作的《自宣州赴官入京逢裴坦判官归宣州因题赠》诗中，即谓"今日送君话前事，高歌引剑还一倾。江湖酒伴如相问，终老烟波不计程"。随着年龄的增大，他对世事前程的不满失望也在不断发展。大中二年（848）在睦州任所作《上吏部高尚书状》亦云："将欲渔钓一壑，栖迟一丘，无易仕之田园，有仰食之骨肉。当道每叹，末路难循，进退唯艰，愤悱无告。"因此他这时的退隐思想既是他以前一贯思想发展的自然结果，又与他当时对朝政有所不满有关。这种不满，只要联系他从本年起即不断上书求外任杭州、湖州，以及阅读下一首诗，就可知道了。

李侍郎于阳羡里富有泉石牧
亦于阳羡粗有薄产叙旧
述怀因献长句四韵①

冥鸿不下非无意②，塞马归来是偶然③。紫绶公卿今放旷④，白头郎吏尚留连⑤。终南山下抛泉洞⑥，阳羡溪中买钓船。欲与明公操履杖[7]，愿闻休去是何年。

① 李侍郎：指李褒。大中三年（849）曾任礼部侍郎知贡举。
　阳羡：见前诗注①。牧亦于阳羡粗有薄产：杜牧于上一首
　诗有"阳羡访吾庐"句。又冯集梧本诗注引《名胜志》："倪
　瓒《荆溪图序》曰：唐杜牧之构水榭于溪旁，至今历历可
　考。"又引《一统志》："水榭在荆溪县北，唐杜牧尝寓此，有
　诗。"又"杜桥在宜兴城东门外，一名上桥，俗呼虾蟆桥，相
　传为杜牧水榭故址。"

② 冥鸿：高飞的鸿雁。扬雄《法言·问明》："鸿飞冥冥，弋人
　何篡焉。"后用以喻避世隐居者。

③ 塞马归来：《淮南子·人间训》："近塞上之人有善术者，马
　无故亡而入胡，人皆吊之。其父曰：'此何遽不为福乎？'居
　数月，其马将胡骏马而归，人皆贺之。"

④ 紫绶公卿：指李褒。据《旧唐书·舆服志》，唐代二品、三品
　官吏佩紫绶。绶，丝带，用以系印环。

⑤ 白头郎吏：杜牧自指。杜牧此时 47 岁，任司勋员外郎，
　故云。

⑥ 终南山：在今陕西西安南。又称南山，系秦岭山峰之一。

⑦ 操履杖：《礼记·曲礼》："谋于长者,必操几杖以从之。"此用其意。履,鞋子。杖,手杖。

　　此诗作于大中三年,杜牧时年四十七岁,在朝中任司勋员外郎,史馆修撰。

　　杜牧颇欣羡李褒置有别墅泉石,过着放旷恬然的生活,表示将与李褒一起休官隐退,放旷于阳羡山水之中。从"冥鸿不下非无意,塞马归来是偶然"以及"白头郎吏"句知,杜牧此时已感到任职朝中祸福难料,并对自己久为郎吏多有不满。这也是此诗流露出的退隐思想产生的原因之一。

长安杂题长句六首①

其　一

　　觚棱金碧照山高②,万国珪璋捧赭袍③。舐笔和铅欺贾马④,赞功论道鄙萧曹⑤。东南楼日珠帘卷⑥,西北天宛玉厄豪⑦。四海一家无一事,将军携镜泣霜毛。

① 长句:七言律诗。本诗六首均作于大中四年(850),时杜牧
  四十八岁。

② 甋棱:殿堂屋角的成方角棱瓣形瓦脊;此代指宫殿。

③ 珪、璋:玉器。周朝诸侯朝王执圭,朝后执璋。

④ 贾、马:指汉代文学家贾谊和司马相如。

⑤ 萧、曹:指西汉名相萧何与曹参。

⑥ 东南句:《陌上桑》:"日出东南隅,照我秦氏楼。秦氏有好
  女,自名为罗敷。"此化用其意。

⑦ 天宛:指西域大宛国所产之马。《史记·大宛列传》:"大
  宛在匈奴西南……多善马,马汗血,其先天马子也。"玉厄:
  原注:"《诗》曰:'鞗革金厄',盖小环。"即玉环。

  《长安杂题六首》作于大中四年(850),其时诗人在
长安任吏部员外郎,年四十八。

  诗人自大中三年(849)回长安后,对朝政时有不
满,故于这六首咏长安的诗中时寓讥讽。这首从表面上

看,像是歌咏长安与朝政的繁华强盛的和平景象,但颂中有讽。如末二句,虽就河湟收复之局势而发,但联系诗人《中丞业深韬略志在功名再奉长句一篇兼有咨劝》诗"要君严重疏欢乐,犹有河湟可下鞭"句,以及他对边防问题一贯的关注,其寓讽劝之意甚明。

其 二

晴云似絮惹低空,紫陌微微弄袖风。韩嫣金丸莎覆绿①,许公鞴汗杏黏红②。烟生窈窕深东第③,轮撼流苏下北宫④。自笑苦无楼护智⑤,可怜铅椠竟何功⑥。

① 韩嫣金丸:韩嫣为汉武帝的幸臣。《西京杂记》:"韩嫣好弹,常以金为丸,所失者,日有十余,长安为之语曰:'苦饥寒,逐金丸。'"

② 许公鞴汗:许公指北周封许国公的宇文述。原注:"《北史》:宇文述封许国公,制马鞴,于后角上缺方三寸,以露白色,时谓许公缺势。"

③ 东第：帝城东的府第，指贵族王侯居所。《史记·司马相如列传》："位为通侯,居列东第。"《索隐》："列甲第在帝城东,故云东第也。"

④ 北宫：亦名桂宫,在汉长安未央宫北。乃贵族王公游玩之所。

⑤ 楼护：西汉末人,善谈论、交结权贵,深得五侯欢心。"与谷永俱为五侯上客,长安号曰'谷子云笔札,楼君卿唇舌',言其见信用也"(《汉书·游侠传》)。

⑥ 可怜句：汉代扬雄不善逢迎巴结,惟喜研究学问,"常怀铅提椠,从诸计吏访殊方绝域四方之语,以为裨补"(《西京杂记》)。此用其意。铅椠：铅粉笔及木板,古人书写工具。

本诗多用典故,写得颇为含蓄。钱谦益、何焯的《唐诗鼓吹评注》析此诗云："首言晴云连天,微风弄袖是也。公子挟弹而游,金丸覆绿；王公命驾而出,鞯汗黏红。第宅则烟笼罴霙,轮舆则撼动流苏。是以人争奔赴,我独不如楼护之智,不能自托于侯王,但提铅怀椠而已,竟何补于身世哉!"诗中,诗人以含蓄的手法,对当时长安王公贵族的豪侈奢靡深表不满。同时,又于诗末两句,深叹自己不会像楼护一样巧于逢迎交结。而只像扬雄一样寂寞自处,默默无闻。

其 三

雨晴九陌铺江练①,岚嫩千峰叠海涛。南苑草芳眠锦雉②,夹城云暖下霓旄③。少年羁络青纹玉,游女花簪紫蒂桃。江碧柳深人尽醉④,一瓢颜巷日空高⑤。

① 江练:南齐谢朓《晚登三山还望京邑》诗:"澄江静如练。"此化用其意。

② 南苑:见《杜秋娘诗》注⑳。

③ 夹城:见《杜秋娘诗注》⑲。 霓旄:即霓旌,帝王的仪仗。将羽毛染上五彩,缀缕为旄,形似虹霓。

④ 江碧句:写曲江游乐情景。曲江在今西安东南,唐时为游览胜地。《剧谈录》:"曲江池入夏则菰蒲葱翠,柳荫四合,碧波红蕖,湛然可爱。"

⑤ 一瓢颜巷：《论语·雍也》："一箪食，一瓢饮，在陋巷之中，人不堪其忧，回也不改其乐。"

此诗写长安游乐景象并寓讽意。《东岩草堂评订唐诗鼓吹》云："一、二言长安何等胜地。二、四言长安何等良辰。五写及少年，六又写游女，深讥如此都会之地，风俗淫乱，却浑而不露。七、八即'人醉我醒'之意。"《贯华堂选批唐才子诗》析下半首谓："五、六又写少年，又写游女，言长安以天子辇毂之下，而男女风俗如此，此谁实开之乎？七、八自言屹然独不为淫风之所渐染也。"《山满楼笺注唐诗七言律》谓前两句"写出长安胜境，可谓善于形容。'南苑'、'夹城'，又独提天子家说；'眠锦雉'是陪笔，'下霓旄'是主笔，盖深有不足于一人之游行无度也。五、六，上之所好，下必甚焉，于是而男事骄奢，女耽艳冶，至于如此，可不悲哉！七承上启下，八言我于斯时，只是安贫守困而已，断不敢随波逐流丧其生平也。读者或以为慕繁华、伤幽独，则大失作者一段苦心矣"。

其　四

　　束带谬趋文石陛,有章曾拜皂囊封①。期严无奈睡留癖,势窘犹为酒泥慵。偷钓侯家池上雨,醉吟隋寺日沉钟②。九原可作吾谁与③?师友琅玡邴曼容④。

① 皂囊封:封于黑色囊袋。汉代制度,臣子上奏章皆启封,如
　所言为秘密事,则用皂囊。

② 隋寺:可能指长安城中建于隋代的大兴善寺。

③ 九原句:《礼记·檀弓》下:"赵文子与叔誉观乎九原。文
　子曰:'死者如可作也,吾谁与归?'"九原,山名。在山西新
　绛县北,晋卿大夫墓葬地。

④ 琅玡:郡名,在今山东胶南诸城一带。邴曼容:西汉末琅
　玡人。好养志自修,为官不愿超过六百石,否则即自免去。

　　此诗为诗人自道性情之作,将自己的好睡嗜酒、慵懒散漫、喜游乐钓的习性与生活情态写得颇为精彩。这些描写既是诗人的自画像,也是用以表现诗人的不肯屈

己以迎合官场时尚的态度,显示了诗人鲜明而独特的性格。这一性格如与他在《上李中丞书》中的自述并读,当有更深的体味:"嗜酒好睡,其癖已痼,往往闭户便经旬日,吊庆参请,多亦废阙。至于俯仰进趋,随意所在,希时徇势,不能逐人。是以官途之间,比之辈流,亦多困踬。自顾自念,守道不病,独处思省,亦不自悔。"从此诗亦可见诗人不满大中朝政、不愿与时风苟合的态度。诗末两句,即是这一态度的明显表示。

其 五

洪河清渭天地浚[①],太白终南地轴横[②]。祥云辉映汉宫紫,春光绣画秦川明[③]。草妒佳人钿朵色,风回公子玉衔声。六飞南幸芙蓉苑[④],十里飘香入夹城[⑤]。

① 河:黄河。渭:渭水。

② 太白:山名,即终南山。在陕西周至县南。因冬夏积雪,望之皓然而名。终南:又称南山。有时泛称秦岭秦山。

③ 秦川：自大散关以北至岐雍，夹渭川南北岸，因秦之故国，故称秦川。约包括今陕西、甘肃两省之地。

④ 六飞：古代帝王用六匹马驾车。飞，形容奔驰迅速。后代称皇帝车驾。芙蓉苑：即芙蓉园。在长安曲江西南，园内有芙蓉池。

⑤ 夹城：见《杜秋娘诗》注⑲。

此诗集中描写长安宏丽壮阔形势与侈丽繁华景象。《贯华堂选批唐才子诗》析云："一写长安如此水，二写长安如此山，三、四却于如此山水中间，写长安如此宫阙迤逦。五写长安如此佳丽，六写长安如此游侠。……七、八方始直写'六飞南幸'、'十里闻香'，言长安如此流风遗俗，皆是上行下效也。"另外，何义门称此诗"浑成精妙。如此山川，宜孕毓英贤，乃唯见纷纷游童妖女，所以刺也。此篇不减工部"。许印芳谓"愚观牧之《樊川集》……近体中七言最工，七绝佳篇尤夥，七律亦多可采者。……此诗三、四，分之皆拗句，合之则上下不黏，乃古调也。牧之七律每有此格，所谓寓拗峭以矫时弊者,即此可见"(均见《瀛奎律髓汇评》卷四)。《唐诗笺注》又评此诗首二句"对比工而奇。二句写出长安胜境,可谓善于形容"。此外,全诗风格遒劲爽丽,亦足可称道。

其 六

丰貂长组金张辈[①],驷马文衣许史家[②]。白鹿原头回猎骑[③],紫云楼下醉江花[④]。九重树影连清汉,万寿山光学翠华[⑤]。谁识大君谦让德[⑥],一毫名利斗蛙蟆。

① 金:指汉代金日磾。自武帝至平帝,其家七世为内侍。张:指张汤,其家自宣帝、元帝以来为侍中、中常侍者十余人。后因以金张为功臣世族的代称。

② 许:宣帝许皇后家。史:宣帝母家,两家皆以外戚显贵。

③ 白鹿原:地名。即霸上,在陕西蓝田县西,灞水行经原上。相传周平王时有白鹿出此,故名。

④ 紫云楼:在长安。据《旧唐书·郑注传》,楼乃唐文宗时左

右神策军所造。

⑤ 万寿山：在长安。

⑥ 谁识句：原注："圣上不受徽号。"大君：指唐宣宗。据《唐会要》，宣宗大中三年（849）十二月，群臣以河湟既服，请加尊号。宣宗谦让，三表不许。

　　此诗前写长安都城豪家贵族的侈靡奢豪生活，后颂宣宗谦让美德。诗句盛丽豪宕，风格遒健畅达。另外善用姓氏、地名对仗，工整稳帖，也是此诗的一大特点。

长 安 秋 望

楼倚霜树外，镜天无一毫。

南山与秋色①，气势两相高。

① 南山：即终南山，在陕西周至县南。

　　此诗作年难确定，以大中四年（850）杜牧在长安，且多咏长安景色,故编于此。

诗写秋色之高爽,而将之与巍峨的终南山相比并,谓"气势两相高",既奇特巧妙又形象贴切。《石洲诗话》称"诗不但因时,抑且因地。如杜牧之云:'南山与秋色,气势两相高',此必是陕西之终南山。若以咏江西之庐山、广东之罗浮,便不是矣"。但有人指出"南山"两句实学自老杜,《休斋诗话》谓"予初喜杜紫微'南山与秋色,气势两相高'语,已乃知出于老杜'千崖秋气高',盖一语领略尽秋色也"。《后山诗话》亦云:"世称杜牧'南山与秋色,气势两相高'为警绝。而子美才用一句,语益工,曰'千崖秋气高'也。"皆以杜甫原句更为精工。然不可否认,杜牧化简为繁,使山崖与秋气"两相高"的创意愈加凸显,并非无益。

长 安 晴 望

翠屏山对凤城开[①],碧落摇光霁后来。
回识六龙巡幸处[②],飞烟闲绕望春台。

① 此诗选自《樊川外集》。凤城：相传秦穆公女弄玉,吹箫引

　　凤,凤凰降于京城。后因称京都为凤城。

② 六龙：皇帝车驾用六马,马八尺称龙,因称六龙。

　　此诗亦应作于长安,写京城景象,故姑编于此。

　　诗作意《删订唐诗解》引吴昌祺语以为"思昔所以伤今"。《批点唐诗正声》则析其优劣云："或问:杜牧《长安晴望》诗如何? 曰:气格甚好,但断句'飞烟闲绕'字少骨力耳。曰:试易之若此:'紫云深锁望春台',似好。盖'紫云深锁',以见此晴时君王不事游幸,以应'四首'句;'飞烟闲绕'恐非沉着。或曰:'深锁'不如'低拂',字又佳。"

　　杜牧写长安景色的诗尚有《春晚题韦家亭子》:

> 拥鼻侵襟花草香,高台春去恨茫茫。
>
> 蔫红半落平池晚,曲渚飘成锦一张。

这首伤春佳作的特色在于后两句以秾艳丽景表现伤春之情,可谓别出新意。

杏　园①

夜来微雨洗芳尘,公子骅骝步贴匀。

莫怪杏园颠顿去,满城多少插花人。

① 杏园：故址在今陕西西安市郊大雁塔南。唐时与慈恩寺南
　北相直,在曲江池西南,是当时新进士的游宴之地。

　　此诗亦作于长安,写游览胜地杏园春日景象。唐风
俗,"长安春时,盛于游赏,园林树木无闲地。故学士苏
颋应制云：'飞埃结尘雾,游盖飘青云。'"(《开元天宝遗
事》)新及第进士亦有游宴杏园并采花的习俗,故刘沧
《及第后宴曲江》诗云："及第新春选胜游,杏园初宴曲
江头。……归时不省花间醉,绮陌香车似水流。"杜牧
此诗写游览盛季中杏园游人纷至,花树采摘渐稀的景
象,以寄寓其爱春惜春伤春之情。后二句将杏园拟人
化,又点出颠顿之因,尤有情韵。

上宰相求湖州第一启^①

某启。人有爱某者，言于某曰："吏部员外郎例不为郡^②，子不可求，假使已求，慎勿坚恳。"至于再三。答曰："某虽不学，按《六典》令式及诸故事^③，多无此例，国史复无贤相名卿悬之以为格言。此乃急于进趋之徒，自为其说。若以言例，贞元初故相国卢公迈由吏部员外郎出为滁州^④，近者澶王傅李凝为盐铁使江淮留后^⑤，岂曰无例？"人曰："卢事太远，李为擢用，此不足征。"某曰："不知今者，视之古事在书，取为今证。远自三代^⑥、两汉，近至隋氏、国初^⑦，尚可援引，况前十五年名相故事，反不足为例乎？况卢公迈止以骨肉寒饿，求守滁阳^⑧，非如某以亲弟废锢，寒饿仍之，是卢公有一，某有二，与卢公所切，复为不同。仲尼曰：'雍也可使南面。'^⑨今刺史古之南面诸侯，行天子教化刑罚者,江淮盐铁留后,求利小臣,校量轻重,与刺史相悬。求利臣乃可吏部员外郎为之,十万户州,天下根本之地,曰吏部员外郎不可为其刺史,即是本末重轻,颠倒乖戾,莫过于此。"

　　某弟颢⑩,世胄子孙,二十六一举进士及第,尝为《上裴相公书》,遒壮温润,词理杰逸,贾生、司马迁能为之⑪,非班固、刘向辈亹亹之词⑫,流于后辈,人皆藏之。朱崖李太尉迫以世旧⑬,取为浙西团练使巡官⑭,李太尉贵骄多过,凡有毫发,颢必疏而言之。后谪袁州⑮,于苍惶中言于亲吏曹居实曰:"如杜巡官爱我之言,若门下人尽能出之,吾无今日。"李太尉在袁州,颢客居淮南⑯,牛公欲辟为吏⑰,颢谢曰:"荀爽为李膺御⑱,以此显名,今受命为幕府下执事,御李膺矣。然李公困谪远地,未愿仕宦。"牛公叹美之。聪明隽杰,非寻常人也。

　　某自省事已来,未闻有后进士名,丧明废弃,穷居海上,如颐比者。今有一兄,仰以为命,复不得一郡以饱其衣食,尽其医药,非今日海内无也,言于所传闻,亦未有也。

　　自古喜莫若虢国太子以其死而复生[19],言恳莫若申包胥求救于秦[20],七日七夜,哭声不绝。某今恳如包胥,但未哭尔。若蒙恩悯,特遂血恳,其喜也不下虢太子。词语烦碎,频干尊重,足及轩闼[21],神惊汗流,不胜忧恐恳悃之至。谨启。

① 湖州:唐治所在乌程(今浙江吴兴)。
② 吏部员外郎:唐吏部员外郎二人,属尚书省。一人掌判南曹,一人掌判曹务。
③《六典》:唐玄宗时官修有关唐代职官及其品秩等制度的书。故事:指先前的典章制度及施行前例。
④ 贞元:唐德宗年号(785—805)。卢公迈:卢迈。《新唐书·卢迈传》:"卢迈字子玄,河南河南人。……举明经入

第,补太子正字。以拔萃调河南主簿、集贤校理。……三迁吏部员外郎。以族属客江介,出为滁州刺史。召还,再迁谏议大夫。"后任宰相。滁州:治所在今安徽滁州。

⑤ 澶王:指李唐宗室李忱。傅:老师。盐铁使:掌收运盐铁之税,或兼两税使、租庸使。留后:官名。唐广德元年(763),以梁崇义为山南东道节度使留后,留后之名始此。

⑥ 三代:夏、商、周。

⑦ 隋氏、国初:指隋代、唐朝初。

⑧ 滁阳:即滁州。

⑨ 仲尼二句:仲尼即孔子。雍:冉雍,字仲弓:孔子学生。《论语·雍也》之《正义》曰:"南面,谓诸侯也,言冉雍有德行,堪任为诸侯,治理一国者也。"

⑩ 顗:杜顗,杜牧之弟。字胜之,登进士第,任试秘书正字、匦使判官。后李德裕为镇海军节度使,辟为试协律郎,巡官。患眼疾,遂废,大中五年(851)卒。详见杜牧《唐故淮南支使试大理评事兼监察御史杜君墓志铭》。

⑪ 贾生:汉代著名辞赋家贾谊。司马迁:汉代著名史学家,著有《史记》。

⑫ 班固:汉代著名史学家,有《汉书》。又擅长辞赋,有《两都

赋》等。刘向：汉代著名作家、目录学家，有《说苑》、《新序》及目录学著作《别录》等。又有辞赋之作多篇。亹亹：诗文优美动听貌。

⑬ 朱崖李太尉：指唐宣宗时被贬到崖州的武宗朝宰相李德裕。德裕字文饶，牛、李党争中李党首领。

⑭ 浙西：浙江西道，中唐时治所在润州（今江苏镇江）。团练使：唐肃宗时建置。大者领十州，并设副使。代宗后令刺史兼团练使。巡官：唐时节度、观察、团练使下属官，位在判官、推官之下。

⑮ 袁州：治所在今江西宜春。李德裕贬袁州长史在唐文宗大和九年（835）四月。

⑯ 淮南：指淮南道，治所在扬州。大和九年，杜颙客居扬州。

⑰ 牛公：指牛李党争中牛党首领牛僧孺，字思黯。封奇章公，曾任宰相、淮南节度使。

⑱ 荀爽句：《后汉书·李膺传》："膺性简亢、无所交接，唯以同郡荀淑、陈寔为师友。……南阳樊陵求为门徒，膺谢不受。……荀爽尝就谒膺，因为其御，既还，喜曰：'今日乃得御李君矣。'其见慕如此。"

⑲ 虢国太子句：据《史记·扁鹊列传》：虢国太子窒息，扁鹊

至虢宫门下，认为太子"尸蹶"未死。经扁鹊医治后："太子
起坐。更适阴阳，但服汤二旬而复故"。

⑳ 申包胥三句：《史记·秦本纪》："哀公三十一年（前506），
吴王阖闾与伍子胥伐楚，楚王亡奔随，吴遂入郢。楚大夫
申包胥来告急，七日不食，日夜哭泣。于是秦乃发五百乘
救楚，败吴师。吴师归，楚昭王乃得复入郢。"

㉑ 轩闼：小室之门。轩，小室。闼：宫中小门。

　　本文作于大中四年（850）夏，其时杜牧任吏部员外
郎，急于离朝外任，故上书宰相恳请。

　　文中先辩驳"吏部员外郎例不为郡"之说，又称扬
其弟之文才与聪明隽杰。最后一部分申诉失明的弟弟
仰仗他以为生计的迫需，情深意挚，颇令人动容。

上宰相求湖州第二启

　　某启。某幼孤贫，安仁旧第①，置于开元
末②，某有屋三十间。去元和末③，酬偿息钱，

为他人有,因此移去。八年中,凡十徙其居,奴婢寒饿,衰老者死,少壮者当面逃去,不能呵制。有一竖,恋恋悯叹,挈百卷书随而养之。奔走困苦,无所容庇,归死延福私庙,支拄欹坏而处之。长兄以驴游丐于亲旧,某与弟颢食野蒿藿,寒无夜烛,默所记者,凡三周岁,遭遇知己,各及第得官。

文宗皇帝改号初年④,某为御史分察东都⑤,颢为镇海军幕府吏。至二年间⑥,颢疾眼,暗无所睹,故殿中侍御史韦楚老曰⑦:"同州有眼医石公集⑧,剑南少尹姜沔丧明⑨,亲见石生针之,不一刻而愈,其神医也。"某迎石生至洛,告满百日⑩,与石生俱东下,见病弟于扬州禅智寺。石曰:"是状也,脑积毒热,脂融流下,盖塞瞳子,名曰内障。法以针旁入白睛穴上,斜拨去之,如蜡塞管,蜡去管明,然今未可也。后一周岁,脂当老硬,如白玉色,始可攻

之。某世攻此疾，自祖及父，某所愈者，不下二
百人，此不足忧。"其年秋末，某载病弟与石生
自扬州南渡，入宣州幕⑪。至三年冬，某除补
阙⑫，石生自曰明年春眼可针矣，视瞳子中，脂
色玉白，果符初言。堂兄慥守浔阳⑬，溯流不
远，刺史之力也，复可以饱石生所欲，令其尽
心，此即家也，京中无一亩田，岂可同归，遂如
浔阳。四年二月，某于浔阳北渡赴官，与弟颛
决，执手哭曰："我家世德，汝复无罪，其疾也岂
遂痼乎，然有石生，慎无自挠。"其年四月，石生
施针，九月，再施针，俱不效。五年冬，某为膳
部员外郎⑭，乞假往浔阳取颛西归，颛固曰：
"归不可议，俟兄慥所之而随之。"

会昌元年四月⑮，兄慥自江守蕲⑯，某与颛
同舟至蕲。某其年七月却归京师。明年七月，
出守黄州⑰，在京时诣今虢州庾使君⑱，问庾使
君眼状，庾云："同州有二眼医，石公集是一也，

复有周师达者,即石之姑子,所得当同,周老石少,有术甚妙,似石不及。某常病内障,愈于周手,岂少老间工拙有异。"某至黄州,以重币卑词,致周至蕲。周见弟眼曰:"嗟乎!眼有赤脉。凡内障脂凝有赤脉缀之者,针拨不能去赤脉,赤脉不除,针不可施,除赤脉必有良药,某未知之。"是石生业浅,不达此理,妄再施针,周不针而去。

时西川相国兄始镇扬州⑩,弟兄谋曰:"扬州大郡,为天下通衢,世称异人术士多游其间,今去值有势力,可为久安之计,冀有所遇。"其年秋,颚遂东下,因家扬州。与颚一相见,别八年矣,坐一室中,不复有再生意。住三十日而西,临歧与决,曰:"此行也必祈大郡,东来谋汝医药衣食,庶几如志。"近闻九疑山南有隐士綦毋弘者⑳,人言异人,能愈异疾。忠州丰都县有仙都观㉑,后汉时仙人阴长生于此白日升天㉒,

今闻道士龚法义年逾八十，精严其法。人之所谓有前世负累，今世还以痼疾者，奏章于上帝，能为解之。刺史之力，二人或可致，是以去岁闰十一月十四日，辄献长启，乞守钱塘[23]，盖以私恳有素，非敢率然。言念病弟丧明，坐废十五年矣，但能识某声音，不复知某发已半白，颜面衰改。是某今生可以见颐，而颐不能复见某矣，此天也，无可奈何。某能见颐而不得去，此岂天乎！而悬在相公。若小人微恳终不能上动相公，相公恩悯终不下及小人，是日月下亲兄弟终无相见期。况去岁淮南小旱，衣食益困，目无所睹，复困于衣食，即海内言穷苦人，无如颐者。今敢以情事，再书恳迫，上干尊重，伏料仁旨必为悯恻。

然某早衰多病，今春耳聋，积四十日，四月复落一牙。耳聋牙落，年七八十人将谢之候也。今未五十，而有七八十人将谢之候，盖人

305

生受气,坚强脆弱,品第各异也。坚强者七八十而衰,脆弱者四五十而衰,其不同也,亦与草木中蒲柳松柏同也。某今生四十八矣,自今年来,非唯耳聋牙落,兼以意气错寞,在群众欢笑之中,常如登高四望,但见莽苍大野,荒墟废垒,怅望寂默,不能自解。此无他也,气衰而志散,真老人态也。自省人事已来,见亲旧交游,年未五十尚壮健而死者众矣,况某早衰,敢望六七十而后死乎。闻未死前,一见病弟,异人术士,求其所未求,以甘其心,厚其衣食之地。某若先死,使病弟无所不足,死而有知,不恨死早。湖州三岁,可遂此心。伏惟仁悯,念病弟望某东来之心,察某欲见病弟之志,一加哀怜,特遂血恳,披剔肝胆,重此告诉。当盛暑时,敢以私事及政事堂启干丞相[24],治其罪可也。伏纸流涕,俯候严命,不胜忧惶激切之至。谨启。

① 安仁旧第：杜牧家在长安安仁坊的府第。《长安志》："万年县所领朱雀门街之东安仁门，太保致仕岐国公杜佑宅。"

② 开元：唐玄宗年号（713—741）。

③ 元和：唐宪宗年号（806—820）。

④ 文宗皇帝：即李昂，其年号有大和（827—835）和开成（836-840）。其改号初年即开成元年。

⑤ 某为句：其时杜牧为监察御史、分司东都。东都即洛阳。

⑥ 二年：指开成二年（837）。

⑦ 殿中侍御史：唐朝中从七品下秩官，掌殿廷供奉之仪式及纠察两京城内不法之事。韦楚老：名寿朋，字楚老。杜牧友人。为人风韵高致，雅好山水。曾任拾遗、殿中侍御史。

⑧ 同州：治所在武乡（隋唐时改名冯翊），即今陕西大荔。

⑨ 剑南：指剑南道。元和后又分设东川、西川两节度使。其治所分别在梓州（今四川三台）和益州（今四川成都）。少尹：唐时诸郡皆置司马，开元元年（713）改少尹，府州的副职。

⑩ 告满百日：请满百日假期。据《唐会要》卷八二元和元年（806）四月规定"职事官假满百日，即合停解"。

⑪ 入宣州幕：开成二年（837）秋，杜牧应辟为宣州（州所宣

城,今属安徽)团练判官、殿中侍御史内供奉。

⑫ 补阙:唐武后垂拱中置,职务为侍从讽谏。分左、右补阙,
左补阙属门下省,右补阙属中书省。

⑬ 守浔阳:任江州(州治浔阳)刺史。唐制,品秩低而任品秩
高的官职称守。

⑭ 膳部员外郎:唐时属礼部,掌朝廷祭器、牲豆、饮食、酒膳及
藏冰食料之事。

⑮ 会昌:唐武宗年号(841—846)。

⑯ 蕲:蕲州,治所在今湖北蕲春。

⑰ 黄州:治所在今湖北黄冈。

⑱ 虢州:唐时治所在弘农(今河南灵宝)。

⑲ 西川相国兄:即杜悰。杜牧堂兄,字永裕,尚岐阳公主。曾
任剑南西川节度使,武宗会昌四年曾为宰相。镇扬州:指
任淮南节度使,州所在扬州。杜悰镇淮南在会昌二年至四
年(842—844)。

⑳ 九疑山:在今湖南宁远南。《水经注·湘水》:"蟠基苍梧
之野,峰秀数郡之间;罗岩九举,各导一溪;岫壑负阻,异岭
同势;游者疑焉,故曰九疑山。"

㉑ 忠州:州治在临江(今四川忠县)。

㉒ 阴长生：道教神仙。新野人。喜道术，闻马鸣生得神仙之
道，师事之。二十年后，被鸣生携之入青城山，授《太清神
丹经》。乃入武当山石室中合丹，并作黄金十数万斤，施济
贫乏。相传后于平都山白日飞升。著有《丹经》九篇。

㉓ 乞守钱塘：杜牧于大中三年（849）闰十一月有《上宰相求
杭州启》。钱塘，即今杭州。

㉔ 政事堂：唐宋时宰相治理政务的处所。

　　本文作于大中四年（850）夏。文中详叙其兄弟早
年困苦艰难情事；又述其弟患眼疾，屡经医治无效，终至
眼盲的经过。最后自述早衰多病，乞守湖州，冀早日与
病弟相见的恳切愿望。全文情哀而恳切，颇能感动
人心。

　　杜牧屡次上书宰相请求外任，其原因确有文中所述
家中病弟急需帮助、外任俸厚可资家用等原因。但细揣
其《长安杂题长句六首》《将赴吴兴登乐游原一绝》以
及当时朝中形势，其中也不无对朝政不满之隐衷。至于
他求外任湖州，乃为与湖州女子践约之传说，殊不可信。

街 西 长 句①

碧池新涨浴娇鸦,分锁长安富贵家。游骑偶同人斗酒,名园相倚杏交花。银鞦骢褭嘶宛马②,绣鞅璁珑走钿车③。一曲将军何处笛④,连云芳树日初斜。

① 街西:指唐京城长安街西。街西有五十四坊,属长安县所辖。

② 骢褭:神马名,据说能日行万里。后作骏马的通称。宛马:古西域大宛所产之马。大宛以出良马著名。

③ 璁珑:明洁貌。

④ 一曲句:此处化用晋右军将军桓尹吹笛的典故。见《润州二首》注④。

此诗作年不详,因作于长安,故编于此。

长安多有豪贵府第名园,他们极尽荣华富贵,享尽人间之乐。诗人对此时有微讥暗讽,此诗即寓此意。

《贯华堂选批唐才子诗》解前四句云:"前解写池上大家各自叠山疏沼,种树栽花,起楼筑台,征歌选舞,一一门有一一锁,一一园属一一姓。于是而引他都人相逢斗酒,共夸墙树十里交花,举国如狂,不可化诲也。通解四句,须知最妙是起句之'新涨浴娇鸦'五字。独有此五字不入一解中来,今先生则正注意于此,以见自己眼色只看碧池新水,不看名园杏花,以自表人醉独醒也。"同书金雍补注云:"'日初斜',妙。终有必斜之日,而彼意中乃殊未觉其斜,便写尽流连荒亡人之可悯可笑。"此诗"新涨浴娇鸦"五字,衬起"碧池",起点染作用,颇为鲜妍可喜。

过 勤 政 楼①

千秋佳节名空在②,承露丝囊世已无③。

唯有紫苔偏称意,年年因雨上金铺④。

① 勤政楼:唐玄宗开元时所建,在兴庆宫中。楼全称为"勤政

务本之楼"。

② 千秋佳节：唐代因玄宗生日而设的节日。

③ 承露丝囊：以彩丝织成的囊袋，为节日相赠的礼品。据《唐
会要》所载，开元十七年(729)八月五日，"宰相上请以是日
为千秋节，著之甲令，布于天下。群臣以是日进万寿酒，王
公戚里进金镜绶带，士庶以结丝承露囊，更相问遗"。

④ 金铺：门上兽面形铜制衔环钮。

　　此诗作年无考，以诗人在京城宫中所见时作，故编
于此。

　　勤政楼本是玄宗开元时意以勤于务政相勉而修之
楼。其时之盛况已随国运之衰败而不再，故诗人感而咏
之。因此感伤盛世之逝，慨叹晚唐之衰败，乃此诗之主
旨。然这一主旨却以极委婉含蓄的手法出之。盖前两
句以追思盛世景象而感伤今日之衰败；后两句则以紫苔
之称意，反衬今日勤政楼之荒凉。《唐诗选脉会通评
林》谓"夫苔必以无人行地始生，'年年因雨'，至上于金
铺，则此'楼台深锁无人到'更深矣。回想千秋宴庆之

盛时，能不起后人凭吊之悲感乎？'偏称'二字，借无情之苔，为有意描写凄凉，构思甚奇"。《诗境浅说续编》亦析云："开元之勤政楼，在长庆时白乐天过之，已驻马徘徊，及杜牧重游，宜益见颓废。诗言问其名则空称佳节，求其物已无复珠囊，昔年壮丽金铺，经春雨年年，已苔花绣满矣。后人《过萤苑》诗云：'闪闪寒磷犹得意，夜深来往豆花丛。'与此诗后二句同意。因废苑荒凉，为萤火、苍苔滋生之地，客子所伤心者，正萤与苔所称意，其荒寂可知矣。"

怀吴中冯秀才①

长洲苑外草萧萧②，却算游程岁月遥。

唯有别时今不忘，暮烟秋雨过枫桥③。

① 吴中：今江苏吴县，春秋时为吴国都，古亦称吴中。冯秀才：名未详。唐时称应进士举的读书人为秀才。

② 长洲苑：在今江苏吴县太湖北。

③ 枫桥：在江苏吴县阊门西。本称封桥，后因唐张继《枫桥夜
　泊》诗得名。

　　此诗选自《樊川外集》。《全唐诗》录作张祜诗，但
据今人吴企明先生考证，诗乃杜牧作。诗作年无考，姑
编于此。

　　诗乃怀人之作，而其怀思则通过别时景象巧妙传
出。《诗境浅说续编》评云："唐人送友诗，大抵把酒牵
裾，临歧送目，写黯然南浦之怀。此独追忆昔年临别情
景，烟雨枫桥，宛然在目，深情积思，等于久要不忘之谊
也。"《碛砂唐诗》亦引他人之说云："此独还念别时，而
无数相思，一笔拈出矣。下更'不忘'二字，宛然在目，
曰：暮烟之际，秋雨之余，过枫桥而握别，情钟吾辈，谁
能念此？当与'昔我往矣，杨柳依依；今我来思，雨雪霏
霏'同诵。"此诗写景颇善于情韵的渲染，如在枫桥之上
"增上'暮烟秋雨'四字，便觉别时耿耿难忘"（《历代诗
法》）。怪不得前人谓"此等布置意味，真是绝句中神
品"（《唐人万首绝句选评》）。

将赴吴兴登乐游原一绝[①]

清时有味是无能,闲爱孤云静爱僧。

欲把一麾江海去[②],乐游原上望昭陵[③]。

① 吴兴:吴兴郡,即湖州(今属浙江)。乐游原:又称乐游苑,
汉宣帝建,故址在今陕西西安市郊。为唐时游览胜地。
《长安志》:"朱雀街第四街南升平坊东北隅,汉乐游庙,汉
宣帝所立,因乐游苑为名,在高原上……其地居京城之最
高,四望宽敞,京城之内,俯视诸掌。"

② 麾:此即旌麾之意,刺史出守时所用仪仗。江海去:此指
出守湖州。湖州在浙东,邻近太湖与东海,故云。

③ 昭陵:唐太宗墓,在今陕西醴泉东北九嵕山。

　　此诗作于大中四年(850)秋杜牧将由吏部员外郎
出任湖州刺史时,这时诗人已四十八岁。

　　这首绝句含蓄委婉,表面上虽无一句不满朝政、发
抒牢骚的话,但骨子里却深含此意。俞陛云《诗境浅说

续编》谓"司勋将远宦吴兴,登乐游原而遥望昭陵,追怀贞观,有江湖魏阙之思。前二句诗意尤深,言升平之世,宜致身君国,安得有清闲之味,惟其自顾无能,不足为世用,亦不与世争,始觉其有味也。第二句承首句有味而言,若谓闲中有味,爱天际孤云,无以舒卷,静中之味,爱空山老衲,相对忘言。具如是襟怀,则一麾南去,任其宦海沉浮耳"。所析尚多就诗表面而言,不如明代胡震亨深刻:"望昭陵者,不得志于时而思明君之世,盖怨也。首云'清时',反辞也。"(《唐音戊签》)马永卿《嬾真子》卷二亦云:"'清时有味是无能⋯⋯'右杜牧之自尚书郎出为郡守之作,其意深矣。盖乐游原者,汉宣帝之寝庙在焉。昭陵,即唐太宗之陵也。牧之之意,盖自伤不遇宣帝、太宗之时,而远为郡守也。藉使意不出此,以景趣为意,亦自不凡,况感寓之深乎? 此所以不可及也。"《唐贤清雅集》也认为"昭陵为唐创业守成英主,后世子孙陵夷不振,故牧之于去国时登高寄慨,词意浑含,得风人遗意"。

登 乐 游 原

长空澹澹孤鸟没,万古销沉向此中。

看取汉家何事业①?五陵无树起秋风②。

① 汉家:汉朝。

② 五陵:西汉五个帝王的陵墓,即汉高帝长陵、汉惠帝安陵、汉景帝阳陵、汉武帝茂陵和汉昭帝平陵。

　　此诗约作于大中四年(850)秋,其时杜牧将赴湖州刺史任,曾登乐游原观览。

　　杜牧的七绝多有以委婉含蓄见称者,这在他晚年所作的寄寓对朝政不满及身世之慨的诗中尤为突出。这首绝句即如此,诗中颇寓感慨不满。《诗法易简录》评此诗"寄慨深远,借汉家说法,即殷鉴不远之意"。《岘佣说诗》亦称"小杜'看取汉家何事业,五陵无树起秋风',是加一倍写法。陵树秋风,已觉凄惨,况无树耶?用意用笔甚曲"。俞陛云所析尤详,云:"诗后二句言汉家盛业,青史烂然,而五陵寂寞,只余老树吟风,已可深慨,今并树无之,其荒寒为何等耶! 前二句尤佳,有包扫一切之慨。犹岑参《登慈恩塔》诗'五陵北原上,万古青濛濛',若置身阊风之颠,俯视万象,类泡影之明灭也。宋人词'消沉今古意无穷,尽在长空淡淡鸟飞中',即袭用此诗。"(《诗境浅说续编》)其实所写"汉家"、"五陵"二句,乃借汉喻唐、讽唐,寓寄着诗人对时局与朝政的不满。

此诗前两句以"长空"、"孤鸟"起兴,颇为警绝。而整首诗在风格上也呈现沉郁顿挫、感慨不尽的风貌。

将赴湖州留题庭菊①

陶菊手自种②,楚兰心有期③。

遥知渡江日,正是撷芳时。

---

① 湖州:州治在乌程(今浙江湖州)。

② 陶菊:即菊花,因陶渊明爱菊,故云。

③ 楚兰：即兰花，因楚地多兰花，且为楚人屈原所欣赏钟爱，故称。

此诗乃大中四年（850）所咏，时诗人即离京城赴湖州刺史任。

诗人喜菊赏兰，故于离别前特赋此诗寄意。菊与兰皆高雅清芳，颇具标格之花卉，诗人咏之而言"手自种"、"心有期"，正寓自拟自喻之意。陶渊明颇爱菊，故多咏菊。萧统《陶渊明传》谓其"尝九月九日出宅边菊丛中坐，久之，满手把菊"。屈原亦好兰蕙之芳洁，曾亲加培植，《离骚》云："余既滋兰之九畹兮，又树蕙之百亩。"两前贤之爱菊赏兰亦均有自寓之深意。杜牧此诗，特地标出"陶菊"与"楚兰"，正有追步前贤，修身自好，而不苟合于时风之意。

折　菊

篱东菊径深，折得自孤吟①。

雨中衣半湿,拥鼻自知心。

① 篱东二句:陶渊明《饮酒》之五:"采菊东篱下,悠然见南
　山。"此暗用其意。

　　此诗未知作年,姑编于此。

　　诗人爱菊,乃引菊为知己,愿以菊为伴,寄托自己的
高洁情志。此诗即表现其爱菊赏菊之情态。谓"折得
自孤吟",一则表现其爱赏菊花之深,二则以见其独得
菊花之神韵,颇有孤芳自赏之意。这一赏爱之深情如痴
似醉,遂使诗人竟忘却身在雨中,衣已半湿。如此写来,
虽无一字言其爱菊,而其钟爱菊花之情,当不下于"采
菊东篱下"的陶渊明。

新转南曹未叙朝散初秋暑退
出守吴兴书此篇以自见志①

捧诏汀洲去②,全家羽翼飞。喜抛新锦

帐③,荣借旧朱衣④。且免材为累⑤,何妨拙有机⑥。宋株聊自守⑦,鲁酒怕旁围⑧。清尚宁无素,光阴亦未晞⑨。一杯宽幕席⑩,五字弄珠玑⑪。越浦黄甘嫩⑫,吴溪紫蟹肥。平生江海志,佩得左鱼归⑬。

① 新转南曹:杜牧于大中四年(850)由司勋员外郎转任吏部员外郎判南曹。南曹,唐代吏部员外郎二人,一人判南曹。因在曹选街之南,故称。未叙朝散:唐代文散阶从五品下可铨叙为朝散大夫。杜牧任吏部员外郎判南曹,官阶为从六品上,但散阶可至从五品下。杜牧其时因新转官尚未铨叙为朝散大夫,故云。吴兴:见《将赴吴兴登乐游原一绝》注①。

② 汀洲:水中小洲,此指湖州。

③ 锦帐:借指吏部员外郎。《后汉书·钟离意传》注引蔡质《汉官仪》:"尚书郎入直台中,官供新青缣白绫被,或锦被,昼夜更宿,帷帐画,通中枕,卧旃蓐,冬夏随时改易。"

④ 荣借句:指再任刺史。朱衣,此指绯衣。唐制官员五品以

上着绯衣。杜牧任湖州刺史时官阶尚未及五品，但按唐制，凡授都督刺史，阶未及五品者，并可着绯，称借绯。杜牧曾任黄、池、睦三州刺史，均可着绯衣。

⑤ 且免句：意谓免为才名所累。《庄子·山木篇》："弟子问于庄子曰：'昨日山中之木，以不材得终其天年；今主人之雁，以不材死，先生将何处？'庄子笑曰：'周将处于材与不材之间。材与不材之间，似之而非也，故未免乎累。'"

⑥ 有机：有机心。《庄子·天地篇》："吾闻之吾师，有机械者必有机事，有机事者必有机心。机心存于胸中，则纯白不备，则神生不定。神生不定者，道之所不载也。"

⑦ 宋株句：《韩非子·五蠹》："宋人有耕者，田中有株，兔走触株，折颈而死，因释其耒而守株，冀复得兔。兔不可得，而身为宋国笑。"

⑧ 鲁酒句：语出《庄子·胠箧篇》："鲁酒薄而邯郸围。"其事《释文》有两种说法。其一云："楚宣王朝诸侯，鲁恭公后至而酒薄。宣王怒，欲辱之。……乃发兵与齐攻鲁。梁惠王常欲击赵，而畏楚救，楚以鲁为事，故梁得围邯郸。"其二云："许慎注《淮南》云：'楚会诸侯，鲁、赵俱献酒于楚王，楚之主酒吏求酒于赵，赵不与。吏怒，乃以赵厚酒易鲁薄酒

奏之。楚王以赵酒薄，故围邯郸也。'"

⑨　晞：干。《诗经·蒹葭》："蒹葭萋萋，白露未晞。"此活用其意，谓时间尚早。

⑩　幕席：《晋书·刘伶传》："幕天席地，纵意自如。"此指以天为幕，以地为席，洒脱放纵。

⑪　五字：本指五言诗，此代指诗歌。珠玑：珠宝。喻诗文之美。

⑫　越：古越国。与下句"吴"（古吴国，在今江苏）均代指湖州。

⑬　左鱼：鱼为鱼符，刺史上任时所带凭信。唐制，以左鱼给郡守，以右鱼留郡库。每郡守上任，以左鱼合郡库之右鱼，以此为信。

　　大中三、四年（849—850）间，杜牧屡次上书宰相求外任杭州、湖州。大中四年秋，终于获准出任湖州刺史。诗即作于此时。

　　诗首句至"荣借旧朱衣"，抒发喜悦兴奋之情，故有"羽翼飞"、"喜抛"、"荣借"之词。"且免"以下四句，则含蓄道出何以急于外任及欣喜之隐情，可见诗人不满朝政之险恶倾轧,而时存戒惕之心。从中亦可领会诗人前此上书宰相求外任,固有家贫弟病以及救济孀妹之原因,但也与这一隐情颇有关系。后半则抒发其饮酒赋诗,纵情山水,逍遥江海之情志,可见其出守湖州,颇有"得其所哉"之况味。

杜牧《樊川外集》中有一首《叹花》(一作《怅诗》):

> 自恨寻芳到已迟,往年曾见未开时。如今风摆花狼藉,绿叶成阴子满枝。

据《太平广记》卷二七三《杜牧》篇引《唐阙史》载,诗乃杜牧任湖州刺史时作,且与他为何求守湖州有关:

> 牧复自侍御史出佐沈传师江西宣州幕,虽所至辄游,而终无属意,咸以非其所好也。及闻湖州名郡,风物妍好,且多奇色,因甘心游之。湖州刺史某乙;牧素所厚者,颇喻其意。及牧至,每为之曲宴周游。凡优姬倡女,力所能致者,悉为出之。牧注目凝视曰:"美矣,未尽善也。"乙复候其意,牧曰:"愿得张水嬉,使州人毕观。候四面云合,某当闲行寓

目。冀于此际，或有阅焉。"乙大喜，如其言。至日，两岸观者如堵。迨暮，竟无所得。将罢舟舣岸，于丛人中，有里姥引鸦头女，年十余岁，牧熟视曰："此真国色，向诚虚设耳。"因使语其母，将接致舟中。姥女皆惧。牧曰："且不即纳，当为后期。"姥曰："他年失信，复当何如？"牧曰："吾不十年，必守此郡。十年不来，乃从尔所适可也。"母许诺。因以重币结之，为盟而别。故牧归朝，颇以湖州为念，然以官秩尚卑，殊未敢发。寻拜黄州、池州，又移睦州，皆非意也。牧素与周墀善，会墀为相，乃并以三笺干墀，乞守湖州。意以弟颛目疾，冀于江外疗之。大中三年，始授湖州刺史。比至郡，则已十四年矣。所约者，已从人三载，而生三子。牧既即政，函使召之。其母惧见夺，携幼以同往。牧诘其母曰："曩既许我矣，何为反之？"母曰："向约十年，十年不来而后嫁，嫁已三年矣。"牧因取其载词视之，俯首移晷曰："其词也直，强之不祥。"乃厚为礼而遣之。因赋诗以自伤。

这一记载所记杜牧行迹颇有与事实不合者,且与湖州姥相约事亦有乖情理,盖刺史娶本地民女为妾,有违唐律,杜牧又为何非至湖州任官而方娶之?因此,此记载颇可疑,难以据此谓牧之乞守湖州乃为娶此湖州女。这首《叹花》诗情感怅怅,似有隐情,或好事者据此敷衍以附会之,未可据信。

题 白 蘋 洲①

山鸟飞红带②,亭薇拆紫花③。溪光初透彻,秋色正清华。静处知生乐,喧中见死夸。无多珪组累④,终不负烟霞。

① 白蘋洲:在湖州。白居易《白蘋洲五亭记》:"湖州城东南二百步,抵霅溪,溪连汀洲,洲一名白蘋。梁吴兴守柳恽于此赋诗云'汀洲采白蘋',因以为名也。"

② 红带:指鸟尾羽毛为红色,飞翔时有如红带。冯集梧注引《湖州府志》:"鸟之属有拖白练,拖赤练,噘练,皆练鹊也。"

③ 拆：开放。

④ 珪组：作官的代称。珪，帝王诸侯所执长形玉版，上圆或
尖，下方，表示信符。组，古代佩印的丝带。

　　此诗作于大中四年（850）秋杜牧初任湖州刺史时。
其时杜牧年四十八，已至其晚年。

　　白蘋洲风光优美，是游览玩乐佳处。白居易《白蘋
洲五亭记》即记其"每至汀风春，溪月秋，花繁鸟啼之
旦，莲开水香之夕，宾友集，歌吹作，舟棹徐动，觞咏半
酣，飘然恍然，游者相顾，咸曰：'此不知方外也？人间
也？又不知蓬瀛昆阆，复何如哉！'"杜牧从处处受拘束
的朝廷来到湖州，初见白蘋洲这一优美景致，不由得心
旷神怡，故有此诗前数句绚丽清朗景色的描写，以抒发
其赏爱沉醉之情。白居易上述文中又记"昔谢、柳为
郡，乐山水，多高情，不闻善政。龚、黄为郡，忧黎庶，有
善政，不闻胜概。兼而有者，其吾友杨君乎？"杜牧应是
见过这篇文章的，如今他也像杨汉公等人一样来湖州当
刺史，他又将如何呢？由于他颇受官累，自感不如意，颇

有自放于山水之愿，故诗后半即抒发"无多珪组累，终不负烟霞"的情志，表示要效法柳浑等人"乐山水，多高情"，不为官所累。

湖南正初招李郢秀才[①]

行乐及时时已晚[②]，对酒当歌歌不成[③]。千里暮山重叠翠，一溪寒水浅深清。高人以饮为忙事，浮世除诗尽强名。看著白蘋牙欲吐[④]，雪舟相访胜闲行[⑤]。

[①] 湖南：应是湖州之误。冯集梧注云："李郢有《和湖州杜员外冬至日白蘋洲见忆》诗云：'白蘋亭上一阳生，谢朓新裁锦绣成。千嶂雪消溪影绿，几家梅绽海波清。已知鸥鸟长来狎，可许汀洲独有名？多愧龙门重招引，即抛田舍棹舟行！'与牧之此诗用韵并同，惟李题云'冬至'，而此云新正，然两诗语意相直，兼杜用白蘋，亦是湖州故事，知此题'湖南'当是'湖州'之误，因各本皆同，故仍之。"正初：农历元

且。李郢：字楚望，长安人。大中十年(856)进士，历湖州、淮南、睦州、信州从事，入为侍御史。后为越州从事，卒。善诗，有《李郢诗》一卷。

② 行乐及时：《古诗十九首》："生年不满百，常怀千岁忧。昼短苦夜长，何不秉烛游。为乐当及时，何能待来兹？"

③ 对酒当歌：曹操《短歌行》："对酒当歌，人生几何？譬如朝露，去日苦多。"

④ 白蘋：一种水中浮草，即马尿花。

⑤ 雪舟相访：用《世说新语·任诞》载王子猷雪夜寻访戴安道，"乘兴而行，兴尽而返"典。

本诗作于大中四年(850)冬，其时杜牧任湖州刺史不久。

杜牧晚年因对朝政不满，自己在仕途上也未能一展抱负，实现其早年的政治理想，因此颇有失落颓唐的心态。至湖州任刺史时，他所乐道的是"一杯宽幕席，五字弄珠玑"(《新转南曹未叙朝散初秋暑退出守吴兴书此篇以自见志》)以及"无多珪组累，终不负烟霞"(《题白蘋洲》)的生活。因此此诗的"高人以饮为忙事,浮世除诗尽强名",也正是他这一时期人生态度的典型反映。这一态度虽缺乏进取精神,未免消极,但却是可以理解的,是诗人人生历程、心路旅程发展变化的自然结果。

入茶山下题水口草市绝句①

倚溪侵岭多高树②,夸酒书旗有小楼③。

惊起鸳鸯岂无恨?一双飞去却回头。

① 茶山:特指湖州长兴县西的茶山,出产紫笋茶。水口:镇名,在湖州长兴西北的顾渚,唐置贡茶院于此。草市:唐代民间交换商品的场所。

② 溪:指湖州长兴县南的箬溪。

③ 酒:此指箬下酒。冯集梧注引顾野王《舆地志》云:"夹溪悉生前箬,南岸曰上箬,北岸曰下箬,二箬村名,村人取箬下水酿酒,美胜于云阳,俗称箬下酒。"又引山谦之《吴兴

记》云：“上箬、下箬村，并出美酒。”

湖州顾渚山的紫笋茶颇有名，乃唐时贡品。每年春二、三月间，茶民入山采茶，刺史亦均入山监督。此诗即诗人入茶山时题咏之作。

诗中最精彩之句乃以拟人化手法写鸳鸯的情态：“惊起鸳鸯岂无恨？一双飞去却回头。”“岂无恨”实乃有恨，其恨乃在于被采茶人所“惊起”。而“却回头”，则表明鸳鸯之依恋故地，若有依依不舍之意。这一情态优美传神，本身宛若一幅栩栩如生的图画。而这又反过来表现此诗前二句所描绘的茶山之美，以及人们对它的欣赏留恋。

杜牧此行作有数首诗，其中五言排律《题茶山》一诗较详细地描绘茶山景致以及采茶景象：

> 山实东吴秀，茶称瑞草魁。剖符虽俗吏，修贡亦仙才。溪尽停蛮棹，旗张卓翠苔。柳村穿窈窕，松涧度喧豗。等级云峰峻，宽平洞府开。拂天闻笑语，特地见楼台。泉嫩黄金涌，牙香紫璧裁。拜章

期沃日,轻骑疾奔雷。舞袖岚侵涧,歌声谷答回。
磬音藏叶鸟,雪艳照潭梅。好是全家到,兼为奉诏
来。树阴香作帐,花径落成堆。景物残三月,登临
怆一杯。重游难自克,俯首入尘埃!

诗人笔下的茶山确实景色优美而又生气勃勃。那"拂
天闻笑语"的采茶的欢乐景象,那"舞袖岚侵涧,歌声谷
答回"的热烈欢快的气氛,那"磬音藏叶鸟,雪艳照潭
梅"的幽美境界,委实令人心旷神怡,美不胜收。杜牧
的这首诗确实写出了当时采茶的盛况,故冯集梧在注中
特地引《西清诗话》说:"唐茶品虽多,惟湖州紫笋入贡。
紫笋生顾渚,在湖、常二郡之间。当采茶时,两郡守毕
至,最为盛会。唐杜牧诗所谓'溪尽停蛮棹,旗张卓翠
苔',刘禹锡'何处人间似仙境?春山携妓采茶时',皆
以此。"

茶 山 下 作

春风最窈窕,日晓柳村西。娇云光占岫,

健水鸣分溪。燎岩野花远①,戛瑟幽鸟啼。把
酒坐芳草,亦有佳人携。

① 燎岩句:谓远处山岩上的红花开得烂漫如火,绚丽鲜艳。

此诗乃杜牧任湖州刺史时,于大中五年(851)春入
顾渚茶山所作。

茶山景色幽美,诗人此行兴致颇高,故徜徉于青山
绿水间,时时陶醉于烂漫的春光中。诗人的这一心情在
诗中并未直接说出,而是通过对茶山景色的描写透露出
来,也即用了寓情于景的表现手法。其中"娇云"以下
四句,尤能以景抒情。从绚丽明艳的山花、如琴瑟之音
的幽鸟啼鸣中,我们可以感受到诗人沉醉于山光水色间
的怡然心情。

与这首诗同时所作,而且景色心情大致相同的,还
有他的《春日茶山病不饮酒因呈宾客》:

笙歌登画船,十日清明前。山秀白云腻,溪光
红粉鲜。欲开未开花,半阴半晴天。谁知病太守,

犹得作茶仙。

"山秀"、"溪光"两句写山水之秀丽明艳清澈,颇能表现春光之佳致。而"欲开未开花,半阴半晴天",也极准确地写出清明时节的气候景物特点。诗人绘景写物之功力由此可见。

沈 下 贤[①]

斯人清唱何人和? 草径苔芜不可寻。
一夕小敷山下梦[②],水如环珮月如襟。

① 沈下贤:即沈亚之,字下贤。吴兴(今浙江湖州)人。元和十年(815)登进士第,历秘书省正字、福建都团练副使等职,官终郢州司户参军。尤擅长传奇,有《湘中怨解》、《秦梦记》等。与诗人杜牧、张祜等往还唱和,被李贺称为"吴兴才人"。有《沈亚之集》八卷。

② 小敷山:在今浙江湖州西南。《吴兴掌故集》:"敷山,乌程西南二十里,在福山东。福山,俗名小敷山,唐人沈下贤居

此。"乌程,唐湖州治所,即今湖州。

　　此诗作于大中四或五年（850—851）杜牧任湖州刺史时。

　　沈亚之是晚唐一位颇有才气的文士,工诗文,尤以传奇小说著称。然而他才高命蹇,先有元和七年（812）的落第,其时李贺以诗送云："吴兴才人怨春风,桃花满陌千里红。紫丝竹断骏马小,家住钱塘东复东。"后虽及第入仕,终因柏耆擅杀李同捷而被牵累贬官,死于贬所。杜牧对友人的这一遭遇颇为同情,故经其故居赋诗吊念。诗中主要抒发了诗人对沈亚之文才与襟怀人品的敬佩之情,这一情感在后两句中表现得尤为婉转深至,如梦如诗,令人神想。《诗境浅说续编》析此诗可参考："前二句言独行苔径,清咏无人,乃怀沈下贤也。后言重过小敷山下,明月堕襟,水声鸣佩,凝想悠然,诗意若有微波通辞之感,不类停云怀友之诗。何风致绰约乃尔,其有哀窈窕思贤才之意乎!"

和严恽秀才落花①

　　共惜流年留不得,且环流水醉流杯。无情红艳年年盛,不恨凋零却恨开。

① 严恽:字子重,吴兴(今浙江湖州)人。屡应进士试不第,归居故里。杜牧任湖州刺史时,称其《落花》诗,并有和作。

　　此诗乃杜牧任湖州刺史时,酬和严恽《落花》诗之作,见录于《樊川外集》。

　　关于严恽与其《落花》诗,以及杜牧此诗,《唐诗纪事·严恽》云:"皮日休《伤严子重序》云:余为童在乡校时,简上抄杜舍人牧之集,见有与进士严恽诗。后至吴,一日,有客曰严某,余志其名久矣,遽怀文见造,于是乐得礼而观之。其所为文,工于七字,往往有清便柔媚,时可轶骇于常轨。其佳者曰:'春光冉冉归何处? 更向花前把一杯。尽日问花花不语,为谁零落为谁开?'余美之,讽而未尝怠。生举进士,亦十余计偕,余方冤之,谓终有得于时也。未几归吴兴。后两月（咸通十一年），雪人至云：生以疾亡于所居矣。噫！生徒以词闻于士大夫，竟不名而逝，岂止此而堙没耶！江湖间多美材，土君子苟乐退而有文者，死无不为时惜，可胜言耶！于是哭而为诗。"杜牧和严恽诗，均为伤春惜花之作，两诗韵脚相同，语意相类，但又有所不同。严诗似有借花自伤，叹才人不逢其时，这与他处境落拓有关；而杜牧诗则偏重于伤春惜春之情，也是因为他尤喜伤春惜别所致。

八月十二日得替后移居
雪溪馆因题长句四韵①

万家相庆喜秋成，处处楼台歌板声。千岁鹤归犹有恨②，一年人住岂无情。夜凉溪馆留僧话，风定苏潭看月生③。景物登临闲始见，愿为闲客此闲行。

① 得替：指老官员已获新任官接替。杜牧于大中五年
（851）秋由湖州刺史内擢为考功郎中、知制诰。八月十二
日新任官员接替其湖州刺史任。雪溪馆：在唐湖州乌程。
《太平寰宇记》："湖州乌程县雪溪馆。雪溪在县东南一里，
凡四水合为一溪。……自德清县前北流至州南兴国寺曰
雪溪，东北流四十里合太湖。"

② 千岁鹤归：《搜神后记》卷一载："丁令威本辽东人，学道于
灵虚山。后化鹤归辽，集城门华表柱。时有少年举弓欲射
之，鹤乃飞，徘徊空中而言曰：'有鸟有鸟丁令威，去家千年
今始归。城郭如故人民非，何不学仙冢垒垒。'遂高上
冲天。"

③ 苏潭：苏公潭，在湖州乌程。《太平寰宇记》："乌程县苏公
潭，从贵泾东流三百五十步。至骆驼桥下，曰苏公潭。此
水深不可测。"

　　此诗作于大中五年（851）诗人卸湖州刺史任时。
当时，他并未立即赴京任考功郎中、知制诰，而是移居雪
溪馆。这表明诗人并不急于赴京任职，也说明诗人对湖
州怀有依恋之情。

　　诗人的这种依恋之情明确地体现于第三、第四句。
第五、第六句则将这一情感具体化,表现了他对湖州山
水风物的留连欣赏。末两句则抒发他愿为闲客闲游湖
州山水的愿望。诗人对湖州可谓情深意挚。《唐诗鼓
吹评注》析此诗云:"'首言秋成'大稔,故处处有歌板之
声以相庆也。夫以物换时移,千岁鹤犹有未足之恨,今
我秩满得代,一年居此,岂无闲暇之情乎? 所谓有情住
此者,溪馆夜凉,与僧共语;苏潭风定,看月初生。此今
日之居闲,远胜于前日之羁宦。是以同此景物,登临始
见其胜。吾得常为闲客,时时闲行此地,则吾愿足矣,须
富贵何为哉?"

途 中 一 绝

　　镜中丝发悲来惯,衣上尘痕拂渐难。
　　惆怅江湖钓竿手,却遮西日向长安。

冯集梧注此诗引《郡阁雅谈》:"杜牧舍人,罢任浙西郡,

道中有诗云云。与杜甫齐名,时号大小杜。"缪钺《杜牧年谱》据此系此诗于大中五年(851),时杜牧由罢湖州刺史任,赴京任考功郎中、知制诰途中。

此诗诗情抑郁低沉,于赴任途中似有无限凄婉惆怅,欲罢而不能之情状。盖此时作者历尽宦海风波,长年风尘仆仆,流转江湖外郡,赢得星星白发,悲凄情怀,于仕宦生涯已索然无趣。所祈愿者,乃在于放情于一壑风烟,悠游于江湖山水之间。无奈,如今仍得手遮炎日,风尘仆仆于赴京途中,能不令人惆怅凄婉!

作者此行途经隋堤,在所作《隋堤柳》中也抒发了同样的情绪:

> 夹岸垂杨三百里,只应图画最相宜。自嫌流落西归疾,不见东风二月时。

《太平广记》卷一四四引《感定录》云:"唐杜牧自湖州刺史拜中书舍人,题汴河云:'自怜流落西归疾,不见春风二月时。'自郡守入为舍人,未为流落,至京果卒。"杜牧自湖州内任,先为考功郎中、知制诰,后迁中书舍人。诗中所谓的"流落"，非指入任新职，乃概括此前其流转于幕府与外郡之间的经历，诚如清人吴锡麒《杜樊川集注序》所云，牧之"偃蹇幕僚，浮沉朝籍，揽霜毛于春镜，裹雨褐于秋船，茹鲠空忧，叫阍无助。……壮志飘萧，才人落魄"。读此诗，可知诗人晚年自伤落寞的心境。

柳　长　句

日落水流西复东，春光不尽柳何穷。巫娥庙里低含雨[①]，宋玉宅前斜带风[②]。莫将榆荚共争翠[③]，深感杏花相映红。灞上汉南千万树[④]，几人游宦别离中？

[①] 巫娥庙：巫山神女庙，在今重庆巫山县东。《水经注·江水》："巫山帝女，宋玉所谓天帝之季女，名曰瑶姬，未行而亡，封于巫山之阳，精魂为草，实为灵芝，所谓巫山之女，高唐之阻，旦为行云，暮为行雨，朝朝暮暮，阳台之下。旦早视之，果如其言，故为立庙，号朝云焉。"

② 宋玉宅：据《渚宫故事》所记，宅在江陵（今属湖北）城北三里。宋玉，战国楚鄢人。著名辞赋家，曾为楚顷襄王大夫。

③ 榆荚：榆树的果实。榆树未生叶前先生荚，形似钱而小，联缀成串，也称榆钱。

④ 灞上：即霸上，在陕西长安东。《水经注·渭水》："霸水又左合浐水，历白鹿原东，即霸川之西，故芷阳矣。史记秦襄王葬芷阳者是也。谓之霸上。"古时东出长安，人们送行者于灞陵，折柳赠别。汉南：古地名，在今湖北。庾信《枯树赋》："昔年移柳，依依汉南；今看摇落，凄怆江潭。树犹如此，人何以堪！"

此诗作年难确定，以大中五年（851）杜牧有《隋堤柳》，为咏柳之作，故编于此。

杜牧善于写景，也工于咏物。此咏柳之作尤以"巫娥庙里低含雨，宋玉宅前斜带风"两句，将依依垂柳之婀娜斜拂，柳条垂漾的形态栩栩如生地展现了出来，而且中含巫山神女与宋玉的故事，尤具无限情韵，诚为咏柳妙句。诗末又归于离别情感，融入自身离家宦游之情,不仅扣紧咏柳之题,又触发人们伤离念别之情,不禁使人心有凄凄焉。

诗人善写柳,也喜咏柳,以下二诗亦为其咏柳之作,唯不知作于何时。

柳 绝 句

　　数树新开翠影齐,倚风情态被春迷。依依故国樊川恨,半掩村桥半拂溪。

独 柳

　　含烟一株柳,拂地摇风久。佳人不忍折,怅望回纤手。

以上二首绝句,均能写出柔柳蕴藉多情的生动情态,而尤以第一首为妙。其中不仅有柳之情与态,亦寓有诗人深情而凄迷的思乡之恨。樊川乃杜牧家族在长安的别墅所在,《旧唐书·杜佑传》:"佑城南樊川有佳林亭,卉木幽邃,佑每与公卿燕集其间,广陈妓乐。诸子咸居朝列,当时贵盛,莫之与比。"以此尚可体察到,这种因柳而起的思乡之恨,亦融入游宦他乡、仕途不畅的遗憾,堪称情景交融、含蓄蕴藉、风情无限的咏柳佳作。

梅

　　轻盈照溪水,掩敛下瑶台^①。妒雪聊相比,
欺春不逐来。偶同佳客见,似为冻醪开。若在
秦楼畔^②,堪为弄玉媒^③。

① 瑶台:神话中的神仙所居之地。旧题晋王嘉《拾遗记·昆
　仑山》:"昆仑山者,西方曰须弥,山对七星之下,出碧海之
　中,上有九层。……第九层山形渐小狭,下有芝田蕙圃,皆
　数百顷,群仙种耨焉。旁有瑶台十二,各广千步,皆五色玉
　为台基。"

② 秦楼:春秋时秦穆公女弄玉所居之楼。

③ 弄玉:秦穆公之女。刘向《列仙传·萧史》:"萧史者,秦穆
　公时人也,善吹箫,能致孔雀白鹤于庭。穆公有女字弄玉,
　好之。公遂以女妻焉。日教弄玉作凤鸣,居数年,吹似凤
　声,凤凰来止其屋。公为作凤台。夫妇止其上。不下数

年,一旦皆偕随凤凰飞去。"

此诗作年无考,以此处录诗人之咏物诗,故编于此。

咏物诗不仅需绘形,尤需写神写情方能有形有态,别具情韵意味。此诗的显著特点即以拟人手法,既写梅之形,又多写其情与神。前二句形神兼备;而中四句即集中描绘梅之神情。梅仿佛是一位冰清玉洁,既有标格,又善解人意的多情神女。前人称其五、六两句"淡靓有味"(方回《瀛奎律髓汇评》卷二十,下引均见此书),又谓"不必黏题,自成佳句"(查慎行),谓其后两句"自喻宜在天子左右也"(何义门),又称"牧之诗才高,此小诗若不介意"(方回)、"唐人只平平做去,自然力大气雄"(冯班)、"似齐、梁人小诗,气力极大"(何义门)。总之,此诗高雅奇峭,亦杜牧咏物佳作。

杜牧咏物诗作尚多,其中不乏可吟咏者,如下录《鹤》《鸦》二诗即是。

鹤

清音迎晚月,愁思立寒蒲。丹顶西施颊,霜毛四皓须。碧云行止躁,白鹭性灵粗。终日无群伴,溪边吊影孤!

鸦

扰扰复翩翩,黄昏飐冷烟。毛欺皇后发,声感楚姬弦。蔓垒盘风下,霜林接翅眠。只如西旅样,头白岂无缘。

两诗均为咏禽鸟之作,各能绘出鹤与鸦之形神体态,栩栩如生,逼肖其类。且两诗中末两句,又都有自寓之意。似有无限孤独不偶、流寓落魄之感含蓄其中,尤具情味。故冯集梧注后一诗"只如西旅样"云:"《易·正义》曰:旅者,客寓之名,羁旅之称,失其本居而寄他方,谓之为旅。牧之方以燕丹自寓,故以西旅为言。"

上盐铁裴侍郎书①

伏以盐铁重务,根本在于江淮②,今诸监院,颇不得人,皆以权势干求,固难悉议停替。

其于利病，岂无中策？某自池州③、睦州④，实见其弊。盖以江淮自废留后已来⑤，凡有冤人，无处告诉，每州皆有土豪百姓，情愿把盐每年纳利，名曰"土盐商"。如此之流，两税之外⑥，州县不敢差役。自罢江淮留后已来，破散将尽，以监院多是诛求，一年之中，追呼无已，至有身行不在，须得父母妻儿锢身驱将，得钱即放，不二年内，尽恐逃亡。

今譬于常州百姓⑦，有屈身在苏州⑧，归家未得，便可以苏州下状论理披诉。至如睦州百姓，食临平监盐⑨，其土盐商被临平监追呼求取，直是睦州刺史，亦与作主不得，非裹四千里粮直入城役使，即须破散奔走，更无他图。其间搜求胥徒，针抽缕取，千计百校，唯恐不多，除非吞声，别无赴诉。今有明长吏在上，旁县百里，尚敢公为不法，况诸监院皆是以货得之，恣为奸欺，人无语路。况土盐商皆是州县大户，言之根本，实可痛心。比初停罢留后，众皆以为除烦去冗，不知其弊，及于疲羸，即是所利者至微，所害者至大。

今若蒙侍郎改革前非，于南省郎吏中择一清慎⑩，依前使为江淮留后，减其胥吏，不必一如向前多置人数。即自岭南至于汴宋⑪，凡有冤人，有可控告，奸赃之辈，动而有畏，数十州土盐商，免至破灭。除江淮之太残，为侍郎之阴德，以某愚见，莫过于斯。若问于盐铁吏，即不欲江淮别有留后，其间百事，自能申状谘呈，安得货财，表里计会，分其权力，言之可知。伏惟俯察愚衷，不赐罪责。某再拜。

① 盐铁裴侍郎：即裴休。据《旧唐书·宣宗纪》，大中五年（851）二月，以户部侍郎裴休充诸道盐铁转运使。盐铁转运使掌收运盐铁之税，或兼两税使、租庸使。

② 江淮：指在长江淮河流域的江苏、安徽地区。

③ 池州：治所秋浦（今安徽贵池）。杜牧会昌四年（844）秋至

六年(846)秋任池州刺史。

④ 睦州：唐时州治建德(今属浙江)。杜牧会昌六年秋至大中二年(848)秋任睦州刺史。

⑤ 留后：官名。唐广德元年(763)，以梁崇义为山南东道节度使留后，留后之名始此。中、晚唐时，藩镇强大，皇帝力不能制，故节度使多有以子侄或亲信为留后者，亦有军士、叛将自立为留后。

⑥ 两税：夏秋两税。唐初实行租庸调法，到德宗建中元年(780)杨炎制两税法，把租庸调合并为一，规定用钱纳税。夏税不超过六月，秋税不超过十一月，称为两税。有两税使以总其事。

⑦ 常州：治所在晋陵(今江苏常州)。

⑧ 苏州：治所在吴县(今江苏苏州)。

⑨ 临平监：唐所置管理盐铁事务的一个机构，在今浙江余杭西北临平山下。

⑩ 南省：唐尚书省在大明宫以南，故称南省。

⑪ 岭南：指岭南道，治所在广州。所辖约今广东、广西两省地区。汴：汴州，唐州治在今河南开封。宋：宋州，治所在睢阳(今河南商丘南)。

本文作于大中五年（851）秋后杜牧入朝任考功郎中、知制诰后,时年已四十九岁。

杜牧自少时即"于治乱兴亡之迹,财赋兵甲之事,地形之险易远近,古人之长短得失"（《上李中丞书》）颇为关注,多有研究,入仕后又多次上书,或在给朋友的信中,反映历史上和现实中的社会弊端,提出除弊兴利的具体措施。如早年的《战论》《守论》,中年时的《与汴州从事书》,都是如此。作本文时,诗人已届暮年,但仍然关注江淮一带在盐铁税务上的弊病,并向朝廷主管官吏裴休反映这一严重的社会问题,提出恢复江淮留后以主其事,解决弊端的建议。从此事可见,诗人直至晚年,依然关注着国家和民众的命运,并没有完全改易其刚直敢言的性格。

华清宫三十韵①

绣岭明珠殿②,层峦下缭墙。仰窥雕槛影,犹想赭袍光③。昔帝登封后④,中原自古强。

一千年际会，三万里农桑。几席延尧舜⑤，轩墀立禹汤⑥。雷霆驰号令⑦，星斗焕文章⑧。钓筑乘时用⑨，芝兰在处芳。北扉闲木索⑩，南面富循良⑪。至道思玄圃⑫，平居厌未央⑬。钩陈裹岩谷⑭，文陛压青苍。歌吹千秋节⑮，楼台八月凉。神仙高缥缈，环珮碎丁当。泉暖涵窗镜，云娇惹粉囊。嫩岚滋翠葆⑯，清渭照红妆⑰。帖泰生灵寿⑱，欢娱岁序长。月闻仙曲调，霓作舞衣裳⑲。雨露偏金穴⑳，乾坤入醉乡。玩兵师汉武㉑，回手倒干将㉒。鲸鬣掀东海㉓。胡牙揭上阳㉔。喧呼马嵬血㉕，零落羽林枪㉖。倾国留无路㉗，还魂怨有香㉘。蜀峰横惨澹，秦树远微茫㉙。鼎重山难转㉚天扶业更昌。望贤余故老㉛，花萼旧池塘㉜。往事人谁问，幽襟泪独伤。碧檐斜送日，殷叶半凋霜。迸水倾瑶砌，疏风罅玉房。尘埃羯鼓索㉝，片段荔枝筐㉞。鸟啄摧寒木，蜗涎蠹画梁。孤烟知客恨，遥起泰陵傍㉟。

① 华清宫：见《过华清宫绝句》其一注①。

② 绣岭：在骊山。有东绣岭和西绣岭。骊山上又有绣岭宫。
明珠殿：在骊山，位于长生殿南。

③ 赭袍：指赭黄袍，帝王所穿。《新唐书·车服志》："初，隋
文帝听朝之服，以赭黄文绫袍。唐高祖以赭黄袍为常服，
既而天子袍衫稍用赤黄，遂禁臣民服。"

④ 昔帝句：谓汉武帝、唐玄宗等登泰山封祀事。《汉书·武帝
纪》："元封元年（前 110），东巡海上，还登封泰山。"又据
《通典》，唐玄宗开元十三年（725）十月，玄宗封祀于泰山。

⑤ 尧舜：唐尧虞舜。此指代圣贤。

⑥ 禹汤：大禹、商汤。此指如禹汤般辅佐朝廷的贤才。

⑦ 号令：指唐玄宗发布的号令。

⑧ 星斗：指魁星。《汉书·天文志》："斗魁戴筐六星，曰：文
昌宫。"《晋书·天文志》："东壁二星，主文章，天下图书之
秘府也。星明，王者兴，道德行，国多君子。"

⑨ 钓：指吕尚。据《史记·齐太公世家》，吕尚年老时尚穷困，
尝钓于渭滨，后被周文王发现并赏识，"载与俱归，立为

师"。助周武王灭纣王。筑：指殷武丁大臣傅说，《墨子·尚贤》："傅说被褐带索，庸筑乎傅岩，武丁得之，举以为三公，与接天下之政，治天下之民。"

⑩ 北扉：汉代囚系犯人之所，此代指监狱。木索：刑具。木谓脚镣手铐，索即绳索。

⑪ 南面：古代帝王南面而坐，故以南面称帝王，此指朝廷。

⑫ 至道：指唐玄宗，其尊号为"至道大圣大明孝皇帝"。玄圃：传说中在昆仑山的神仙居处。此指华清宫。

⑬ 未央：汉宫，故址在今陕西西安。此指唐代长安的宫殿。

⑭ 钩陈：星名。在紫微垣内，最近北极，称极星。主后宫，因指称后宫。此指华清宫。

⑮ 千秋节：见《过勤政楼》注②③。

⑯ 翠葆：用翠绿羽毛装饰的车盖。

⑰ 渭：渭水，源出甘肃渭源西北鸟鼠山，东南流至清水县，入陕西境，横贯渭河平原，东流入黄河。

⑱ 帖泰：安定太平。

⑲ 月闻二句：《霓裳羽衣曲》为唐乐曲名。属商调曲。本传自西凉，名《婆罗门》。开元中河西节度使杨敬述献。后经玄宗润色，在天宝十三载（754）改名《霓裳羽衣曲》。小说家

附会谓玄宗与方士游月宫,闻仙乐,归而记之,乃成《霓裳羽衣曲》。杨贵妃善为《霓裳羽衣舞》。

⑳ 金穴:《汉书·郭皇后纪》:"后弟况迁大鸿胪,帝数幸其第,赏赐金钱缣帛,丰盛莫比,京师号况家为金穴。"此代指杨贵妃家。

㉑ 汉武:指汉武帝。汉武帝时多有兴兵拓边之举。

㉒ 干将:古宝剑名。相传为吴人干将与妻莫邪所铸。此指兵权。

㉓ 鲸鲵:此喻安史叛军。

㉔ 胡牙:谓安禄山叛军。牙,牙旗。上阳:上阳宫,在唐东京洛阳。此句指安禄山叛军攻占洛阳。

㉕ 喧呼句:指安禄山反叛后,唐玄宗从长安出逃成都,经马嵬坡时禁军哗变,杀死宰相杨国忠等人,又逼迫玄宗缢死杨贵妃。马嵬,在今陕西兴平西。

㉖ 羽林:指唐宫城的禁卫军,有左、右羽林军。

㉗ 倾国:喻美人,此指杨贵妃。汉李延年歌曰:"北方有佳人,绝世而独立。一顾倾人城,再顾倾人国。"

㉘ 还魂句:《述异记》:"聚窟洲有神鸟山,山上有返魂树。伐其木根心,于玉釜中煮成汁,煎成丸,名曰惊精香,或名震

灵丸、返生香、却死香。死者在地,闻香气即活。"

㉙ 秦:长安属古秦地,此指京都长安。

㉚ 鼎:宝鼎,古时为国家重器,象征权柄。

㉛ 望贤句:望贤指望贤驿,在今陕西咸阳东。据《旧唐书》所
载,天宝十五载(756)六月,玄宗幸蜀,乙未辰时,"至咸阳
望贤驿置顿,官吏骇散,无复储供。上憩于宫门之树下,亭
午未进食。俄有父老献麨,上谓之曰:'如何得饭?'于是百
姓献食相继"。

㉜ 花萼:指花萼相辉楼,唐玄宗所建。玄宗曾"时时登之,闻
诸王作乐,必亟召升楼,与同榻坐,或就幸第,赋诗燕嬉,赐
金帛侑欢"(《新唐书·让皇帝宪传》)。

㉝ 羯鼓:古羯族乐器。形如漆桶,下以小牙床承之。击用二
杖,音声急促高烈。据《新唐书·礼乐志》,"玄宗既知音
律,好羯鼓,而宁王善吹横笛,达官大臣慕之,皆喜言音律,
帝常称羯鼓八音之领袖,诸乐不可方也"。

㉞ 片段句:杨贵妃嗜荔枝,"欲得生荔枝,岁命岭南驰驿致之,
比至长安,色味不变"(《资治通鉴》卷二一五)。

㉟ 泰陵:唐玄宗陵。在陕西蒲城东北金粟山。

此诗乃杜牧大中六年(852)所咏,时在朝任中书舍人。诗人温庭筠有《华清宫和杜舍人》诗,是杜牧此诗的和作。

这首五言排律是杜牧著名的长篇之一。诗中叙述唐玄宗朝史事,自开元盛世至安史叛乱时狼狈奔亡避难,以及此后的凄惶寂寞景象。其中如马嵬驿赐死杨贵妃一段,尤为精彩感人;而"雨露偏金穴,乾坤入醉乡。玩兵师汉武,回手倒干将"数句,对唐玄宗的批评也颇中要害。故《彦周诗话》谓:"小杜作《华清宫》诗云:'雨露偏金穴,乾坤入醉乡。'如此天下,焉得不乱!"

此诗叙事、抒情、议论融为一体,其叙事尤可喜,《岁寒堂诗话》称其"铿锵飞动,极叙事之工"。《竹坡诗话》亦谓其"无一字不可人意。其叙开元一事,意直而词隐,晔然有《骚》、《雅》之风"。不过对此诗个别诗句的散文化则有所不满,云:"至'一千年际会,三万里农桑'之语,置此诗中,如伶优与嵇康辈并席而谈,岂不败人意哉!"其实,诗句中偶有散文句,这正是杜牧诗学韩愈的一个特点,至其为优为劣,则所见不一,似难一概而论。

杜牧好咏华清宫事，其《樊川外集》亦有《华清宫》诗：

零叶翻红万树霜，玉莲开蕊暖泉香。行云不下朝元阁，一曲《淋铃》泪数行。

俞陛云《诗境浅说续编》谓此诗"前二句赋骊山秋色及华清池。三句追忆杨妃，用空灵之笔。画阁犹开，而巫云梦断，张徽一曲，南内无人，宜玄宗之挥泪也"。《唐人绝句精华》析云：此诗写"乱后归来之华清宫也。'行云'指贵妃，借用宋玉《高唐赋》'旦为行云'也。诗言妃子之灵不下朝元阁，玄宗但听《淋铃》之曲而伤感也"。

秋晚与沈十七舍人期游樊川不至①

邀侣以官解②，泛然成独游。川光初媚日，山色正矜秋。野竹疏还密，岩泉咽复流。杜村连潏水③,晚步见垂钩。

① 沈十七舍人：即沈询,字诚之,行十七,吴兴武康(今浙江德清)人,吏部侍郎沈传师子。会昌初进士,累迁中书舍人,出为浙东观察使、昭义节度使,后为家奴与叛将所害。樊川：指杜牧家的樊川别墅,在长安南下杜樊乡。

② 解：解释、解答。

③ 杜村：指下杜樊乡。潏水：即沇水。陕西渭水支流。

此诗作于大中六年(852)晚秋,时杜牧年五十,任中书舍人。

杜牧家在其祖父杜佑时,即有樊川别墅。但至杜牧晚年时,此别墅已较荒颓。杜牧于大中五年秋回朝后,即"尽吴兴俸钱,创治其墅。出中书直,亟召昵密,往游其地"(裴延翰《樊川文集序》)。沈询为杜牧家世交沈传师之子,时为杜牧同僚,故诗人邀其游樊川。然沈询因忙于官务未能前来,诗人于是只能独自悠游。诗中描绘了樊川别墅一带媚丽绚烂的秋景以及樊川村舍川流幽雅的景致,表现了诗人对故园的热爱以及对悠闲生活的向往。

宫词二首(选一)^①

监宫引出暂开门^②,随例须朝不是恩。

银钥却收金锁合,月明花落又黄昏。

① 《宫词二首》见于《樊川外集》,此诗乃第二首。其作年不可考,因大中六年(852)杜牧在朝中,所写乃宫中题材,故姑置于此。

② 监宫:指监管宫女的宫中女官。

　　杜牧这首宫词颇含蓄蕴藉,中含怨情且极为深沉。《苕溪渔隐丛话》称:"此绝句极佳,意在言外,而幽怨之情自见,不待明言之也。诗贵乎如此,若使人一览而意尽,亦何足道哉!"《而庵说唐诗》对此诗之含意有较详尽的解说:"寻出'监宫引出'一事来,何其思之深且曲也。宫人虽退守长门,有出来朝君王之例……'暂'字妙,惟闭门是常,故开门云'暂'也。开门虽暂时,毕竟是得见天光,宫人必相私冀曰:'吾今番得见君王,或重承宠渥不可知。'于是即急急回绝他云:此朝是例,不是恩也。恩与怨对,反弄出怨来……须臾朝过,依旧重入长门,监宫却将银钥收管,金锁早已合上矣。不消更说到下句,此句已极难堪。此门既入,不知于何日再出来。……'月明花落更黄昏',平素凄凉景况,已消受得惯矣,独是今日朝君,无穷妄想,竟成虚话,又得见君王一面,越形出凄凉不堪。日里夜间,一总不论,乃于欲睡未睡之际,满宫明月,一院落花,上天下地,团团怨海。向之所最苦者此境,今又依然在此矣。妙极!"

《中国古代文史经典读本》(文学类)书目

诗经楚辞选评／徐志啸撰

古诗十九首与乐府诗选评／曹旭撰

三曹诗选评／陈庆元撰

陶渊明谢灵运鲍照诗文选评／曹明纲撰

谢朓庾信及其他诗人诗文选评／杨明、杨焄撰

高适岑参诗选评／陈铁民撰

王维孟浩然诗选评／刘宁撰

李白诗选评／赵昌平撰

杜甫诗选评／葛晓音撰

韩愈诗文选评／孙昌武撰

柳宗元诗文选评／尚永亮撰

刘禹锡白居易诗选评／肖瑞峰、彭万隆撰

李贺诗选评／陈允吉、吴海勇撰

杜牧诗文选评／吴在庆撰

李商隐诗选评／刘学锴、李翰撰

柳永词选评／谢桃坊撰

欧阳修诗词文选评／黄进德撰

王安石诗文选评／高克勤撰

苏轼诗词文选评／王水照、朱刚撰

黄庭坚诗词文选评／黄宝华撰

秦观诗词文选评／徐培均、罗立刚撰

周邦彦词选评／刘扬忠撰

李清照诗词文选评／陈祖美撰

辛弃疾词选评／施议对撰

关汉卿戏曲选评／翁敏华撰

西厢记选评／李梦生撰

牡丹亭选评／赵山林撰

长生殿选评／谭帆、杨坤撰

桃花扇选评／翁敏华撰